中国少数民族
文学之星丛书

地方性知识与边缘经验

石彦伟 著

作家出版社

编委会名单

主　任：阎晶明　邱华栋

副主任：彭学明（土家族）

编　委：

包明德（蒙古族）　叶　梅（土家族）　孟繁华　包宏烈

尹汉胤（满族）　刘立云　宁　肯　张　柠　刘大先

黄德海　陈　涛　杨玉梅（侗族）　郑　函（满族）

以民族的情意，打造文学的星辰

——"中国少数民族文学之星"丛书总序

邱华栋　彭学明

　　"中国少数民族文学之星"丛书是中国作家协会少数民族文学发展工程的一个新项目，于2018年开始实施，由中国作家协会创作联络部具体组织落实。出版"中国少数民族文学之星"丛书的目的，是重点培养少数民族文学中青年作家，打造少数民族文学精品，为那些已经在少数民族文学界和全国文学界成绩斐然、广有影响的少数民族中青年作家再助一力，再送一程，从而把少数民族文学最优秀的中青年作家集结在一起，以最整齐的队伍、最有力的步伐、最亮丽的身影，走向文学的新高地，迈向文学的高峰，让少数民族文学的星空星光灿烂，少数民族文学的长河奔流不息。以文学的初心，繁荣民族的事业；以民族的情意，打造文学的星辰。

　　入选"中国少数民族文学之星"丛书的作家，必须是年龄在50岁以下的、在少数民族文学界和全国文学界广有影响的少数民族作家。不管是否出版过文学书籍，只要其作品经过本人申请申报、各团体会员单位推荐报送、专家评审论证和中国作协书记处审批而入选的，中国作协将在出版前为其召开改稿会，请专家为其作品望闻问切，以修改作品存在的不足，减少作品出版后无法弥补的遗憾。待其作品修改好后，由中国作协统一安排出版，并进行广泛的宣传推广。

中国是一个多民族的大家庭。每一个民族都沐浴着党的民族政策的光辉、感受着党的民族政策的温暖，都在党的民族政策关怀下，蓬勃发展，欣欣向荣。在这个伟大的新时代，我们正创造着中华民族的新辉煌。每一个民族的发展与巨变，每一个民族的气象与品质，都给我们提供了生生不息的创作源泉。我们每一个民族作家，都应该以一种民族自豪感，去拥抱我们的民族，以一种民族责任感，为我们的民族奉献。用崇高的文学理想，去书写民族的幸福与荣光、讴歌民族的伟大与高尚，以文学的民族情怀，去观照民族的人心与人生、传递民族的精神与力量。

我们期待每一位少数民族作家，都能够到火热的生活中去，到广大的人民中去，立心，扎根，有为，为初心千回百转，为文学千锤百炼，写出拿得出、立得住、走得远、留得下的文学精品。不负时代。不负民族。不负使命。

2019 年 5 月 18 日

目 录

第二辑　作家与作品

寻找一种新的批评方法

——《地方性知识与边缘经验》序

孟繁华

实事求是地说，石彦伟这本批评集的书名是我建议的。他原来有自己命名的书名，但我觉得不那么确切，也不大醒目，于是我便建议他用了这个书名。这样的做法很容易让人想起孟子批评的"好为人师"的"人之忌"。好在石彦伟年轻，他没有计较地接纳了。这个书名自然与石彦伟批评文集的内容有关，他几乎是研究回族文学的专门家；另一方面，我也是受到了美国人类学大师克利福德·纪尔兹（格尔茨）的名著《地方知识》的影响和启示。纪尔兹的巨著《文化的解释》出版以来，是学界重要的阅读著作；《地方知识》是继《文化的解释》之后的另一本重要著作。这本书不同于《文化的解释》。《文化的解释》提出了"深描说"，那是一种"迈向文化的解释理论"；《地方知识》更像一本文艺评论集，收录了包括《文类的混淆》《在翻译中发现》《艺术乃一文化体系》《地方知识》等八篇短篇论文，它不仅显示了纪尔兹的博学，同时也是一种深具文学性的写作。

石彦伟的这本文集中，都是研究和评论回族文学的文章。既有《回族文学》的年度述评，也有"回族文学"的年度述评；既有对张承志、霍达这样当代著名回族作家的评论，也有对像石舒清、马金莲、李进祥等著名的中青年作家的评论；更有对不同地区回族文学的观照和评论。有点有面，有宏观也有具体，从中可以窥见石彦伟从事文学评论以来的大体样貌。石彦伟是"八〇后"一代年轻的批评家，他有这代批评家共同的阅历和经验，有这代批评家大体相似的学院经历和知识背景。但是，由于他关注的文学对象的差异性，使得他的文学批评与同代人比较还是有较大的辨识度和特点。我想大概可以归纳这样几点：

首先是石彦伟"与文明对话"中的宽阔的文学视野。他在通过一个时段回族文学的阅读和勘探，看到了"'后心灵史时代'的回族长篇小说处于领袖缺席状态"的扭转，看到了回族作家作品的不断丰富和作家队伍的不断壮大，"回族文学"的边界在不断拓展和深入的现实。他不回避问题，但总体上他不是当代文学的"唱衰派"。通过对小说、散文、诗歌、报告文学、文学评论、网络文学等不同文学样式的具体分析，他看到了变化和发展，看到了新的局面和气象。但是，他不回避问题。在他看来，某一个时段的回族文学，"除主将张承志，先锋李进祥、马占祥等少数几位取得明显突破外，多数作家仍处于平稳的攀爬状态。坚守固然可贵，但以'更真挚的正义感、更辽阔的视野、更优美的艺术性'（张承志语），去直面风头浪尖的大洗礼，勇敢坚韧地发声，才更加值得期许。'文章合为时而著'，应该坦承，在祖国的勃兴、时代的变革、世界舞台风起云涌等重大事项的拷问面前，我们的多数回族作家，还显得过于保守和沉寂了一些；在文学正在迎来新世纪以来最好发展机遇期的当下，我们的回族作家，还没有开足向一流大刊、一流出版社、一流文学网络全面冲刺的马力。传统型文学的优势固然需要维系，而适应时代潮流的市场化文学和网络文学，在转型时期更应学会在阵痛中生发锐气"的问题。敢于提出问题，是一个优秀批评家最重要的品格。

其次，是石彦伟文学批评的格局和气象。对一个青年批评家来说，写具体的作家论和作品论可能更驾轻就熟，他们基本的文学批评训练决定了这一点。但是石彦伟对当下回族文学总体性的把握和了解，使他敢于也有能力写出"大文章"。他的"年度评述"是一种类型，他写出了多篇这样的文章，像《回族文学的"抗战动作"》这样的文章，不仅需要文学史知识，同时更要具备从学术意义上讨论这一现象的能力。这是一篇重新"发现边缘"的文章，如果没有良好的学术训练，写出这样的文章是不可能的。他在"时间与空间"不同的维度上努力驰骋，看到了回族文学在不同历史和地域中的绚丽绽放。

第三，是石彦伟对艺术问题的精确分析，对文本细读的耐心和诚恳。他写了大量的作家作品评论。这类文章是批评家的基本功，要求批评家有良好的艺术感觉和理论修养。石彦伟在评论张承志、霍达等著名作家时，体现了正义的文学价值观和良好的文本分析素养；而对那些我还不熟悉作家作品的分析，同样是一种"发现边缘"的工作。这个工作可能是更艰难的——短时段的观察，最能考查一个批评家的眼光和功力。

综合石彦伟的文学评论，我认为他是通过文学批评的方式在书写回族的"民族志"，是在寻找一种新的文学批评方法——通过"地方性知识"，在寻找知识形成的具体情境和条件。因此也就形成了他关注"地方知识和边缘经验"的合理性。我祝愿年轻的石彦伟的文学评论越写越好。

是为序。

2019 年 5 月 25 日

第一辑

时间与空间

浓荫下的一抹清凉

——2009 年回族文学述评

新世纪以来，特别是最近几年，文学场域正在发生新异的潮动：几十年来以文学期刊为主导的传统型文学，正在分泌成以商业出版为依托的市场化文学，以及以网络媒介为平台的新媒体文学，"三分天下"的格局日趋显明。①这是中国文学不得不面临的现实语境，亦为新格局观照下的回族文学提供了多维考量的视角。或许更加习惯和擅长于传统型文学的回族作家，还没有来得及适应这种潜在的异动，但他们的触须已经不自觉地伸向了更加宽阔的陆地。

翻检 2009 年的回族文学作品，大致可以得出这样一组印象：长年滞后于潮流的市场化文学和网络文学有了"破土式"的拓进，草根书写与精英书写构成新颖的参照；文明的多样性得到了充分尊重；灵魂性写作逐渐强健起来，归根于回族母体文化的题材明显增多，城市生活、时代精神得到相应补给。较有代表的几个收获是：张承志散文集《敬重与惜别——致日本》、李进祥中短篇小说集《换水》、长篇小说《西域东来》《穆斯林的庄园》《前程》等作品出版；《民族文学》推出"宁夏专辑"，《回族文学》创刊三十周年；"斋月日记""望新月"书评促发网络

---

① 白烨：《当代文坛的结构性变化——三分天下》，《文汇报》2009 年 11 月 1 日。

民间写作热潮。

　　较之本年度共和国六十华诞喜庆气氛下文坛的一系列动向，回族文学内部发生的微妙变化尚不足以引起广泛注目，但回族作家们正是以一种沉稳谐和的内在秩序，一种气定神闲的坚守姿态，一种多元共生的文化气度，构筑成 2009 年中国文坛浓荫下的一抹清凉。

长篇小说：历史的找寻与文明的对话

　　苛刻地说，"后心灵史时代"的回族长篇小说处于领袖缺席状态。作品一年多比一年，但图书市场（特别是东部）能见得到，卓越网、当当网能买得到，非回族读者也能知道，也愿意买、愿意读的作品却少见，事实上是暗藏着一种危机。这种状况自 2007 年开始有所改观，书店货架上回族作家的长篇小说越来越多，且民间写手的势力越发壮大，我想这与近几年国内"草根书写"的崛起大势是相匹配的。这些民间写手一出手就是大部头，且大多不约而同对准了回族题材，体现了弹跳有力的文化自觉意识：如 2007 年马守兰的《绿色月亮》、2008 年吴秀忠的《林海回民工队》；到了 2009 年，又有张浩春的《西域东来》和丑丁的《穆斯林的庄园》等。这至少说明两个问题：其一，回族的民间写作存在巨大潜能，草根书写一旦成熟，极有可能与精英书写交相辉映；其二，相对保守和传统的回族文学已经开始理性接受市场化的冲撞，民族多元化表达的诉求与政策环境的包容，为回族普通写作者谋求公开出版、商业化运作提供了更加丰富的可能。

　　历史深处的殷切找寻，是本年度回族长篇小说的厚重底色。张浩春的《西域东来》将视角投放在回回民族渐现雏形的元代时期，讲述了1220 至 1234 年这十余年间，一个在中亚锡尔河草原长大的少年札兰丁，被成吉思汗的西征大军掳掠到蒙古，进而被编为探马赤军，灭西夏、征大金，最后驻屯于中原，融合为中原回回人的曲折故事。小说尽管采取大景深镜头伸向历史文明地心，但并没有用大事件、大人物刻意为作品包装厚度，而是踏实地讲述大时代下小人物的命运，用血肉丰满的细节建构史诗风范。另一部历史小说《穆斯林的庄园》加重了家族记忆的斑驳痕迹，讲述一个西迁新疆的回族世家五代人的命运沉浮。主人公马顺昌颇具传奇色彩，他曾为慈禧身边爱将，深得朝廷重用，后几经辗转为国效忠，不料遭小人暗算，背负叛逆罪名而终。先人的悲剧命运为整个家族记忆奠定了凄凉基调，大庄园日渐败落，及至"我"母亲这一代，已无显赫背景和富裕金帛，但家族传承下来的善良、忠义、博爱的文化基因在后代身上得以重获。两部历史小说一个讲民族的孕育，一个讲家族的落寞，共同支撑始末的是回族坚贞不屈的精神底气，充盈着英雄主义的气魄与美感。作者不是专业作家，初涉长篇创作即有不俗表现，为回族民间写作开了疆域，壮了声势。尽管作品对宏大叙事的营建技巧、人物造型的手段尚显青涩，个别作品在历史价值观的宏观把控上，尚有偏颇和仓促之嫌，但作为民间写作的代表和回族文学市场化转型期的拓荒之作，它们仍是本年度回族小说的重要斩获。

乡土叙事是回族作家的长项，且一贯以西部作家为主力。河南作家献出的两部现实主义长篇，均以中原地区的乡土生态为描写对象，使回族乡土文学的版图愈臻整齐。黄旭东的《前程》讲述中原散杂居多民族地区新农村建设和基层民族工作的故事，塑造了回、汉、蒙古、满等各族农民干部群众的生动群像。他们深深扎根在脚下的中省大地，为新农村的崭新图景倾尽心血，承领着农耕文明在工业文明和信息文明冲击下逐渐解体的观念更变，亦在不同民族文化的交叠与碰撞中，寻求着多元共生的途径。邵军的《河之街》反映了改革开放以来，一个以皮革为主要产业的农村企业的创业史，通过五大家族错综纠结的命运关联，折射出新农村建设过程中在利益、欲望与情感考量中的种种困惑。同时，该作回族题材版本的《河街穆民的变迁》等作品也在潇湘书院等多家文学网站受到关注。比较来看，西部的回族乡土文学，讲究的是纯朴清香的苜蓿草味、黄泥小屋的斑驳味、肉香诱人的炊烟味，而这两部中原乡土小说，多了几分官场、商界、人际圈的喧哗气息，欣欣向荣的背后暗藏几分利欲潜动，是味道截然不同的一番乡村景观。这种差异性可能源于地缘背景和文化心理的不同，但更多显示的是城乡二元结构在同化过程中对乡土作家所产生的心理冲击和文化认同的异变。乡土生活固然呼唤丰富多元的呈现，但这种嘈杂的响动对回族文学内涵气质的塑造是否具有良性意义，需要观察和省思。

回族作家书写其他少数民族生活早有先河，具有多元文明的比较意义。本年度有三部长篇属于这一类型。何晓的《佛心》以一块水色格桑花玉佩为物象线索，以六世活佛仓央嘉措的情诗为抽象线索，写了藏汉几代人在内地古城与藏地之间的离合追索，着重写出了藏文化对汉文化的影响和净化。还有两位湖南青年作家不约而同写到了本土民间文化、异族文明的多样和神秘。于怀岸的《猫庄史》描写清末至解放初猫庄山寨一个巫师的人生经历，折射湘西农村从混沌走向文明，从血泊泥淖中走向有序和辉煌的百年风云。马笑泉的《巫地传说》通过大学生霍勇在追忆和踏访相交织的双重回乡路上的忠实记录，观察乡土灵性与时代进程的扭结与消长，反映了梅山文化的神秘智慧。两部作品都涉及到大量巫楚民间文化的玄幻色彩，相对于传统回族生态是完全陌生的镜像。这类题材在一定程度上拓展了回族文学的收视范围，体现着少数民族文学博大包容的品质，但这一题材作品的个别描写可能存在与回族审美习惯不大相适的情况，宜当有所节制。

总体而言，当下回族长篇小说创作，对历史、乡土和多元文明的挺进姿态是显而易见的，但理性地看，多数作品叙事能力、精神气度的塑造功力尚显虚弱，比之张承志、霍达创制的经典写作时代，应当说进入到一个相对艰辛的爬坡期。

中短篇小说：不动声色的温暖与苍凉

较之长篇小说在历史观望中的虚茫感和文明对话的表层繁茂，中短篇小说则以更加扎实稳健的坚守姿态，在波澜不惊中"静水深流"，蓄养了回族文学迎对日益纵变的主流现场发声的底气。这一年是宁夏的丰收年：《民族文学》推出"宁夏专辑"，集中发表回族作家各类体裁作品二十四篇。这是该刊自 1988 年、1998 年后第三次推出"宁夏专辑"。十年一道分水岭，今天的宁夏回族作家，阵容整饬，影响日隆，不仅在回族文坛具有领衔意义，而且就小说领域来看，在主流文坛也是有声有色、生气盎然的。坦白地讲，"回族文学"这个概念作为一个民族的整体文学形象出现，之所以在回族以外的世界还不至于那么突兀和陌生，除老作家长年的躬耕实践之外，以石舒清、李进祥、马金莲为代表的当今几位宁夏小说家功不可没。他们都是短篇好手，不动声色中透露出浓郁的温暖与诗意的苍凉，大概是其作品的共性之美。愈臻纯熟的笔力正在将他们推向当前国内优秀小说家的前台，亦使短篇小说成为回族文学的优势体裁。

平民生活和底层叙事，是回族作家擅长的题材。石舒清的《杂拌》以父亲日记为引子，回忆了旧社会几桩人事，陈家人、牛家人、鲍玉财、文阿爷在父兄卑微落魄时的信任帮衬之恩，闪耀着人性的纯洁与高贵，在时光消磨中愈显清晰。《平民三记》写出了一组有神采的女性：

外表柔弱但极具反抗意识的舍舍、爱娃娃的菲菲、爱读书的黛黛姨娘、为哥哥换老婆而出嫁的圆女、正气持家的小舅母，都是隐忍、负重、纯澈，甚至近似童话人物的乡村女性形象。她们看似惯常但暗藏惊异的举止，往往令人惊叹作家的洞察天赋。石舒清小说近年来走的都是这个路子，如叙茶话、讲评书，闲扯中句句有物，平静中事事纠情，似乎要把朴实写到极致。作家自己也在小说中自白，语言"要丑笨，不要漂亮"[①]。这种散文化的叙事风格，个人经验的质朴言说，在小说创作中是一条绝大多数人不会选的泥泞之路，需要作家强悍的控制力和持久的磨刀精神，也要消耗大量的元气。风险也是大的，隐在节奏稍有松懈，就易造成平乏的印象，譬如《客居》就是尚待打磨、不够理想的作品。

李进祥中短篇小说集《换水》出版并召开研讨会，是本年度回族文学的标志性事件。一本集子里的二十七篇作品，二十余次被《小说月报》《小说选刊》《新华文摘》转载，或入选多种选本，足见集子的成色。李进祥也是专写小人物的高手。《剃头匠》讲一个剃头匠等了一辈子要给杀父仇人剃一次头，趁机报仇，可当垂暮之年的仇人果真坐在眼前，那把剃刀却在岁月磨砺中钝去了仇恨，刮除了人性的幽暗，反射出宽慈与平静之光。作品写得惊心动魄，注重心理节奏的张弛，主旨与技法与代表作《掮脸》异曲同工，是本年度的上乘之作。《方匠》是一篇"清水河版"的《棋王》，通过下方隐喻进退攻守的人生哲学。从没败过的韩信败在货郎子之手，只因一段爱的守望。《跤王》则写到公社工地上的两个绊跤高手为争夺一只石羊的犒赏，打红了眼，最后却败给一个老伙夫：私欲终究无法战胜博爱。《植物人》写一个因医疗事故而成残疾的少女，清澈的微笑唤起更多人对爱的释放与反思。这些作品都是李进祥平民情怀的真切流露。

---

① 石舒清：《杂拌·小引》，《人民文学》2009 年第 10 期。

健步成长的马金莲，依然习惯以儿童化的视角体察世态炎凉，发掘陈旧生活中的感动与悲哀。《老两口》《古尔巴尼》《哑巴巴的爱情白杨》集中描写弱势群体或喜或悲的底层际遇，忧伤而悲悯的关怀中，负载着青年女作家沉重多累的忧患之心。《蝴蝶瓦片》中的小刀，以弱势到极致、甚至病态的形象，将污浊之中的清澈尊严演绎得别致动人。同为宁夏的八〇后作者，方一舟与马金莲在题材、意识、手法上开启的是别样镜像，《空潮》以意识流手法写一个泊居城市的打工者眼中的事物，冷峻旁观中，如快切镜头般飞速掠过一幕幕人间戏剧，清洁与污秽、平静与狂躁、禁欲与纵欲，归结为压力对青年一代倾轧下的巨大空虚。撒雨的《蒲公英的妈妈》以一个流浪女人的生存状态折射社会性问题和异乡人的心理轨迹，温润感伤，语言有嚼头。马有福的《上粮》、底惠乔的《洗衣谣》分别展现了西部、东部地区苦中有乐的农民生活场景。讴阳北方的《金玉良缘》写两个在酒店打工的厨师和服务员的纯朴爱情。戴雁军的《谁是我的替身》写农村民办教师文菊因转正考试中被人冒名顶替，失去在城市生活的机会，但伤痛没有让她放弃权益，而是如打官司的秋菊一样，开始了不离不弃的抗争之旅。小女子身上那种不甘被捉弄、不甘放弃的自救精神，令人心存敬意。

现代性对传统生态与人性的改造，是当下短篇小说关注的热点，以李进祥为代表的回族作家们对这一命题多有精彩表达。《监控器》与《前面的女人》是李进祥小说里为数不多的对现代化生活的聚焦，一篇讲监控器折射的信任危机，一篇写网络语境下的情感操守，多有耳目一新的时代元素彰显。《干花儿》中的"花儿"联结着两位老人深沉决远的苦恋，意在昭明保护文化遗产，更应尊重符号下面所代表的原初而持久的情感，而不能沦为作陪现代文化、炫目猎奇的工具。《梨花醉》写农民在举村搬迁际遇下的挣扎与困顿，尽管顽固的李根老汉最终融入潮

流，但对传统的留恋与忧患依然存在。于怀岸的《天堂》通过一起交通
事故，写猫庄人在市场经济冲腾下的变异，表达了对物欲的憎恶与对天
堂般淳朴精神境界的向往。马金莲的《庄风》把背景放在出去的一群
人，对看客心态、群氓现象的揭示和讽刺力透纸背。冶进海的《大姐回
乡》写大姐在传统风尚与现代意识撞击中的爱情抉择。古原的《黄墙上
的月亮》则讲述一个老记者面临现代生活、复杂的人际关系的挤压，对
纯净淡定的乡土生活的怀恋。回族作家处理乡土题材老到从容，对现代
性裂变对乡土生态的改造多有敏锐见地，但一些作品手法略嫌单调，思
考还不够透彻，需要作家进一步深入多元现场，补给时尚元素，拓展思
维的疆域。

　　成长的困惑，似乎是一个常写常新的题目。平原的《花儿与少年》
作为"宁夏专辑"的封底特别推荐篇目，受到瞩目和好评。乡下卖书少
年和时尚的都市女子，因为书而发生关联，诱发了好奇，蓄积了信任。
城与乡，贫与富，男与女，知识与命运，关怀与背叛，诸多命题撞击在
少年单纯的心头，使作品隐含着一种精神重量。从容淡定的叙事格调，
神秘忧伤的诗意气质，缜密别致的心绪潜变，是作品的看点所在。讴阳
北方以鲜明彻底的女性意识、苍凉温润的良善呼唤、细致入微的人性状
描，在中篇领域独树一帜。《世上没有多余的人》讲述女孩小艾自幼被
过继到城里的大伯家，遭到继母虐待，后又被赶回乡下，坠入到城市乡
村的双重隔膜中，养成了讷言寡语的性格。但她心中爱的种子始终在突
破重重劫难，在常人难以理解的目光中去关爱疯掉的继母、宽容纵欲的
丈夫、收留和她一样被抛弃的唇裂女孩。尽管小艾的成长史充满了浓重
的悲情色调，甚至她的善举有些令人费解，但高贵的爱的原则最终救赎
了邪恶与仇恨。在马金莲的《少年》里，生存的艰辛、求知的早折、家
庭的重负过早落在打工少年的肩头，纯洁的灵魂时刻面临丑恶与利欲的

考验，但少年顽强地自制着、抗衡着，健硕地成长着，是一篇蕴含丰富、值得品咂的佳作。此外，马笑泉的《单车驶过少年柔软的心》、李进祥的《十四岁的罗山》、查舜的《霞光是天边的一种假设》、敏奇才的《月亮和星星》，从不同侧面写到青少年生活的重压、求学的艰难、情感的萌动，笔触内敛，诗意绵长。

回族人的天命中总是对自然生灵多着几分亲切，动物题材亮点纷呈。《老家的燕子》保持了石舒清小说"小叙事、大灵魂"的特色。老屋多了一窝燕子，给父母单调孤寂的留守时光添了几许生气，也叫醒了作家的乡愁、悲悯与歉疚。小狗驱逐黄猫的惊心动魄，老燕领飞雏燕的热闹喜悦，内敛着的温暖与幽默气质，使人怦然心动。他的另一篇《小事情》也写到燕子，却是个悲剧：为保护雏燕，老燕与猫不依不饶地相斗，不幸殉命；一只被捉的地鼠，负伤顶着压了巨石的大盆走了几十米；一只鸽鹁在落网挣扎的一刻就消耗了全部元气，以靡态作为对捕手的抗议。在石舒清的笔致下，动物的灵性得到无限鲜活的怒放，求生的本能和尊严令人肃穆。马金莲的《发芽》和《流年》写到人与动物的关系，骡子与乳牛，都被赋予传奇般的人性色泽，连同着人的命运更迭起落。与之类似，李万成的《草地上的人们》写到蒙古草原上烈性的公牛和青马，马悦的《花女儿》写到一头花斑牛被贩卖的波折命运。两篇小说偏重对人物心理的描摹，但动物形象的塑造还略显黯淡。敏奇才的《红雀》以一只笼中鸟隐喻女性命运，室闷的等待中凝结着飞翔的热望。马佩珍等人创作的《意外》描写在狩猎场里人与野兔和猫头鹰的故事，结局部分对人的误伤引人深思，这两篇小说生活味道醇正，新意有待拓拔。

原生态的回族生活更加本真而密集地呈现在文本之中。古原出版的短篇小说集《白盖头》，收录了《斋月和斋月以后的故事》《清真寺背后的老坟院》《耶其目的老房子》等二十二篇具有浓郁回族生活气息的佳作。安静的村庄，油画一般的院落，阳光下头戴白帽的老人，肃穆圣洁的清真寺，无不体现着作家质朴而诗意的美学追求。王树理的中篇《第二百零七根骨头》全景讲述了明朝回族将军铁铉的英雄史。作品以其鲜烈的民族血性，真挚的正义精神，忠贞的爱国主义烈焰，在共和国六十华诞之年重新推出，颇具劲道。作家在历史人物身上挖掘出来的忠义、正直、刚烈的品质，为民族精神性塑造开拓了新视阈。另一篇《补钙》，讲述母亲法图麦教育为官之子走正路的故事，并借母爱喻比祖国与民族对儿女的哺育，小切口，大智慧，是具有民族精神特质的主旋律佳构。还有几篇作品展现了中华大地上多元共生的回族生活风貌，地域特色清新，如金沙描写云南回族的《缅桂花香》、杨军礼描写新疆回族的《草原深处》、马金龙的《守墓人》、金伟信描写东北回族的《别克》、讴阳北方描写中原回族的《小石阿訇的幸福生活》，这些作品彰显着回族作家的文化自觉意识和对母体文明的信赖与皈依，写出了风骨和元气，是回族文学重塑文化话语的有益尝试。

这里还有一篇从反向思考的颇有力道的作品，就是李进祥的《宰牲节》（又名《宰牛》）。小说将笔触削尖，以宗教节日为切口，直指传统聚居社区诸多应受批判与审问的现状，不写概念，写内核，写实实在在的信仰生活经验，这在作家以往的小说中还未发现。这不是李进祥最佳的作品，却可能因其批判现实主义的气场，成为最要害的作品。它将李进祥带向了一个更为复杂原生、更为辽阔的精神指向，也为作家书写宗教生活多歌颂、少反思的僵化模式提供了必要的提示。

还应述及的亮点是，一些网络小说也写得津津有味，譬如同心网的中篇小说《旱塬往事》，讲述清末旱塬大地上以回族人穆一刀为代表的一群侠客好汉，拯救为民受难的巡抚一家的传奇故事。小说由同心网的三十位网友联合接力创作，其中回族作者二十二名，除网络写手外，还吸引了民冰、马悦、马晓麟等同心本土回族作家加盟。尽管区区八万字作品尚显粗糙，却展现了网络文学凝聚心力、智慧和情感的优势，是回族网络文学的新颖尝试。此外，伊斯兰在线网的《山水在流》，中穆网的《回扣》《谁踢了你青春的屁股蛋子》，同心网的《尤努斯的烦恼》《达吾爷》等也是书写回族生活的意趣之作。

散文：领跑者力挺"他者的尊严"

如果说，小说领域趋向平稳，尚无惊世之作，散文领域则呈现大起大落的反差状态。张承志在年初出版的最新散文集《敬重与惜别——致日本》在文坛保持着迎风独立的旗帜姿态。它容纳的气魄与蓄积的重量，锐意的眼光与独异的气质，似乎并不适合和其他散文作品在同一个单元评介。散文集以冷峻的笔势深入讨论了近现代以来日本文化的道统与嬗变，并由此比荐中国文化，努力进入到国民精神的自省之中，清醒地提出在这样一个"律己的时代"，中国尤应破除崇洋媚外的痼疾，清算盘踞体内的"大中华主义"情绪，在崛起中警惕对弱小民族的歧视，唤起"他者的尊严"。随着中国的文化造型在世界舞台愈发鲜艳，国人的自我膨胀心态也在愈演愈烈，正因如此，张承志的这一声喊，显得如此遒劲嘹亮、痛彻心扉。它所肩负的是一介知识分子忍痛接受批评的度量，是作家"为人民"立场的高位夯实，是"清洁的精神"的继续外延。我的预感是，此书很可能将同《心灵史》共同支撑起张承志创作生涯的两座峰巅。对作家来说，语言可以锤炼，风格可以蓄养，思想可以深植，甚至气质都可以模仿，唯有立场，是断然学不像，也很难变异的精神底色，从作家一落笔开始，就决定了他所能攀爬的高度。《心灵史》

之所以重要和唯一，是因为没有任何作家可以做到张承志这样，把全部的真挚如此彻底地送进最底层穷人的灵魂深处；而《敬重与惜别》之所以在某种程度上超越了作家前面的散文集，是因为再没有一种立场，会比站在比自己更弱小、更卑微、更值得悲悯呼号的群体之中，更加地高贵而有力。张承志苦苦寻求的，恐怕正是一种"有力"的表达，而要达到期望的力度，又必然需要依存多种文明的参照系，否则就容易走入隘道。《敬重与惜别》正是作为一个崭新的参照系，体现着一种对文明多样性的深度尊敬。必须注意，以《鲜花的废墟》《敬重与惜别》为标志，张承志不再仅仅是那个被评论炒俗了的"三块大陆上的歌者"，他的笔早已伸向了西班牙、日本、巴勒斯坦，拓展着自己对世界视野、人类立场的渴盼与追寻。由此我们快慰地看到，花甲年的张承志仍是一个健硕的战士，他秉持立场，怀揣公义，跑得更高、更快、更强大。

还有多位作家出版了自己的散文随笔集，他们大多以文化眼光介入历史、异域、时代与人生。马吉福出版《从空间追寻时间》《幸福与痛苦的人生》《理性与本能的人生》等四部散文集，他对人生哲学的巡游，秉承了东西方文化的精髓，关注心灵自由，充满生命信仰的关怀。马瑞芳的学术随笔《马瑞芳趣话王熙凤》，以诙谐有趣的笔触，对王熙凤身上潜隐的人性特点进行个性化解读，显示了学者深厚的古典文学根底和红学研究造诣。马季的《消失的王城》《消失的文化遗产》《消失的宝藏》系列文化随笔，情迷于人类发展史上神秘消失的文化，潜入一条文明奥秘的隧道，如一道闪电照亮了人类的记忆，引发我们对精神旷野的怀恋。毛眉的散文集《新疆，我要拖你入海》以散点化视野，重新打量西域故土，与早年的《走遍新疆》等游记相比，女作家的散文创作已从浮光掠影的风光扫描走向深沉厚重的文化寄寓。敏彦文的《生命的夜露》则更多聚焦文化界前沿，堪为一部时代观察者的行思笔记。

刊物发表的散文较之作品集质量更优，最出众者当数名不见经传的河南女作家阿慧。她的《羊来羊去》被《散文选刊》《读者·乡土人文版》等刊转载，不夸张地说，是近几年国内最好的散文之一，女孩与羊的故事在阿慧笔下是那样曲婉怜人，感人肺腑。当散文写作普遍强调刺激、崇拜小资、沉湎过去时的时候，当世俗物欲不断吞噬生命尊严的时候，阿慧以河流般的湿润和悲悯，救赎着爱的传统。写母爱的《十一个孩娃一个妈》，写乡土的《西洼里的童年》，以及《天边那片白》《黄的视宴》等作品，都闪耀着洁净的人性光芒。我的预言是，很近的将来，大器晚成的阿慧将不仅在回族文坛成为领跑者之一，而且也将在全国散文界获得更加充分的评价和应有的席位。

此外，阮殿文的《一个漫游者在迪庆高原》和《小街少年》于精神高原上立意，于灵魂疼痛处发微，写出了散文的美感与深度。沙戈的《悲伤，不悲伤》对死亡的体察与感受，冷峻清凉，有诗性的内敛和悲悯。王正儒、方芒等八〇后作家肩负新一代回族知识分子的道义与良知，为母族精神传统立言。王正儒的散文《拒绝遗忘》经多次转载、获奖，成为回族散文中的优秀新篇。网络领域，网络写手安然、伊蕾的随笔杂文在全球化语境下，为重塑文明的尊严而啼血发声，也为回族网络生态从快餐化、娱乐化向思想化、学知化过渡，付出了诚恳着实的努力。中穆网、伊光网等网站出现"斋月日记"系列写作热潮，成为回族民间写作的代表性现象，值得深入研讨。

从宏观趋势来看，创刊三十周年的《回族文学》杂志在近两年下大力气拓展地理散文版图，以弘扬回族文化为己任，植根民族传统，追寻文明记忆，涌现出数量可观的一批佳章。如拜学英《渭河边上的追思》、古原《关于西安的一条巷子》、马志荣《西部写意》、叶多多《湄公河畔穆斯林人家》、冶生福《汤瓶里的村庄》、敏洮舟《风雨故乡》等。这些地理文化散文，或是一座山、一条河、一个村落、一户人家，或是一桌宴席、一本家谱、一座墓碑、一把木梳，触角遍及东西南北中各个地域文化现场，摊铺开回族文明辽阔丰饶、姿色万千的精神图谱。此外，李佩伦、杨继国、王树理、马有福、哈正利、马霁鸿、马福仓、君悦、马强、马锦丹、范景鹏、沈沉等也都有散章发表。客观地说，回族作家的散文创作尽管饱怀文化忧思，充满生命记忆，但精神硬度、思想高度还普遍显得乏力，与小说相比，品相平平。尤其是距离领跑者张承志散文所能抵达的精神驻地，尚有漫长之旅有待求索。

诗歌：黎明前的匍匐等待

宁夏青年诗人马占祥出版《半个城》，是本年度回族中成色最佳的一部诗集。诗人在感动与疼痛中，深入同心故土的纯净与虔诚，集子中的每一首诗，都殷实、干净、致远。"因为有了马占祥，西部诗歌的坐标上注下同心；也因为有了马占祥，狂热的诗歌写作者不敢轻易写下同心"。①出版的优秀诗集还有：沙戈的《尘埃里》、马季的《马季诗选》、杨志广《低处的光芒》等，体现了回族诗人独特的审美情趣和多元的艺术追求。值得记忆的是，年内归真的甘肃老作家、曾写出《丝路花雨》的赵之洵先生留下绝笔遗著《敦煌沙》，凝结着老作家的终极思考与浓情挚爱，令人怀念。

刊发作品中，单永珍的《河西，河西》《青海：风吹天堂》、泾河的《我有一匹黑马叫闪电》《草芥》、马晓麟的《麦子与大寺》、保剑君的《高处的村庄》、梦西的《宁夏写意》等组诗，笼罩着浓郁的麦草之香、土地之香，体现了宁夏诗群的不俗实力。马克的《啊，五星红旗》以荡

---

① 单永珍：《原在的诗篇》，《半个城》，宁夏人民出版社 2009 年版，第 189 页。

气回肠之势颂咏了红色主旋。八〇后诗人马关勋的《站在高高的山巅》、马国平的《漂在哈尔滨》等诗作，显示出新锐的洞察力。从容、李春俊、马存梅、马超、海默、查文瑾、民冰等亦有诗作发表。民刊《独立》诗丛第十五卷以"回族现代诗群"专栏，刊发单永珍、马占祥、孙谦、安然等人多组诗作，其中以孙谦的长诗《穆斯林词》分量最重，该作赋予经堂语汇以诗性关怀，充满信仰文化的端庄凝重之美。此外，西马、红树林、逝风无痕、深谷幽兰、刘青之等网络诗人也较活跃。

概而观之，本年度回族诗坛在年龄梯度上呈现这样的格局：中老年诗人逐渐淡出舞台；以单永珍、沙戈、马占祥、泾河等为代表的中青年诗人日趋沉稳，构成回族诗歌主体阵容，基本具备与主流诗坛对话的实力；八〇后诗人和网络诗人则尚显稚嫩，未能形成群落，甚至有断层危机。形象地说，就是"中间重，两头轻"，整体上处于黎明前的等待时期，爬升潜力仍然很大。

报告文学：为回族文化写史立传

如果说，时代赋予少数民族作家的使命，是"浓墨重彩展现少数民族地区翻天覆地的历史性巨变，描绘色彩斑斓的民族生活和源远流长的民族风情，传承多民族大家庭团结和谐的文化基因"[①]的话，那么报告文学正是作家响应时代呼声、施展才情抱负的体裁。锁昕翔的《纳训评传》记录了《一千零一夜》译者纳训先生坎坷曲折的人生道路，客观而详细地评述了他在阿拉伯文化、文学译介方面的巨大贡献，赞扬了他的爱国情怀、理想信念。马兰的《守望故土》以饱满的激情讴歌了山西长

---

① 刘云山：《植根民族传统，弘扬民族文化，为中华民族伟大进步写史立传》，《光明日报》2010 年 1 月 10 日。

治回族六百年来的基业。海默的《老脚印》记录了回、维吾尔、哈萨克等十个民族的老人质朴而殷实的人生轨迹。马步斗的《孝道如山》描写了西部企业家艰苦创业、无私奉献、回报社会的感人事迹。昌吉回族文化研究中心、《回族文学》共同选编的《百年回族》一书，收录了表现各领域取得杰出成就的回族人物和重要历史事件的报告文学三十六篇，是一部中国回族精英传。除成书之外，《回族文学》在传统特色栏目"岁月钩沉""回族人物"散发的一批报告文学，相继介绍了现当代杰出回族人士，如学者纳忠、虎嵩山，革命家郭隆真、张洪仪、黄镇磐，文体名流孙敩、曹磊等。回族作家的报告文学弱势相对明显，主要表现在视点分散，气象不够开阔。在时代的洪流面前，在固守与自新中跌宕沉浮的回族文化呼唤更加大气厚重的压阵之作。

评论：网络催生民间力量崛起

本年度的回族文学研究平稳推进，并无大的波澜。老一代评论家白崇人、李鸿然仍然密切关注国内少数民族文学，尤其是回族文学的发展态势，并结合躬耕一生的研究经验，赋予评论成果以珍贵的历史记忆和多层次的纵深维度。中青年评论家郎伟、王锋等密切关注回族作家创作，尤以宁夏文学研究最为权威。郎伟对宁夏少数民族作家群的分析与梳理，清晰明澈，其中为《民族文学》"宁夏专辑"所作卷首语《孤独的写作与丰满的文学》，寓理于情，写出了"石舒清们"的风神与静气。马季的网络文学和长篇小说研究在业内颇有生气，是一位回族标识逐渐清晰的优秀青年评论家。值得关注的事件是，在互联网领域，回族知识阶层的有识之士正在唤起一轮全民阅读热潮，如中穆网第五届"望新月"斋月读书活动以网友捐款捐书、读者免费取书评书、网络社群评奖为方式，促生书评一百二十九篇，体现了"播下一个民族读书的种子，搭起一个民族思考的平台"之宗旨。这一网络文学现象显示了民间评论者介入文化观察领域的可贵探索和巨大潜力。主流立场与民间视角的补偿与呼应，势必促进回族文学创作的多元平衡与人民立场的坚守。

2009年的回族文学，数量可观，质量稳中求进，总体上呈看好态势，但除主将张承志，先锋李进祥、马占祥等少数几位取得明显突破外，多数作家仍处于平稳的攀爬状态。坚守固然可贵，但以"更真挚的正义感、更辽阔的视野、更优美的艺术性"（张承志语），去直面风头浪尖的大洗礼，勇敢坚韧地发声，才更加值得期许。"文章合为时而著"，应该坦承，在祖国的勃兴、时代的变革、世界舞台风起云涌等重大事项的拷问面前，我们的多数回族作家，还显得过于保守和沉寂了一些；在文学正在迎来新世纪以来最好发展机遇期的当下，我们的回族作家，还没有开足向一流大刊、一流出版社、一流文学网络全面冲刺的马力。传统型文学的优势固然需要维系，而适应时代潮流的市场化文学和网络文学，在转型时期更应学会在阵痛中生发锐气。我们期待看到更多的回族作家，能够多用一点心力，多一点担当精神，加盟到回族文学的多元蓬勃和全面振兴的事业中来。

2010年1月

骨骼深处的拔节之声

——2010 至 2014 年回族文学述评

以五年作为一个观察的周期，或许更加便于拉开镜头呈示一个民族的集体文学样貌，辨认它在演进之中的脉络流变。2010 年以来，回族文学的追索与进步同新世纪前后十年的任何一个五年相比，都显得更加醒目一些。从大的潮流来看，这五年也是少数民族文学集体发力、声色不俗的大发展时期，全国少数民族文学创作会议、"中国少数民族文学发展工程"等国家行动的实施，无疑为少数民族文学的勃兴缔造了天时之利。具体到回族文学而言，其骨骼深处体现出的生命关怀特质、对民族题材的多维探索和对美学版图的诗性开掘，都彰显出文学发育旺盛阶段的"拔节"之势。

创作与出版领域气象一新

出版阵地的繁茂促成具有历史意义的几桩新举。《中国回族文学通史》历时四年终告付梓，全书约三百二十万字，分民间文学、古代、近现代、当代四卷，系首部以回族人的视角，涵盖了回族文学从古至今、从民间文学到作家文学完整体系的通史。由宁夏人民出版社推出的"回族当代文学典藏丛书",第一辑便收录了马知遥、马瑞芳、查舜、王树理、王延辉、毛眉、讴阳北方等人的十四部作品集,第二辑更达二十五部之多,并有十部已被译为阿拉伯文向海外推介,较为整饬地彰显了当代回族文学的阵容。由中国作协组织编选的《新时期中国少数民族文学作品选集·回族卷》,是近三十年来首度编出的全景意义上的回族文学选本。《朔方》杂志创办了专门发表回族文学作品的《新月》刊中刊。上述媒介活动对回族文学而言,即便在新中国成立以来,也都堪属值得称道的事体。此外,《回族文学》奖、新月文学奖、"魅力临夏"全国散文诗歌大赛和第七、八、九届全国回族作家学者笔会的举办,以及"端庄文艺"微信平台等新媒体的出现,皆扩展了文学的言说空间,富于助推之效。

文学的实绩最终还应归于创作。以评奖作为考察维度并非必须,却不失直观:李进祥、叶多多获第十届全国少数民族文学创作"骏马奖";郑春华、白冰获第八届全国优秀儿童文学奖;马金莲长篇小说《马莲花开》获第十三届全国精神文明建设"五个一工程"奖,中篇小说《长河》荣列中国小说学会2013年度小说排行榜首榜;李进祥短篇小说《四个穆萨》入围第六届鲁迅文学奖短篇小说十强;阿慧《羊来羊去》、石彦伟《奶白的羊汤》分获第四、六届冰心散文奖;敏洮舟散文《怒江东流去》获2014年度华文最佳散文奖等。

名家依然新作迭出。比如张承志的散文创作在引航中国文学的同时,也在为回族文学源源不断地供给着理想范本。五年间,张承志十卷本作品全集、《心灵史》改定版、散文集《你的微笑》《涂画的旅程》以及《方丈眺危楼》等散作问世,并获首届朱自清散文奖、第十一届《十月》文学奖等,体现了旺盛的创作生命力,表达着正义、和平、人道的不渝追求。

植根于骨骼深处的生命关怀

尽管可以拉出一个很长的要目，但若节制地拣选，会发现五年中在主流频繁跳跃的名字和博得点赞的佳作，其实是显而易见的。总结它们的共性特质，来自回族文化肌体内深藏的生命关怀意识不容忽视。首先说说马金莲的《长河》，小说用发生在西海固春夏秋冬的四个日常案例，把人的终极关怀置放到了一个极致的圣域。一般而言，相较西方文学业已步向深微之境的"死亡叙事"，中国文学在对死亡的认知和表现上尚显有些虚乏，这一方面与中国文化的禁忌传统有关，一方面也缘于中国人文精神的注意力，集显"此岸"的现世生活和现实环境，对宗教、哲学、伦理意义上的"彼岸"世界则多有规避。但以宗教信仰为精神建构的一部分少数民族文化谱系却恰恰对生死认知提供了新鲜的角度。比如，在回族人眼中，存在"现世"与"后世"两个世界，幸福的至高境界乃是"两世吉庆"，人之逝世是为归向真主，灵魂仍将延续并接受冥冥之中的拷问。对于回族作家而言，这一哲理并非为赋异文而苦心营造，却一向是深潜骨髓、自然流动的血液，因此《长河》中的素福叶、母亲、穆萨爷爷等逝者的"洁净"和"崇高"，才会毫无刻意，浑然天成。这种生命关怀意识的独异性，乃是回族、藏族、维吾尔族、哈萨克族等身负信仰传统的少数民族贡献给中国文学极为宝贵的文化养分，甚至也可视为中国文学通往世界不可缺失的精神势能。

这也使我想起《清水里的刀子》在上世纪末就曾因生命观的迥异引发不少讨论。十余年后，石舒清对死亡问题的关怀多了几分静穆与沉入，他的小说似乎早从讲故事的积习中超拔，如世外修士般唯重体验，以散文化笔法如实还原日常中的波澜不惊，安逸从容之下埋伏着惊天撼地的精神力量。《韭菜坪》即是此类实践中的上品，它讲述在回族苏菲主义派别的拱北，"我"所经历的丁义德老人家归真前后的境况，其文化含量之绵密全然掩饰在不动声色之间，有一种宁静致远、使人流连的气质。我以为，或因文明体系上的理解难度，文学界对这篇作品的重视尚不够充分。也或许，这样的作品被真正理解必须是一个更加沉静的时刻。

同为小说写作者，青海的冶生福也是近五年势头渐增的一位。他的小说《天堂一样的生活》《仙人掌的刺》等集中于回族乡村叙事，其中最惹眼的一篇《阳光下的微尘》描写回族老汉为自己预留坟地之波折，乃因对终极关怀的探微而别具深意。这也从一个侧面验证了回族文学的优长之处并不在戏剧性的张扬，而多在人物心理素质的无微不至。

回族作家的散文同样注重阐明独异的生命价值观。比如，在敏洮舟散文《怒江东流去》中，读者普遍受到感动的是明知爱子赛里已葬身怒江，但其老父却十几天不说一句话；得知确证的身亡噩耗后，老父也并没有仰天号啕，只是"发出低低的饮泣声"；他在半夜走向江边，却未如作者所料要寻短见，而是"坐在怒江边的一块石头上"，背影"渐渐地有了石头的颜色"。面对死亡的困境、人力的卑微，回族文化观中的"前定"思想抚慰着脆弱的人心，将苦难渡向开阔之境。敏洮舟的另外几篇跑车题材散文《喜马拉雅的面容》《急救室》等之所以受到好评，正是由于这位有着扎实底层生存经验和浓重信仰底色的写作者，在生与死这样大开大合的终极追问面前，总如一潭静水，沉着有力，使几千字的散文也有了重磅锤击心灵的罕见力度。

很多回族作家习惯于投身散文创作，因其无从遮掩的心迹，因其灵魂表达的诚挚。女作家阿慧即是如此，其作品《风动野荸荠》中保护死婴不让野狗吞噬的女孩，《月光淋湿回家的路》中不惜生命拦截马车救人的巴乌德的父亲，《大沙河》中平静看待归真、绝不为难肇事者的海姥爷，盖因生死一刻的达观和勇决，散发出人性的光泽。阿慧与敏洮舟都是近五年获得注目并颇有领衔意义的散文作家，这得益于他们对回族精神的深度理解和坚守立场。

地域差异中凸显题材多样之变

新世纪以来，以宁夏几位优秀小说家为代表，回族的乡土叙事推向一个高潮。但在整体上，回族文学还存在着题材同质化、城市书写稀缺、东部散居区经验匮乏等方面的困顿。经过不同地区回族作家五年来的努力，我感到这一瓶颈正在逐步开解。

首先，西北聚居区的回族文学在题材上愈加向多元化样态迈进。就长篇小说而言，有几部作品在大起大落的历史风尘中打捞民族的负重记忆，如马绍埔的《回望关川》、王正有的《驼路》、纳志祥的《纳家户旧事》《回回娃》；有的则聚焦当代，回归日常，甚至不惜繁笔，只为把回族家庭的细琐常态作一诚实记录，如石舒清的《底片》、马金莲的《马兰花开》，并非动辄百年几代，深读却不乏抱负。就中短篇小说而论，仅观马金莲诸多描写西海固回民女性的篇目，便可发现题材的多维趋向，有关涉婚前风俗的《离娘水》《项链》，有表现孕妇在重男轻女观念下挣扎与超越的《鲜花与蛇》，有记录留守儿童、多子之家母亲之忧伤的《大拇指与小拇尕》《赛麦的院子》。有意味的是，以写"碎媳妇"闯入文坛并为人熟知的马金莲，写得最好的恰恰又未必是女性，比如《蝴蝶瓦片》和《老人与窑》这两篇，前者写疾患弱势群体的理想寓言，后者则写一个回民老人的时代遭际。或许其社会反响不及《长河》，但从品相和深度来看，我以为都可列入马金莲近年贡献的最优样本。

然而，回族聚居生活的惯见特点毕竟是有限的，挣脱题材的"同质化"仍是艰巨课题。有一些作品的质量是比较优异的，比如马悦的小说《飞翔的鸟》、敏奇才的小说《牛殇》、马凤鸣的散文《二毛皮》等，都写到回族人所熟悉的宰牲；马强小说集《雪落无声》、杨军礼小说《古寺余晖》、马碧静小说《马媛奶奶的口唤》、冶生福散文《青茶记忆》《花园在母亲脚下》、泾河散文《清水微香》等，亦都对族外读者读解回族文化颇具向导之益。只是，就对文化创造力的苛求而言，我更希望看到回族作家对本民族生活更具新锐别致的发现。

亦是在这个意义上，我愈发对散居区的回族作家多着几重期冀。他们所写的回族生活往往并不是言必谈牛羊、白帽、教门功课，却一样得法入味，舒展着回回民族的风神。譬如李佩伦剧本《京剧大师马连良》、黄旭东报告文学《劳丁大传》中艺术名家的翩翩气派，阮殿文长篇小说《湾湾田之恋》《爱上泰戈尔的孩子》中清澈美好的少年之恋，马忠静短篇小说《马琳，马琳》、马笑泉短篇小说《清真明月》中志趣盎然的城市生活，叶多多散文《私人的阅读》《银饰的马鞍》中对失落家族记忆的痛苦复苏，胡亚才散文《走年坟》《古兰书屋》中绵厚包容的中原精神，冶进海散文《成都拉面馆》、方芒散文《私人的江南地图》中行走外乡邂逅的民族秘密……此外，表现东北回民生存经验的散文《奶白的羊汤》《雕花的门》和表现回族大学生校园生活的散文《穆钧书角》等，都对回族题材的"异构"言说，富于拓拔意味。

就民族生活而论，聚居与散居之外是否还有更加辽阔的视野？李进祥的《四个穆萨》对回族文学的启发之深，可谓卓著。作品罕见地探讨了世界不同国家的民众在面临生存危机的差异时所体现出来的精神的同一性，目光冷峻地直指人类灵魂深层的锐利地带。我认为该作标志着李进祥的创作和思考进入新的域界，也为回族文学乃至中国文学精神探微的多样化提供了新的可能。同样基于对多元文化价值观的尊重，我对苏海龙的新疆题材散文《雅尔木图》，以及马永俊的中亚题材散文《哈尔湖一位东干老人》等作品也是深怀兴致。

当然，对回族题材的着重关注并不代表那些公共生活领域的题材不够重要。五年来，此类作品亦为回族文学创收争誉。比如查舜的《局》、王树理的《卿云歌》、黄旭东的《公选》、杨英国的《停职》、于怀岸的《青年结》、何晓的《迷途》、王正恩的《刘家坝三部曲》、师歌的《心祭白桦林》、马自忠的《逃离》、冶进海的《状元之校》等长篇小说；比如海力洪的《夜泳》、平原的《彼岸灯火》、曹海英的《私生活》等小说集；也如金宏达的《金顶恒久远》、冯俐的《回头张望》、马瑞翎的《怒苏部落》、马玫的《静看流年》、川宇的《一棵不该开花的树》等散文集，以及霍达的《海棠胡同》等话剧剧本，不一而足。

回族美学精神版图的诗性开掘

就体裁优势而言，小说、报告文学乃至剧本，对一个民族道德力量的塑造可能更显直观，通常感到诗歌未必有足够大的体量和抱负担此重任，至少在先前的回族文学中，诗作中所彰显出来的民族精神是存在局限性的，往往流于浅白和单调。最近五年一个新的变化是，一些诗人开始了对回族美学精神版图的开掘，突出代表就是孙谦。其作《新柔巴依集》《苏菲绝唱》观照一个民族需要救治的灵魂，呼吁自省意识与现代精神，将回族的诗歌美学实践向精神信仰的层级推进了一步。此外，泾河的《圣咏之书》、宋雨的《回忆一面镜子》、沈沉的《马鹿沟纪事》、赛利麦·燕子的《比纸白的水》等作品，亦有此倾向。

特别值得注意的是，近五年来，一批"九〇后"回族诗人集中跃入诗坛，相继被一些诗歌刊物和诗歌奖项所关注，如刘阳鹤、马小贵、马

骥文、黑夜、海翔、林侧、洪天翔等。他们与年长于自己半个多世纪的
老诗人木斧、马瑞麟、高深，中生代诗人单永珍、马占祥、敏彦文、李
继宗、沙戈、从容，以及青年诗人阿麦、查文瑾、马关勋、马桓等一
道，以各美其美的声色与气象，支撑起回族诗歌的美学天空，其炽热才
情必将在不远的未来焕发异彩。

2015 年 5 月

2010 年《回族文学》年度述评

在这几年《回族文学》的刊评中，我们读到的最多字眼，恐怕就是"从容""平稳""朴素"，我都认同，觉得这种优雅淡定的"静水深流"挺好，符合回族的美学气质。可是今年，我不想这么评价了——我想很诚实、很负责任地与读者分享，2010 年的《回族文学》不那么静了！她内在沉潜的那股细流，越发粗壮而结实；她蓄涵着的回回民族骨血里最珍贵的许多营养，正在集结喷发。当然也不是所有作品都好，但散文，我敢说，绝对是刊物这两年集中魄力和心力去培育而生的丰收期。记得几年前我还只喜欢《回族文学》的小说，不爱看散文；但如今，我喜爱这本刊物的散文甚至第一次超越了《散文》和《美文》。保守地说，本年度至少六七篇散文，达到了国内一流散文的水准，这在同类刊物中是罕见的。因此我必须破例先谈散文，请一直傲居头栏的小说，耐心等等。

而且我要先谈阿慧。

阿慧，大概是《回族文学》在继石舒清、李进祥、马金莲等人之后，造出的又一颗星。她说自己就像个"狗尾巴花"，安卧在豫东平原的泥土里。《回族文学》不嫌她没名气，从自然来稿里发现了《羊来羊去》（2008 年第 6 期）。我以为，这是《回族文学》最有眼光的一次发现。我读到这篇散文，是在下班的地铁上。人那么多，南腔北调的很聒噪，可阿慧河流般的清澈和悲悯狠狠掘进了我的心，我竟流了泪。我当即给编辑部打电话，分享我的冲动，并在《2009 年回族文学年度述评》里评价"这是近几年国内最好的散文之一"，"很近的将来，大器晚成的阿慧将不仅在回族文坛成为领跑者之一，而且也将在全国散文界获得更加充分的评价和应有的席位"。这预言很放纵，可我不担心。我不习惯以一篇小说论英雄，但一篇震撼我的散文出来，我会认定这个作家错不了。因为，小说后面的人是个"假人"，可能同一个写得一手好小说的作家见了面，我竟会非常讨厌他；可散文骗不了人。还好阿慧没有让我因为一次冒险的评价而丢人——2010 年 8 月，在溽热的北京，我见证了阿慧凭这篇《羊来羊去》接受第四届冰心散文奖的瞬间。那一刻，我感到不是一个阿慧的荣耀，而是一个民族文学形象的微笑。我开始苛求于阿慧了。

她用《大沙河》勇敢地迎接了我的苛求。初读时没在意，恍惚记得就是写了有关姥爷的几桩事。写亲情的太多了，一般难于出彩，多沉湎于对亲族的欣赏和含蓄的溢美，局限于个体回忆，自己感动得一塌糊涂，读者却一头雾水。我做编辑时，最怕收这类稿子。可当我第二次认真读《大沙河》时，我呆住了。阿慧写的是亲人，可她没打算写亲情。作者与姥爷亲历的画面并不多，甚至只能依靠母亲的讲述，依靠故地重走的联想，依靠一口腌制云皮肉的大缸。但这个姥爷，被作者复活了。每一个片段都不长，但节节有力，总像是刻刀在剜着纸张，胸腔里铿锵地跳。为什么有力？因为阿慧想明白了回族人最有力量的精神之美：乐善、克己、公正、坚决。着墨不多，但写得淋漓酣畅、威风凛凛。直到我写这篇刊评，我已读此文四遍，仍溺爱于它的结尾。写的是姥爷归真

后的送葬场面，送行者"打头的已到墓地，排尾的还在家里"。特别这
一处：

> 送姥爷的人大都头戴白帽，远远地，就像一条流动的银
> 河。有路过的停下脚步问："谁呀？多大的官啊！"有人回答
> 说："是个老百姓，海家老四。"那人"呀"了一声，站进了送
> 殡的队伍。

我每读至此，都起鸡皮疙瘩。散文行当，凭华彩文字引人眼球的不
算章程，靠精辟思想博得震撼的亦属当然，但不炫技，只用了这么拙笨
的话就使我的阅读一次次停下来反复温习，那文字背后的灵魂一定是强
悍的。回族作家爱写白帽子，可有几个能点拨得这样恰到好处？我闹不
明白为什么如此出众的一篇好散文没有排在当期头题，又没有被选刊选
载。但已经不重要了。阿慧为回族作家写通识的回族精神，提供了范式
的经验。每个回族人似乎都有一个海老四这样的好姥爷——只有阿慧写
活了。但此文并不完美，大沙河作为地理性状的生硬介入，尤其是收笔
一句，就显得多余。这可能与刊物近来提倡地理文化散文有关。这不是
不好，但不能要求所有作家和作品都与地理联姻。对于阿慧这样有灵性
的作家，就应该让她自己制造航向，自己飞。她同期的另一篇应刊物之
约所采写的文化散文《回族与秧歌》就写得比较唐突，事情固然说明白
了，文学的质感却被淹没了。再不要硬写。

引起我重视，并期待引起更多人重视的，还有几篇书写家族记忆
的散文。这题材不难写，但写好了，难。我读文章其实很少流泪，结
果，2010 年的《回族文学》给了我继《羊来羊去》后第二次流泪的机
会。这就是《走年坟》。胡亚才本身是个成熟的作家，但对《回族文

学》来说是个新人，我先前也只是在何向阳的评论集里约略见到这么个
名字，不晓得他是回族，更未曾想到，他一个东部回民、一个出身官员
的作家，对回族的了解与体爱竟是如此入骨走心。《走年坟》贡献的叙
事经验，在别的民族看来可能是罕见和奇特的。一个人，跟随着他的母
亲走了三十三年的坟，走固定的路线，每个亲人都走到，该说的话全说
到。作者就是这样，按着线路，依次追忆了归真的祖父、祖母、老舅、
大伯、二姑奶、四爹、二爹，最后一直写到母亲。和阿慧一样，胡亚才
也是本本分分、老老实实地写（似乎河南的回族作家都是如此：真朴而
少猎奇），奇怪的是，挺长个文章，不觉得拖沓，正是这些其实与读者
八竿子打不着的七大姑八大姨，一位接一位温润着人心，用回民纯朴而
明亮的灵魂向我们凝视。单读每一例，不觉得怎样，串联着读到最后，
情绪终于满溢而出，不流泪不行了。在所有人物中，祖母和二爹写得最
传神，可我更以为，一条暗线中隐隐现身的儿子，才是分量最重的点睛
之笔。因为，作者的书写是为了传承家族优异的精神气度，而儿子的觉
醒，才可能使这种传承走向深远的永恒。遗憾的是这一篇厚重扎实的佳
作同样没有排在头题（尽管那篇沈苇的《新疆植物》也很好）。

　　胡亚才对家族的优越记忆，还闪烁在另一篇《出逃南京城》中。太
祖父"舍弃一切仅揣举人锦出逃"的传奇经历，佐证着"回族不屈达观
的血性和天然的完美主义倾向"①。由于书写的历史过于遥远，作者选择
了半虚拟化的处理，还原了许多历史动画，其间弥漫着逼真的想象、大
气的节律，历史与现实交相辉映，如时光对诉。这种靠虚构的历史细节
来解锁精神密码的尝试是可贵的，只是我个人更信任散文对于真实性的
呵护。

　　方芒也是在《回族文学》的培养下日益茁壮的作者。作为八〇后，

――――――――

① 　胡亚才：《忠实于真情的写作》，《回族文学》2010 年第 4 期。

方芒的散文还缺乏更多的理性观照和哲学支持，但那种忠诚于大地的坚毅姿态，使他对躁动的抵御有了可能。《沉默的糙手》是我很喜欢的一篇，阿爸（爷爷）的形象在这里颤抖动人。山庄与亲人的沉默，反衬的是游子的负罪与反思。他的另一篇《顺城街：殇》也带有某种反思，但更多的是对现代性的质询和批评。青年人关注文化物种的消亡，尤其可贵，他们因此成为文明的担当者和辩护者。若青年如老街一般缄默，则世相将很快失去痛感，文明的屠戮将从含蓄走向露骨。这是我们对方芒，对关注世界战争问题的安然，对写出过《拒绝遗忘》的王正儒等回族青年写手的激赏所在。我们更期望年轻的他们在发现文明的裂缝后，不仅发出深刻的喟叹，更能主动地握起铁锹，投入建设的实践。

同为写街，另一条远在湖北的妙姬巷，在魏光焰笔下多了几分水溢的灵动。这篇叫《街道》的美文，以"清新可人"的蒜蓉香、麻油香和芝麻酱香，沁人肺腑。作者生养于斯，观察于斯，想得深，看得细，写得巧，写人与事，实则在写凝聚和宽厚。语言之爽辣、情感之洁净，凸起于纸张。魏光焰生于湖北回民望族，我知道她对本民族的体爱之深和寻找之切，总感觉这一篇里关于母族生活的捕捉可以更多一些、细一些、殷切一些。

阅读起来更舒适的，是同期发表的叶多多的《私人的阅读》。连同着《街道》和《大沙河》，外加一篇泾河的《宰牲节》，第二期里同时发表了四篇高质量的散文，它骄傲地昭示着《回族文学》的散文成色已不可小觑。云南的叶多多是我很欣赏的散文阵地的女战士，她用沸腾的脚步慰藉着荒冷的高原，用柔弱的身子丈量着消隐的公义。她写过云南的许多民族，这次终于把笔触伸向了温暖的母体。作者回到母亲出生的宅院，那种对于母亲、外公、外婆精神之旅遥远而又亲近的穿越，那种归还原乡之后袭来的异类感，那种边缘向中心靠拢过程的茫然苦痛，让我感动。城市里长大的叶多多，不是一个对回族生活很熟稔的作家，但她勇敢地写出了这一类回族人复杂的情感经验，使聚居区的同民族读者，了解了另一种文化镜像。再看泾河的《宰牲节》，那简直把回族生活写到家了，熟得不能再熟，准得不能再准。泾河是写诗出身的，这散文也是诗意氤氲，美到没治。我赏心，也悦目，可就是感动不起来。因为这回回味写得太重了，太使我们熟稔了，反倒觉得没滋味。要说宰羊，很难有人比过阿慧的《羊来羊去》；说宰牛，更不可能超越石舒清的《清水里的刀子》和李进祥的《屠户》，那么，回族作家还要不要没完没了地宰下去？哪有那么多羊可以宰？刀法还能不能换换？这是个问题。

回族人沉默、隐忍、内敛，不擅歌舞，不会讲话，那满肚子装的全是沉甸甸的情感。我们的作家，写这种情，那是一种天然的本能，有着绝对的优势。同写父亲的，敏洮舟的《西风山下》和白利彬的《花儿与父亲》，角度有别，但情怀是打通的。算不上出众新颖，但读了绝对不白读，内心是会有触动的。同写故土的，兰书臣的《东堡子 西堡子》如版画一般沉静、鲜明，王自忠的《庄子》如水墨画一般散淡、湿润，毛眉的《我是一条内陆河》又如西洋油画一般的开阔、结实，但土地的负重与宽容，是他们共用的母题。同写成长，甚至恰巧同写土豆的，马金莲的《洋芋》提供了底层言说的真切痛感，毛眉的《吃土豆的人》则多了一些眼光和亮色。我认为两位女作家同时关注到一种食物，并不是完全的偶然，回族人的禁忌传统、生存记忆、心理状态与食物尤其密切，透过食物符号触碰更深层的追索，是我们必走的路。上面的几组同题材书写，散落在不同刊期，如果组织同类题材在同期对比发表，编者对此适度启发，读者的感受可能会更丰盈一些。

最后在这个版块里略说几句张承志。只能说几句，这不是对他的轻慢，却恰恰是敬护。对于出版了据其本人说是"当成自己的最后一本来编辑"的《你的微笑》的 2010 年来说，我们来谈张承志的散文，似乎带有淡淡的伤怀。真的不再结集了吗？但愿只是一则玩笑。而我们眼下涌起的本能，是对散见于刊物上的篇什愈加珍视：《斯诺的预旺堡》《自己的搭救》《"T"们》……选载的眼光使我暗自惊异：恰恰都是用劲很猛的几篇，凭我的直觉，这几篇里藏着作者最想说的话。更充裕的解读，无法在这篇走马观花的述评里打开。伟大的秘密，需用良知与智慧去不断接近。

一本肩负着文学与文化双重身份的刊物，注定是勤劳的，让人尊敬的。因为它比纯粹的文学刊物，更要花心思，更要有眼光，更要重担当。我历来是对刊物的文学品格更看重的，在《回族文学》向文化性延展的初期，我是有所焦虑的。但几年的用心摸索，使这种尝试找到了舒适的存在感，应该承认，"岁月钩沉""回族人物""阿拉伯世界""佳作选萃"这几个文化栏目，其实从未放弃过文学呈现的努力。有些刊物一直标榜文学，但所发作品散发的气息是脏的，声音是噪的。在这个比衬中，我仍愿将《回族文学》视作纯文学刊物，她的品格和底线没有丢。关于文化尝试的意义，在《2009 年〈回族文学〉年度述评》中，达吾已经阐释得非常饱满。达吾是沉潜在回族民间最清醒的观察者之一，他对刊物的文化定位、栏目特质、命题导向等问题都有精彩评析，便不再赘述。

"岁月钩沉"这个栏目是文化担当的主将，也是《回族文学》在文化言说语境下最优质的一块试验田。在 2010 年的钩沉中，回族文化的主要角色表现为地理和艺术的二重唱。地理散文大概已尝试了三年，提供罕见视角和陌生经验，是其应完成的主要功课。在这个意义上，相对于《果马坝子》这样植根回族聚居地的原生态讲述，《台湾回族》和《敦煌回族》，尤其是第五期集体推出的《蒙古高原上的回族记忆》《包头回族散记》等文章，信息量更为充分，也更为读者所需要。这种对新意的坚持，从每期刊物的匠心布局中，是可以感受到的。这使《回族文学》成为回族文化记忆查缺补漏的重要贴士。敏彦文的《北庄高处》、苏海龙的《婚礼上的〈亚里亚〉》、君悦的《古迹的掌纹》、马丽华的《小口子》、拜学英的《光塔》和《点亮一盏明灯》都是在边走边看中透视历史云烟，尽管讲述还显得仓促，但因为回族作家特有的情感准备与行走的地域很块黏合在一起，形成了亲切真挚的情感重量，加之对多元文明的探讨，仍有圈点之处。《梦想家》的地理背景则是流动的，通过跟随斯诺所历经的预旺、下马关、吊堡子等地的生命穿越，讲述了这位梦想家与宁夏、与回民鲜为人知的情缘。还有一类文本涉及乐器、秧歌、对联等艺术元素，尤以一篇米月的《回族瓷器》最为醒目。瓷器一词，已作为文化符号输送到国际话语系统，甚至成为中国国名的意译。事实上，它所连同的正是中国自唐以来与穆斯林世界的关系，附着了伊斯兰教本土化的深刻烙印。这一话题先前看到的极少，如此找对了视角，提供了丰富信息，并梳理得扎实审慎的文章，希望能更多读到。

我有一个有趣的感受："岁月钩沉"和"回族人物"这两个栏目像是一对结发夫妻。前者的性格线条偏硬朗，往往在历史行走中显得粗放和匆忙，而后者则多了几分女性的柔软，用细腻的、饱含人情暖意的目光观照回族人物的心灵境地。知史而读人，相得益彰。我是喜欢读人物传记的，但客观地说，"回族人物"这个栏目创办至今，已进入较为艰辛的爬坡期。回族优秀人物固然有的是，但出大名的基本已写得差不多了。这个栏目要坚守，写什么样的人，是需要清醒思考、重新定位的。本年度，栏目中关注到了郑和、沐英、杜文秀等历史风云人物和刘震寰、金孚光、邸力、韩有文等革命志士，着墨更多的，则是学者马金鹏、王宽、马明道、马天英、郝苏民，摄影家王征，书画家马西园、汪玉良等文化名流。我以为，"岁月钩沉"的怀旧情绪已经很浓稠，一个民族不能总往身后看，还要放出眼光朝前看，那么"回族人物"就可以更多地承担时代性，多去关注当下回族人的生存状态。人物未必多么出名，哪怕是个小人物，只要他典型，有意思，有故事，就不妨去写。这样，这个栏目才会成为亲近民众、关怀底层的暖岸，也才会走得更长远。我尤其欣赏第四期上马有福的《玉树情》和王耐的《走进世博"大观园"》两篇散文，它们负载的涵义是，回族人的时代言说是积极而及时的，在时代需要的时候，回族人从不失语，从未缺席。

如果《回族文学》是瞭望回族的眼睛，则一看历史，应当看得深；二看当下，应当看得准；三看世界，就应当看得远了。世界眼光是刊物获得大气象的素养，本年度"阿拉伯世界"栏目在阿尔及利亚、阿曼、阿联酋、利比亚、马来西亚、文莱等国的巡礼中就展现了这种气象，找到了世界与回族文化内在的嫁接点，读来舒展而温暖。"佳作选萃"栏目连载王蒙的《伊朗印象》，我以为是这几年最成功的一个选择。大家毕竟是大家，轻轻一搭手，脉就把得很准。若不是王蒙在新疆生活了十六年，受到穆斯林文明的滋养，他是不可能对伊朗文明有如此深沉的亲昵和精准驾驭的。在西方文化霸权对伊斯兰进行妖魔化的时候，汉族中越来越多的知识分子正在用良心立言。

说到眼界，夸大一点说，翻遍几年的《回族文学》，可能都抵不上一个马永俊。这是新近杀出的一匹黑马，他生于伊犁，走遍新疆，游历世界，不仅通晓维吾尔、哈萨克等少数民族语言，而且对英语、俄语、阿拉伯语、波斯语等外语驾轻就熟，是个天才翻译家。今年他第一次在刊物上发表散文《哈尔湖一位东干老人》即反响不凡。他笔下的吉尔吉斯斯坦的东干老人，如同他的文字一样，朴素、节制、家常，但其潜伏的精神波澜，强悍无比。马永俊对东干口语的娴熟摆弄，为汉语写作输入了极为罕见的血型。有些题材，任何作家都能写，但有些题材，却具有不可复制性。读过这篇文章的读者一定有体会，马永俊就属于这一种。而他的唯一性，恰恰只源于眼界。《回族文学》历来是新秀成长的沃壤，但有的作者是属流星的，发个一两篇就没影了；有些冒了头，却真就能扎下根来。读者喜欢他们，需要他们更密集、更精彩地现身。阿慧、方芒、胡亚才、叶多多都是这样的代表，我想马永俊也同样应属此列。

评说至此，已经语尽，猛回头，却发现历来都是评述文章重中之重的小说还没有评。可关于今年的小说，我实在并没有十分想说的话。或者可以刻意地理解为，对于散文接二连三、接四连五的卓异表现，惊喜已使我淹没对小说贫血的苛责。六期的头条，仍然是宁夏的"三棵树"：石舒清一篇，李进祥二篇，马金莲三篇，这样的格局貌似已挺立好几年。的确，这几位作家是当下回族小说创作最卓越的代表，我们爱读他们的作品，从不会感到审美疲劳，但这仅限于好作品，仅限于《换水》《屠户》《碎媳妇》《掌灯猴》这样的作品。想一想，这些小说出世的那几年可真是辉煌，放下这一期，盼着下一期。我认为那时《回族文学》的小说现象，基本挺立起整个回族小说的繁荣，并引领了一段时代的潮流。而现在，惊喜已经遁去，至少呈现在眼前的几篇，包括其他作家的几篇小说，或因过于简易，或因雕琢感明显，或因精神硬度不足，都不能使熟悉和喜爱他们的老读者满足。

成色相对尚好的，大概要算李进祥的《丫鬟》。三个女人一台戏，这台戏不动声色，但一波三折，一声"丫鬟"这么点的小事，就能写出尊严、嫉妒、专断与悲怜，是不容易的。李进祥写女性是个高手了，但这台女人的对手戏，唱得不如《掼脸》和《害口》；论独角戏，又不如《口弦子奶奶》和《女人的河》，曾经那种棉絮般的缠绵和纠情，那种暗处的惊异和敏锐，更多地被情节的支架填充。一个萌动的印象是，李进祥，并连同着更多的回族小说家，正站在瓶颈的端口，他们需要更开阔的眼光与更坚毅的抱负。当然，仅凭一本刊物来推测他们的表现情况并不公允，很可能，刊物上所发的并非他们本年度最好的作品。这大可理解，毕竟我们的回族作家需要在全国文坛上阔步，需要更多地与主流对话。但我常常想，长大的悲哀或许就在于对摇篮的远离。无论如何，这本代表着一个民族文化品相的刊物，永远需要这个民族中顶尖作家的持久爱护和反哺。

我最感兴趣的小说，倒是一向不擅回族题材的马笑泉写出的一篇尽管不是最好、却是最有意思的《清真明月》。真的没有想到，散居区的湖南回族作家，可以对回族的心理描摹得这样精准。一个老题材、小事体，处理得不慌不忙、有滋有味。作家常用的儿童视角，使小说通了气，揭示了文化心理的冲突与和解。马笑泉对母族题材的归还姿态，应获得读者热情的支持和更殷切的期守。

任何一本文学刊物，体裁的繁荣总是此消彼长的，这并不失常。我深信，本年度《回族文学》在小说方面的迟滞，只是一个拉练期的短暂喘息，而它在散文方面的绝对优势，以及在文化言说中日显强大的本能与弥盖天地的从容风度，一定可以更加持久与坚定。或许从读者正在阅读的新年第一期开始，新鲜的气息正在随早春一起到来。

2010 年 12 月

2013 年《回族文学》年度述评

我一向以为，考量《回族文学》的年度表现，宜当置放于当代回族文学，及至少数民族文学，及至中国文学，及至世界文学的大视野之中。这并非刻意高抬一本刊物的价值纯度，而是提倡客观而敏捷地洞知其与民族、国家及时代无可割裂的密致关联，更好也更准确地达成自我定位。无论是否业已受到文学界充分的观照与广泛的认可，一个呈于眼前的事实是，《回族文学》对一个千万之众民族文学理想的坚守姿态是深挚而动人的，其为中华多元文化贡献的养分是殷实存在且独一无二的，其日益彰显的国际化性征与地域辐射优势亦是同类刊物所并不多见的。

2013 年是第五次全国少数民族文学创作会议之后的开局之年。在全国回族文学事业跨越式、多轨制发展大势之中，《回族文学》自然也是奋追不辍：增设了"牡丹诗笺"和"回族影像"两个新栏目，页码也由 96 页增至 104 页。本年度的这本刊物以其富于民族特色、世界眼光的众多力作，以及上下求索的创造力，没有辜负民族的瞩望，较出色地完成了"领唱"的使命。

民族精神传统的深掘与延展

忠贞不渝地立足回回民族的文化厚土，对回族精神气场进行识别与张扬，彰显文化自觉与自信，历是《回族文学》的立刊之本。本年度，这种开掘传统因诗歌的出现而呈现新的气象。诗歌是一个民族灵魂的行吟，肩负理想气质和信仰情怀的优秀回族诗人在诗作中隐藏的精神气力，不仅是烛照一个民族文明的火种，也是中华文化日益稀缺的给养。因此，"牡丹诗笺"的开办对于回族文学版图的齐整和可持续发展意义非常。本年度，位列当下回族诗坛领跑梯队的单永珍、马占祥、泾河、沈沉，还有诗人陈晓燕、李明、钟翔等都有好诗出手，特别是泾河的组诗《大地之心》，品质尤为超拔。它展现了人在自然面前常被忽略的奇异感受，流露着一位回族写作者与众不同的敬畏意识与清洁精神："我把还愿的经卷打开"（《大地之心》），"是它的飞翔压低了天空并提高了梦想"（《祈愿》），"水是清朗的……默首的思想者——是清朗的／风暴——是清朗的"（《风暴》）等诗句，未直笔母族，却毕现回族美学气息与灵魂深度。泾河的散文《新月之光》也有类似的思想和审美取向。在清晨喧响的水声中，在清亮的水影里，早起的母亲清扫尘埃，"把一切污秽之物拒之于这个家庭之外"；与人世相似，广大的天宇里也"铺设着一种洗过的清净"。斋月中的人们正是在这样一种澄明静穆的格调中竞相看月，兼以检省自己的品性与举意。这是回族生活中常见的风尚，但在泾河波澜不惊的笔下，却涌动着一股崇高脱俗的暖流，使"平静如水"的生活散发出清冽迷人的气息，抵达了清洁幽微的神思之境。同样引起注目的散文还有阿慧的《遥望四角天空》和胡亚才的《金色池塘》，它们穿越古旧的时光，回到纯净无染的年少世界，前者在与乡邻观看露天电影时感知人们在逝去时代的纯粹与良善，后者在本家表奶如池塘般明澈、博大，富于生机的举止言笑中，参悟生命与自然的本真之美。同样，马悦的小说《燕麦哨》、马永欢的散文《乡村的荷花》等也都比较鲜明地凸现了回族人至美至善的精神追求。特别是马晓艳的报告文学《话剧之子——戴涯》，披露了我国第一个职业话剧团——中国旅行剧团的创办人、表演艺术家戴涯先生当掉棉袍买剧本、变卖首饰维持剧团开支等鲜为人知的掌故，使人震撼于那一时代回族文化人的理想之坚。

回族精神谱系中扎实密布的清洁传统，有时也延展为自尊、自省、利他等心理素养。马金莲小说《项链》似乎在向经典致敬，但主人公麦香不是像莫泊桑的玛蒂尔德一样选择辛苦恣睢买一条真项链去偿还一条被弄丢的假项链，而是恰恰相反地买了一条十五元的假项链去填补真金项链遗失后的惶恐与自责。虽然这种戏剧处理是一种逆转，然而两位戴项链的女人却兼具一种共通的忏悔意识。在婚前谈好的嫁妆条目中本无这条项链，由于娘家的强势施压，逼迫婆家马万山老人忍痛卖掉了赖以为靠的大乳牛，复遭洗劫之灾，一病不起。但这些似乎与娘家无关，她们只关心嫁出去的女儿麦香能够"换"回多少价值，将索取嫁妆视作一种声势和尊严，却毫不顾及过门后的女儿何以承受这额外横来的负罪之重。作品剖解了西北局部乡村社区愈演愈烈的彩礼风习和狭隘心理，不动声色地质诘了女方索礼的形式感和人文关怀的断裂，同时也将一个本应成为主角，却历来被作为博弈工具的新娘形象，推上了道德拷问的前台，其现实意义和批判力度不可小觑。

与之类似，李进祥的小说《羞怯的心》也把回族人的自尊心态写得风生水起。哑巴老汉马木合因常年穿着一件寒酸的补丁衣服，惹来乡邻、村长甚至儿女的质疑，觉得他有损村子和家人的形象，"就像是白花花的一碗米饭，上面有一粒老鼠屎"。但马木合老汉固执得本色如初，这使得人们愈发对他疏远和挑剔，不仅盯上了他的养老金，还对他会念经、办教门、想朝觐感到不可思议，甚至他散出一万多块钱想为清真寺大殿修大门的愿望都要受阻。一个弱势者基本的选择生存方式的权利被无端地猜疑和干涉，病灶在于一个看客群体集体无意识的自卑、势利、嫉妒等心理畸变。李进祥在这篇小说中体现出来的乡土社会人性复杂程度有所掘进，他开始从人的个体命运的审思向着普遍世相的劣根传统发起挑战。自尊心同样受到伤害的，还有冶生福小说《天堂一样的生活》中因煤矿事故而致残，又因赔款问题而沦为棋子的马云，以及《牛奶不是水》中因自家牛奶含水量过高而受诚信质疑（实则竟是由于奶牛食用假饲料所致）的马尔撒。冶生福是近两年在《回族文学》频繁亮相的一位新锐作家，他的叙述视角与语言才华都蕴藏着更大潜能。

多民族视野与多元价值取向的养成

作为一本少数民族文学期刊，《回族文学》首先应将自己定位于中华多民族文学园地中一支重要力量，这样的坐标意识决定了它的眼光，势必不能孤芳自赏、故步自封，而是要与兄弟民族建立常态互动机制，不断汲取各民族文化养料。这种文化取向本身也与社会学语境下回回民族形成发展的历史取向相匹配。2013 年的《回族文学》显然在包容和迎接多民族文化滋养的平台上有所开拓，艾克拜尔·米吉提的《呼图壁·岩画·雀尔沟》、冯岩的《撒拉族之乡》《"一把手"托起的民族》、殷俊的《赶巴扎》、唐荣尧的《信仰着的惠回堡》、李道东的《西北茶》等，别具声色地展现了维吾尔、哈萨克、东乡、撒拉、保安等民族的生活情状与心灵世界。同时，亦有作品并不囿于文明内部发言，而是袒露襟怀，勇于探求其他少数民族的精神秘境，如叶多多的散文《冬天，我在格亚》，以罕有的在场姿态，潜入遭遇雪灾、无法与外界联络的藏地山谷，与那些互相啃咬绒毛充饥的牛羊、手脚被严重冻伤的转场牧民一起，度过了"村史上最严厉的冬天"，暗行着对日益恶化的草原生态的巡抚与啼呼。藏族作家尹向东的小说《你是我朋友》则延续了对汉藏文明冲突与和解命题的聚焦，讲述了汉族医生和康巴藏族汉子曲折内敛的友谊故事与文化差异下的情感嬗变。

无疑，这种不同民族文化关系、心理碰撞的探讨对回族文学构成了有益的参照和提示。在多篇回族作家的作品中，回汉杂居的生存境遇得到了较多彰显。如马悦小说《七家面》中，回汉娃娃互认干大干妈；王自忠散文《洪岗岗子的传奇》中，虎夫耶门宦创始人"洪老太爷"于西北旱灾之年，将家中储存的十余石粮食全部拿出赈济灾民，无分回汉、不论教派；李道东散文《西贯印象》中，北京北郊汉族为主的东贯村与回族为主的西贯村自古毗邻，"村民皆如亲朋好友一般，相处尤佳"；还有马有福的《孔子、董仲舒回族后裔访谈录》中也写到回族孔姓后代回到达家川时从来不愁住宿，任意一户汉族孔家都是自家人的两教亲情。应当承认，这种回汉两族融洽和睦的现状映照是真诚的、实事求是的，正如一本《回族文学》也绝不是一个民族的自娱自乐，而是凝结着回汉两族（甚至更多民族）编者、作者、读者的共同辛劳与关爱——但这并不意味着，文学作品牵涉民族关系就一定只能谨慎地展览和睦，相反我觉得，在客观存在的差异与冲突中探求和解渠道，养成多元价值取向相互碰撞、借鉴与融通的表达习惯更值得推广。在这一点上应当负责地指出，来自回族作家的作品表现得尚嫌不够深刻。

历史深处的漫溯与时代潮头的迎击

对于回族这样一个年轻的民族来说，历史记忆显得尤为珍贵而紧要。《回族文学》近年开启的"岁月钩沉"栏目即是对回族历史长河的深情打捞，几年下来捧出了太多尘封已久、使人惊羡的珍宝。本年度回族的红色记忆得以延续，在马丽华、寇玉英、聂文虎、纳国昌等富有历史责任感的回族作家笔下，那抗美援朝志愿军中回民辎重营的沉寂背影，那穿越生死之境为驻藏部队解放军送粮、修路的高原驼队，那为绥西抗战、和平解放和开荒西大滩作出无悔牺牲的农建一师，那祁连山下血染河西原野的红西路军万余将士，还有艰难时境中秉守知识分子尊严和气节的白寿彝、马坚教授，都使人在深沉的敬意中感慨各时各地回族之于祖国母亲从未褪色的赤子情怀。另一维度内，日益消解和远离记忆的回族民俗文化也获得某种程度的抢救，如拜学英在《大山深处的民间之舞》中展露的踏脚韵致，寇玉英在《开生脸》《"花儿"在指尖绽放》中织就的民俗美卷，钟翔在《河州砖雕的传人》中披露的行当秘闻，颇有几分时光留声机的怀旧况味。值得强调的是，"回族影像"这一栏目的开办为回族历史的复苏充盈了更多精致细节，与传统的"岁月钩沉"栏目构成一对图文并茂、相映成趣的组合，垫厚了刊物的文化品格。

与李有臣的《命运》、马笑泉的《复仇》两篇同写历史、稍显粗犷的小说相比，张承志的一篇散文《东浦无人踪》虽为短制，却写得高贵从容，正义凛凛。作品以绍兴徐锡麟故居游踪为线，将"洁"与"耻"的概念再次高举成火把与投枪，刺穿历史与人性的幽暗，提出了足以使知识阶层惊诧和省思的文明改造命题，读之震撼不已，致使这篇扫描式的评论也无敢多言。

正如马笑泉小说《复仇》结尾中所写，毕三十年之功终于练成绝世武功的复仇者来到仇家门前，却倒在了枪声之中——这一悲剧揭示了新旧时代转折之中人的渺小与卑弱，也似乎在提示我们：务使眼光跟得上时代疾变，断不能沉湎于怀旧的长喟之中。《回族文学》在此点之上可见匠心，无论是最小的全国人大代表铁飞燕（阮殿文《洒鱼河流过青岗岭》），还是勇救汉族落水女孩不幸牺牲的宁夏打工青年拜金仓（拜学英《托举的瞬间》）；无论最美乡村教师马复兴（素夫《白粉笔，红粉笔》），还是因公坠崖的北川好县长兰辉（余运涛《忆兰辉》），都展现了时代前沿背景下回族人民汇聚和传递的正能量，这种对时代性的重视和倾斜亦是"回族人物"这一文化栏目尤应驻守的。

面对城乡一体化等较为紧迫的社会新型问题，我们的作家也没有失语。维吾尔族女作家阿舍的散文《燕子啊燕子》打量于宁南山区搬迁大潮中女孩燕子的精神困境，当"贫寒与简陋的生活似乎掏空了整个村子的想象与梦境"时，我们感受到的是如尘埃一般随风摇摆的小人物的落寞与忧伤。米马的散文《城市之"湖"》触及大批农村平民涌入兰州城，汇聚于小西湖地界这一迁徙过程中的喧哗与困顿，"人们一边在吸收着城市的气息，一边在顽固地保留着农村的生活习惯"，这一视角已显紧要，但思考尚可更加锐意和深入。使人感到心头一沉的是马金莲的小说《大拇指与小拇尕》，作品选取的讲述背景仍然是作者所擅长的男人外出打工背景下留守女性的负重与隐忍，较为别致的角度是，这位"碎媳妇"的烦恼不再来源于膝下历受俯视的女娃，而是两个健壮可爱的男娃。由于生计所迫和虚荣心驱使，哈蛋媳妇将出工摘枸杞视作一份无比紧迫的压力，两个男娃无人照管，锁在家中又恐触电，只好整日寄放在土窖里。这样决绝的举措使人预感将有极端的意外发生，果然，土窖的洞洞里钻出了蛇，哥哥和弟弟双双殉命。但意外紧随其后：失子的年轻母亲"张大口一下咬住了蛇"，"直到将蛇扯成了几截子"，这般撕心裂肺的描写使人几欲窒息。尽管如此"猛料"稍嫌刻意，并非马金莲的一贯风格，但强度的播击过后，留守妇女、孤独儿童的精神之殇确已深入骨髓。

富于时代新颖思索的作品，还有表现回族大学生坚守与追求的散文《穆钧书角》。作品写到作者身为东北回族青年在读书期间，从西北回族师兄穆钧和上马孤龙身上受到母族文化的熏染和传统美德的教育，从建设大学食堂中的一方小小书角开始，立志为母族振兴而奋斗，张扬着青春律动和渐行失落的理想主义感召。而校园题材、青春题材，乃至城市题材、东部散居区题材，也都是当下回族文学创作极其匮乏、亟待开拓的路向。从作家队伍构建层面来看，本年度《回族文学》的创作主体以实力派中青年作家为主，但其对新锐作家的关注与扶持力度尚存很大空间。2013年第七届全国青年作家创作会议的召开，使我们骋目于文坛上的青春力量，以韩寒、郭敬明、张悦然、笛安、七堇年、郑小驴等为领袖的八〇后军团已出道十余年，渐趋健步之势，抢占了文学市场的风光，与之比对少数民族的八〇后作家却仍显滞后，虽不乏嘎代才让（藏族）、鲍尔金娜（蒙古族）、羌人六（羌族）、艾多斯·阿曼泰（哈萨克族）等优异代表，但整体阵容感其实尚未建立。这其中，回族的情况与人口相当的兄弟民族相比则尤为堪忧。文学刊物对青年作家的培养无疑是至关重要的，《人民文学》《草原》《黄河》《黄河文学》等刊都曾早先几年推出过八〇后专号，甚至《诗选刊》《山东文学》《中华校园文学》等刊的九〇后专号也不再新鲜，而在少数民族文学领域，《民族文学》在2010年即推出三期蒙古族、藏族、维吾尔族以八〇后为主体的青年作家专号——作为青年读者，我借此呼吁《回族文学》也能尽早推出以八〇后、九〇后为主体的回族青年作家专号或专栏。须知，今天的八〇后最长者已逾三十四岁，再不是一个青涩矜持的概念，而张承志发表《骑手为什么歌唱母亲》并获首届全国优秀短篇小说奖的年龄是三十岁，石舒清发表《清水里的刀子》时年仅二十九岁！

地域版图的丰赡与世界视域的瞭望

在空间层面上观察，守望于昌吉回乡的《回族文学》在西域叙事上具备鲜明优势。如果说我们在内地刊物中读到的新疆生活还十分有限，甚至有些失味，那么《回族文学》所呈现的新疆地图则是生动、地道而深沉的。我惊喜于本年度诸多名家散文中呈现的新疆景观，如格非的《北疆纪行》、葛水平的《十段时光里的新疆》、刘亮程的《明亮库车河》、王族的《木垒长眉驼》等，这种兴奋要多于阅读其他汉族名家发表于本刊的与回族或西域文化无甚关联的篇什。不过，在我流连于这些美文的精致隽永之时，我也对他们的书写（当然也包括回族作家笔下的新疆）仍然止于游踪，未能潜入这块土地上民众的灵魂，读懂他们的眼神，而感到一丝遗憾。或许正如刘亮程的另一篇散文《新疆无传奇》所坦承的："这些年来有关新疆的文字、绘画、影像非常之多，这是一个被看见最多的时代，也是一个被遮蔽最多的时代，无数的'看见'在遮蔽更大的现实。"诚属深刻洞见。因此，我期待于《回族文学》以"西部风景线"为主阵地倡导的新疆书写，从游山乐水中超拔出来，由表及里，更加注重本地各族民众的在场体验。倘条件允许的话，适量发表维吾尔、哈萨克、蒙古、柯尔克孜等本土母语民族作家的翻译作品，那其中的新疆或许会是一块更加真实、深邃、辽阔，不仅诱人沉醉，也能促人深思的土地。

沿地理坐标轴向东寻望，西北大地的风景仍然茂盛惹眼。冶生福的《遥远的苦芦湾》和马玉珍的《祁连山下的回族人家》叙说大美青海，石舒清所撰配文《西海固女子》、单永珍的组诗《在西海固》、王自忠的散文《村庄断章》舒展宁夏乡愁，而以描写跑车生活见长、功力渐进的青年作家敏洮舟则以一篇名为《离合》的优质散文，将远行中危机四伏的自己，与那个魂牵梦萦的走不出的西北老家，对接成一组饱含眼泪与叹息的悖论。失灵的是脚下的离合，不变却是亲情离合、故土离合、人生离合的"原乡"之痛。敏洮舟最早在《回族文学》起步，本年度以来渐受《民族文学》《朔方》《草原》《散文选刊》《中华文学选刊》等刊关注，他丰富的底层生活经验和出色的表达天赋，让我们对他的创作充满期待。

走出大西北南下，彩云之南又是别有洞天的一处人文地理富矿区。高发元的散文《巍山回族传奇》、马成云的散文《走访昆明清真古寺》、沈沉的组诗《马鹿沟笔记》，以及马永欢的《博南古道上的赶马人》等多篇散文，带领我们领略了红土高原回族风土的深微与厚重。而来自东部及南方散居区的信息则似乎更为回族文化视野所追求，如宛磊的《陈埭的故事》、拜学英的《走进太原清真古寺》、田野的《三亚回族掠影》，带来了一些平素较少获知的见识。还有一些地理散文与自然密切通联，仅言对河水的书写即有马占祥的《河流事件》、张贵亭的《拜谒黄河》等诗作，以及王树理的《亲水的民族》、米马的《涨河》、恩慈的《离开永定河》等散文。另有几篇与地域饮食民俗有关的散作也别有生趣，如达慧中的《京味儿回族小吃趣谈》《京城清真烹饪宗师褚祥》、勉卫忠的《东关茶事》、严雅楠的《吃宴席》等。阅读这些文章的一个感受是，文化表述与文学审美如何取得更多的协调和互补，需要我们的作者进一步锤炼，也需要编者的更多倡导。

真正使人惊喜的是刊物在世界眼光上的拓展，这一收获首推李进祥的小说《四个穆萨》。该作或为本年度回族文学最为醒目的作品之一，因为它不但代表回族作家，也代表中国作家，在新世纪以来风云激荡、战火不绝的地球问题面前，较早也较深入地以小说形式思考了中国的"我们"与世界上的"他们"在精神处境上的内在联系，带有罕见的国际主义立场和迫切而深沉的人道关怀。当然，李进祥的这种国际视野不能称其全备和纯熟，但他以一个回族作家的言说身份寻求到了一条抵达他者的线索，分别以叙利亚、阿富汗、中国西北和桌前写小说的"我"四个同叫穆萨的男人所经历的命际波折为镜像，呈示了战争与生命、反抗与救赎、压抑与温暖等诸多富于哲理的思考，在灵魂层面上顿悟到不同人生的归一性。正如作者在小说尾声所写："我写下的几个穆萨，在不同的世界，经历着不同的事。我觉得，他们都是我。"不乏某种苏菲修士般的参悟之功。

此外，"佳作选萃"栏目中连载的张信刚长篇散文《大中东行纪》对中东诸国进行了全景式的深度扫描；"海外手记"栏目则着重将土耳其、沙特、埃及、阿富汗、巴勒斯坦、美国等国的风土人情、历史纠葛、现实际遇作了详实生动的状描。颇具新意的几篇是，名家陈应松的《我眼中的伊斯坦布尔》，记叙了在土耳其的诸多见闻，如箱包店老板对人毫无猜忌，换钱之际丢下摊子就跑的细节，揭示了信仰国度的道德力量；而亲历伊斯提克拉大街游行的同时，还能看到扒火车嘻嘻哈哈的孩子，"允许一部分人愤怒，一部分人玩耍，更多的人逛街购物"，这是作者对"民主"所作的个性注解。此外，马建福的《禁不住地眼泪往下流》中所触及的东南亚女性在香港的生存际遇，以及香港华人穆斯林与巴基斯坦女孩的跨国之恋，洋溢趣味与感动；刘宝军的《风烟缭绕二道沟》则记录了寻访吉尔吉斯斯坦的甘肃籍东干人聚居地的始末经历，颇负稀贵的人类学价值。我一向觉得，集合了回族的文学表达和文化研究之群结力量，同时又身处新疆、兼得诸多跨境资源的《回族文学》，有能力在中亚东干文学（回族文学不可割裂的重要领域）的发掘与推介方面作出更多探索。

2013 年 12 月

回族文学的 "抗战动作"

抗日战争是中华各族儿女精诚团结、同仇敌忾的历史，故而与之匹配的，抗战文学也有中华各民族作家的贡献和参与。尽管先前学界对少数民族的抗战文学研究甚少，但这并不意味着少数民族作家的抗战书写在数量和质量上存在滞后性。如果我们摊铺开历史的褶皱，将那些散落失忆的细节搜寻打捞起来，或许会惊讶地发现，抗战文学的版图因对少数民族文学的重新体认，而很可能调动和延展。这里，仅举少数民族中散居全国各地，分布最为广泛，因而也相应地在抗日战争的斗争实践和创作实践中较有代表性的一个民族——回族为例，对其不同阶段的抗战文学绩效进行梳理，以期对中华多民族抗战文学的评估维度有所补益。

创作之基：回族抗战斗争的丰沛实践

"每当历代势衰，回教徒必有动作。"此言出自鲁迅 1932 年 12 月 2 日致友人许寿裳的一封书信，所谈背景虽与时局相关，却是这位文化巨匠对当时尚显边缘的回族群体及其与中华民族"共同体"之关系的一笔点睛素描，被视为鲁迅为回族所说的一句公道之语，至今为回族研究者所必引。确乎如此，回回民族自在中华大地诞生以来，其爱国意识就一直高举于信仰的高度，正如伊斯兰教先知穆罕默德所讲"爱国是伊玛尼（信仰）的一部分"，亦言"你们热爱祖国，应像鸟儿眷恋自己的窝巢一样"，故此，凡在中华民族到了危急存亡的紧要关头，回族儿女总是为祖国陷阵在前，勇于为真理和正义牺牲，这一特质在抗日战争中彰显得尤为鲜烈。

"九·一八"事变后，在东北军爱国官兵中即涌现出杨登举、吴松林等回族将领，打响了抗日救亡斗争的第一枪；在中国共产党民族政策和抗日统一战线指引下，华北大地出现了马本斋领导的冀中回民支队和刘震寰领导的渤海回民支队，有"攻无不克、无坚不摧、打不垮、拖不烂的铁军"之誉，在中国抗战史上声名显赫；在正面战场，抗日名将白崇禧参与指挥过以台儿庄大捷为代表的数次战役，麾下前赴后继者多有回族官兵；在一向有所忽略的西北大地，也出现了以回族士兵为主干的青海骑兵第一师、宁夏八十一军两支抗日部队，分别开赴豫皖战场和绥西战场；至若散居全国各地的回族民众，更是深知"皮之不存，毛将焉附"之义理，无分知识分子、宗教人士还是布衣百姓，"或执干戈以卫国家，或尽力捐助以裕军需，或主持正义以正舆论，或教育子弟以待复兴，在此民族国家绝续之交，无不思完成其历史之重大任务"（蒋介石《告战区回教同胞书》），为中华民族夺取抗战之胜利注入了一股巨大的洪流。

如上波澜壮阔、慷慨救国的"抗战动作"，必然也在有正义感的回族作家笔下留下了众多昂扬着时代先声的发力之作，使回族现代文学的发展史上闪现出一段与抗日救国水乳难分的感人片段。概括地看，与抗日战争同步出现的作家作品中，较有代表性的有：白平阶的小说《跨过横断山脉》《古树繁花》、沙蕾的诗歌《瞧着吧，到底谁使谁屈服》、马宗融的评论《抗战四年以来的回教文艺》，以及穆青的通讯《雁翎队》、桂涛声的歌词《在太行山上》、李超的话剧剧本《湘桂线上》等。新中国成立以来的"十七年"时期，主要出现了薛恩厚的戏剧剧本《苦菜花》《沙家浜》、马融的电影剧本《回民支队》等。新时期以来，则又以马国超、马自天、马德俊、马连义、白山、杨英国等回族作家为代表，诞生了一批正气凛然的抗战之作。

当然，在总结回族文学历程中的"抗战动作"之时，也应对其存在的一些局限进行必要的反讦。业已取得的共识中，抗战文学的发端并非1937年"卢沟桥事变"，而是自1931年"九·一八"事变之后即以"东北作家群"为先驱开始了丰赡的实践。从地域性和民族性的向度观看，东北地区虽以汉族为主体，却也是满、回、朝鲜、蒙古等少数民族的聚居地。这其中，满族在抗战文学的最初实践中表现出极为卓著的贡献，出现了老舍、舒群、端木蕻良、马加、颜一烟、金剑啸、关沫南、赵淑侠、纪纲等一大批优秀作家，以家国忧患之意识和历史担当之精神献出诸多抗战名作，阔步跃入现代文学史。与之相比，东北地区的回族却未能在抗战初期出现与之匹配的文学实践，甚至也没能走出一位可供圈点的作家。解析这一现象，笔者认为并不能简单地归咎于回族的失语，而是应历史地看到黑土地上的回族，其人口构成主要来源于自山东、河北闯关东而来的难民，多以小手工业者、小商贩和农民为主，他们逃难而来，漂泊于此，多散居城镇底层，以出卖劳动力唯求基本温饱为计，与东北大地上世居的汉族和其他少数民族相比，文化构成存在先天不足，此时与之谈论文学必然显得奢远。但东北的回族人民尽管未能及时地贡献出优秀的文学，却以生命投身于抗战洪流，无论"江桥战役"还是东北"抗联"皆不乏仁人义士。由此，这里所谈的回族文学中的抗战书写，主要体现在东北沦陷区以外的地域，出现在1937年全面抗战之后。

领衔之范：回族文学的抗战同期声

当我们宏观地看待抗日战争期间回族作家的创作实践，略加总结就会发现，其阵容未必庞大，数量也未必醒目，但有限的作品中却不乏精品，不但在当时的少数民族文学中堪为精华，甚至也有个别篇章在中国文艺界具备领衔风范。比如抗战时期颇具代表性的白平阶，是云南第一位发表小说并成名的回族作家，也是回族现代小说的奠基者，其对抗战文学的贡献尚未得到充分评估。早在 1938 年，年仅二十三岁的白平阶即因发表于香港《大公报》的短篇小说《跨过横断山脉》而声名鹊起，特别是在早期回族文学创作乏有回族题材的失语之境中，白平阶率先萌发文化自觉意识，创作发表了中篇小说《古树繁花》，从而开创了小说领域"回回写回回"之先河。其余代表作《风箱》《金坛子》《驿运》《腾冲骊驹行》《神女》等小说，皆反映了抗战初期云南边地各民族人民抢筑"中国抗战生命线"滇缅公路的伟大史实，着笔于最基层的筑路劳工和贫苦民众，以其特殊的文学价值和历史文献价值，颇得文坛瞩目。其小说集《驿运》由沈从文选编，并于 1942 年收入巴金主编的"文学丛刊"第七集。白平阶由此成为云南第一位入列"文学丛刊"的作家，亦是云南两位入选者之一。据称《驿运》在昆明出售时，因其反映滇缅公路修筑和滇西抗战而引起轰动，被抢购一空。

白平阶最重要的奠基之作当属《跨过横断山脉》。1938 年秋，该作发表于香港《大公报》七七抗战纪念特刊《我们抗战这一年》头条。南洋各华文报纸纷纷转载，并先后被中国新文艺社收录在多个版本的报告文学集和小说集中。其中，在《黄河边上的春天》这一选本中，共收录丁玲、巴金、碧野、萧乾、靳以、萧军等二十一位名家的名作，白平阶居然位列头题，足见《跨过横断山脉》在当时文坛的影响之巨。为鼓舞民众，中共地下党则将《跨过横断山脉》和其他抗战小说一起，油印成册，广泛传播。负责中国抗日战争对外宣传工作的叶君健很快将其译为英文，题目易为《在滇缅路上》，发表于伦敦《新作品》杂志。作为当年香港《大公报》副刊编辑、《跨过横断山脉》首位责编，萧乾曾在晚年说：1939 年春天，他之所以"一个人从香港奔往滇西"，写出了报告文学《血肉筑成的滇缅路》，正是因为看了白平阶的《跨过横断山脉》。1939 年 6 月出版的《今日评论》则这样介绍："白平阶先生……作品多就西南边境取材，因之别具风格，为西南作家最值得注意者。"

沙蕾是回族现代文坛第一位成名的诗人。其早期诗歌吹响了抗战救亡的号角，以愤懑之笔控诉日寇对华侵略行径，号召国人奋起抗战。如《别再在暗处饮泣》一诗写道："别在暗处饮泣别在暗处饮泣 / 公理被暴力撕碎了 / 和平是由战神掌执！别再作弱者的酸态 / 让我们清醒地站起 / 予侵略者以不敢仰视的突击"。1938 年，日相近卫文麿发表讲话，称日本军队占领东亚之目的，不仅在于占领领土，更要使东亚各国民众彻底屈服。沙蕾闻讯，即以《瞧着吧，到底谁使谁屈服》一诗给予尖锐回击：

> 我们的各阶级各宗教信仰的大众
>
> 已排成一个不可散的行列
>
> 来吧，你飞机，你大炮，你坦克车、毒弹和其他的威力
>
> 我们的步伐是只有向前
>
> 我们的英勇将使侵略者的武器沉默
>
> 中华民族是不会永给人欺凌的！

这首诗以全民结为一体的气概、必胜的信心，表达了中华民族抵抗

侵略的豪情，成为抗战诗歌名作。

创作之外，沙蕾也以社会活动不遗余力地助推抗战文艺，曾担任《回教大众》半月刊的社长兼主编和"中国回教青年抗敌协会"主席，同时还是"中华全国文艺界抗敌协会"的发起人和成员之一，于1938年8月随协会内迁至重庆，在"国民精神总动员会"任设计委员，并与胡风、茅盾、老舍等文艺界人士一道组织和参与"诗歌座谈会"（后称"诗歌晚会"），在当时的陪都掀起了一个抗战文艺运动的高潮。

同样参与过"文协"工作的还有来自四川的回族作家、翻译家马宗融。1939年1月，马宗融与李劼人、周文、朱光潜等发起成立中华全国文艺界抗敌协会成都分会。此后，多次当选为"文协"理事或候补理事。同时，马宗融也是发起和倡导研究中国回族文学和文化的先驱者，更是促进和推动研究抗战时期回族文艺的第一人。为了推动回汉人民的理解和团结，适应一致抗日的要求，马宗融发表了《理解回教人的必要》《我为什么要提倡研究回教文化》《抗战四年来的回教文艺》等评论，认为"回教人民为构成中华民族的一环，我们若让这一环落了扣，或松损了，就是我们危害了整个中华民族的健全，减少了我们抗战的力量"。此外，马宗融也是"中国回教救国协会"五位常务理事之一，发起了该会直属的"回教文化研究会"。该会团结了郭沫若、胡愈之、阳翰笙、陶行知、梁漱溟、老舍、曹禺、贺绿汀、顾颉刚等许多非回族的文艺界人士。在马宗融的约请下，作为回教文化研究会会员的老舍、宋之的合写了表现回汉团结抗战的话剧《国家至上》，成为中国现代第一次以戏剧形式反映回族人民生活斗争的作品。

抗战同期回族文学的重要记忆还有：从延安鲁艺走出、后任新华社社长的穆青作为党的新闻阵地的先锋战士，于1943年发表名篇《雁翎队》，首开新闻创作散文式写法之先河。在这篇短短两千来字的通讯中，作者以散文的抒情笔调，用诗一般的词句，描绘了白洋淀幽美澄净的风光，和抗日军民沉静从容、乐观自信的精神，在艺术上达到了情景交融的境界，使新闻平添了一份诗情画意的美感。来自云南的词作家桂涛声所作歌词《在太行山上》《歌八百壮士》等家喻户晓，成为中华儿女救国图强、抵御外寇的精神号角，至今仍魅力不减，可称抗战歌曲的典范之作。沙陆墟在国难当头之际发表以古喻今的长篇小说《岳传新编》，鼓舞人们的抗敌热情。剧作家李超、胡奇以戏剧为武器宣传抗敌救国思想，分别留下《湘桂线上》和《闷热的晚上》等话剧力作。郭风、温田丰、木斧、马瑞麟、马德俊、张央等回族诗人、作家也在这一时期开始了保家卫国的文学实践。

正义回声：和平年代依旧铿锵

新中国成立以来的和平年代，回族作家从未停止对抗战记忆的搜寻与再现。最有影响者当属剧作家薛恩厚于 20 世纪 60 年代根据同名小说改编的评剧《苦菜花》。作品讲述了抗日战争时期，胶东半岛昆仑山区农村的广大农民在共产党领导下，举行了人民武装暴动，建立了抗日革命根据地，对日寇、汉奸进行反"扫荡"的斗争。剧中女主人公一扫往昔缠绵悱恻、悲叹苦吟的传统气质，而作为生活的主人跃上了评剧人物画廊。该剧连演一千多场次，场场爆满，一时誉满京华。周恩来曾热情地肯定："这个戏是方向。"1964 年，薛恩厚与汪曾祺等合作将沪剧《芦荡火种》改编成京剧《沙家浜》，更成为家喻户晓的抗日题材名剧。

马融参与创作的《回民支队》塑造了马本斋从农民转为革命战士，后成长为抗日英雄的忠诚坚毅、大智大勇的人物形象，是我国第一部直接描写回族生活的电影文学剧本，拍摄后家喻户晓，尤其受到回族人民的喜爱和赞誉。由此，以抗日英雄马本斋及其回民支队的故事为蓝本的文学作品层出不穷，仅言马本斋之子马国超一人，即创作有长篇小说《马本斋》《民族英雄》、长篇传记文学《马本斋将军》等多部文学和影视作品。

"文革"十年，与中华各民族文学休戚与共的回族文学创作遭遇停滞，但在大陆以外的台湾，出身回族的白先勇却在上世纪60年代创作了一系列反映"忧患重重的时代"的小说，结集为著名的《台北人》，其中《岁除》《秋思》《国葬》等作都与抗日背景有关，多表达历史的追忆与时境的落寞。譬如《岁除》中所描写的赖鸣升，在追忆往日国军之光荣战迹时，听得"窗外一声划空的爆响，窗上闪了两下强烈的白光"，却不是"台儿庄"之炮火冲天，而是除夕夜人们戏放之孔明灯。近几年，白先勇亦挚情于民国风云书写，随笔《白崇禧将军身影集》中亦披露诸多抗战往事。

进入改革开放新时期，茁壮成长起来的回族作家也有多部作品聚焦于抗日题旨，这多与作家们自幼所经受的战争磨难和痛苦记忆相关。比如，出身河北的马连义创作的小说背景中大都有过反侵略的战斗，主人公凡是上了年纪的，大都与抗日游击或八路军发生过联系。如代表作《回民代表》就描写了主人公哈松为那些被日本鬼子残忍杀害的马家营上百口回民老乡洗净尸首、发送归主的悲壮情景。来自安徽的马自天创作的《骏马追风》，是一部传奇色彩浓郁的长篇历史通俗小说，展现了外敌入侵、同胞喋血之际，安徽回民马氏父子与武林同仁一道，不甘压迫、奋起自救的革命长歌。女作家白山继承了父亲白平阶对滇缅公路倾情书写的志愿，以报告文学之形式将这段边地各族人民的爱国壮举进行了详实细微的记录，著成厚重壮观的《血线——滇缅公路纪实》。此外，长篇小说《穆斯林的葬礼》等作品中都间接富含抗战背景之描写，譬如

主人公韩子奇命运由盛而衰的转折，正是日寇侵华而致抛妻别子，九死
一生。散文领域，马瑞芳的《祖父》、马犁的《血染的借条》《白山红翠
莲》等作亦都展现了中华儿女的不屈精魂。

新世纪以来的十五年中，回族文学中的抗战题材作品在原有爱国主
义指归的基点之上，更多了几分居安思危、以史为鉴的意味。就分量较
重的长篇小说观之，老作家马德俊的《爱魂》描写了抗日战争刚结束，
在一条从重庆到上海的客船上，回族男青年茫子和汉族女青年文秀相识
相知的故事，通过两个不同民族、不同出身的青年，发微钩沉，透视出
整个一代中国人的抗争精神和民族气节。白山的《冷月》记录了云南回
民家族在抗战年代的心酸遭遇和"宁为玉碎，不为瓦全"的精神节操。
其意旨均在警励后辈勿忘国耻。杨英国的《风流铁血梦》、丁文方的
《凤箫上的刀痕》、马守兰的《绿色月亮》、吴育文的《乱世人生》也都
直接描写了日寇铁蹄践踏下冀鲁地区回族人民英勇抗争的历史。郝文波
的《朝觐者》、哈步青的《穆斯林赤子之恋》、讴阳北方的《无人处落下
泪雨》、王树理的《黄河咒》、兰草的《阿妈的白盖头》等多部长篇小说
则局部涉及到抗战背景。应当看到，在文学面临转向，消费主义盛行的
年代，回族文学中出现多部抗日题材的大部头作品，殊为难得。特别值
得关注的是，戴雁军的长篇小说《盟军战俘》、蒋仲文的话剧剧本《记
忆·奥斯维辛》、马宝康的报告文学《复活的史迪威公路》聚焦于世界视
野，以各自侧面展现了国际反法西斯战场上的正邪博弈，拓展了少数民
族抗战叙事的维度。此外，马自天的《老磨》、王延辉的《梦中辉煌》、
于怀岸的《一粒子弹有多重》等中短篇小说作品，亦属醒目之作。

不仅限于少数民族，即便驰目中国文坛，若举近年思考中日两国
问题扛鼎之作，也绕不开张承志的散文集《敬重与惜别》。其作将历史
与现实相结合，以文化求证的姿态出发，运用富于张力的文学语言，精

准地剖析了日本历史中的亚细亚主义的渊源和异化，解剖了日本军国主义幽灵的诞生和潜伏的危险。作者提出："在对抗的世界里，关于敌我、黑白、正义的观点永远是分裂的，为了拒绝和反对强势力量控制下的道德观念强加，人类必须有最低限度的共同道德底线。"眼光独有千古，思辨颇具重力。

近一两年，或因纪念抗战胜利七十周年之激励，一些回族作家陆续写下富有时代省思的抗日题材之作，见诸《民族文学》《回族文学》等刊，汇成一则看点。老作家马自天以八十六岁高龄写出反映安徽安庆地区回族人民抗战斗争，呼吁中日两国人民世代友好的中篇小说《小亲亲》；同为耄龄的诗人马瑞麟、高深饱怀忧患之情，提笔写出《题滇西抗日战争纪念碑》《巍巍长白山　滔滔鸭绿江》等诗章。中青年作家中，阿明的《一顶礼拜帽》、李进祥的《讨白》等短篇小说，王俏梅的《曳着一条红色的光》等散文，亮色不凡。特别值得留意的是，青年作家冶生福以青海藏、回、撒拉、汉等各民族群众组建骑兵师东行抗战的历史为蓝本，新近创作出长篇小说《折花战刀》。其开拓意味在于，抗战区域在中国具有不平衡性，华北、东北、中南地区受难较深，抵抗最多，素材亦最丰杂；相较而言，西北地区战事波及少，抗战记忆也就稀薄一些，这也是西北众多回族作家极少书写抗战题材之缘故。在此情况下，冶生福的这一"动作"也就尤其值得追踪和探讨了。

2015 年 8 月

北京地区当代回族文学概论

　　在当代回族文学绚丽璀璨、辽阔丰茂的地域图谱中，北京是一个闪耀着夺目光芒、最先使我们驻足端望的地方。自古以来，这里一直是中国北方重镇，并多次成为国家中心，曾为辽陪都、金上都、元大都、明清国都。新中国成立以来，作为首都的北京不仅是我国政治、文化、教育和国际交流中心，也是经济金融的决策中心和管理中心；同时，北京自古就是一座移民城市，是一座汇集八方智慧、凝聚各地人才、包容多元文化的城市，也因此成为我国文学艺术的集大成之地，中华各民族文艺人才荟萃的摇篮——当然，兼收并蓄的北京也就顺理成章地成为了当代回族作家密集涌现、大展身手的梦想之城。从跨越新旧两个文学时代的沙蕾、穆青、薛恩厚、李超，到当代德高望重、享有盛誉的老作家马融、白崇人、李佩伦、马德俊、白崇义，再到新时期以来健步于文坛，终使回族文学登入中国当代文学最高殿堂，至今仍保持经典品质的著名作家张承志、霍达，及至上世纪八九十年代历为回族文坛骨干力量的马国超、马连义、唐英超、张宝申、金宏达、马泰泉、王业伦、白冰、保冬妮、冯俐等等，一个个熟稔、响亮、颇具分量的名字在当代回族文学史上熠熠生辉，同时也把孕育他们成长的北京托举到了地域研究视野的前台。在这里，我们将北京回族作家的创作与其本属的华北地区加以界分，对其蔚为壮观的创作成就进行相对独立的考察。

北京回族作家的主要构成来源于两个方面：一部分是本土的"老北京"，他们的家族与众多北京回回一样，或自宋元以来便扎根于斯，或于明清两代由南方及各地迁入，抑或解放前期因父辈入京，自幼在此长大。如李佩伦、白崇人、闪世昌、张巨龄、张承志、霍达、张宝申、元康、冯连才、谭宗远、者永平、李士杰、阿明、保冬妮等。这一类作家往往有着浓重的北京情结，自幼受到优质的文化教育，艺术视野开阔，创作基点较高，对北京生活的表现富有一定的自觉意识，有的也能自在从容地驾驭京味语言。如李佩伦的电视剧剧本《京剧大师马连良》、霍达的中篇小说《红尘》、元康的长篇小说《回族人家》、谭宗远的散文《开花豆和芸豆饼》、者永平的中篇小说《混儿混京城》、阿明的长篇小说《偷窥背后》、保冬妮的"北京记忆—小时候"系列童话等作品，都具有浓重的北京地域文化烙印。另一部分是自幼在其他地区成长，后因求学、工作、入伍或转业等机缘来到北京落户为籍，成为首都文化建设的有生力量。比如来自河北的薛恩厚、李超、马融、赵鹏飞、马国超、马连义、白冰、马战校，来自河南的穆青、马泰泉，来自山东的胡振华、唐英超，还有来自上海、江苏、四川、安徽、广西等南方地区的沙蕾、马德俊、马自天、白崇义、李存光、金宏达、哈马忻都等。这一部分回族作家在北京所占的比例或许高于本土，对于北京这样一个历朝历代都有大量外来人口涌入、移民文化尤其兴盛的大型城市而言，这是一个十分正常的现象。不单是回族作家，当下首都文坛的许多作家、文学工作者也多是从五湖四海会聚而来，他们带着献身文学的梦想和志愿走进了文联、作协等机构，走进了众多具有全国影响力的文学刊物编辑部，走进了繁茂林立的高等学府教研岗位，走进了驻京的部队大院，也走进了寻常百姓家的一个个普通的书房。他们不仅携裹着各地孕养的文化智慧交融于此,也与北京这座古都产生了割舍不断的情感记忆,以包容、尊重之心共同铸就和见证了以北京为代表的中华多民族文学海纳百川的勃兴之势。

北京回族作家的显著特点是起步早、名家多、影响力大。一些功勋级的前辈作家解放前即踏上文学道路,其创作实践不仅成为"五四"新文化运动以来回族文学具有开拓意义的嘹亮先声,也为中国新民主主义革命事业贡献了巨大的文化势能,留下了宝贵的历史记忆。沙蕾早在1925年就出版了第一本诗集《一册图案的诗集》,是现代回族文坛第一位成名的诗人。他早期的诗歌吹响了抗战救亡的号角,充盈着反抗专制、追求民主的呼声。特别是,沙蕾曾任《回教大众》主编和"中国回教青年抗敌协会"主席,同时还是"中华全国文艺界抗敌协会"的成员,他以诗作鼓舞回民大众奋起抗战,批评国民政府的专制统治,影响甚巨。从延安鲁艺走出、后任新华社社长的穆青作为党的新闻阵地的先锋战士,于1943年发表名篇《雁翎队》,首开新闻创作散文式写法之先河。其毕生创作的大量新闻、散文、报告文学作品流传甚广,其中《县委书记的榜样——焦裕禄》《铁人王进喜》《为了周总理的嘱托》等经典之作脍炙人口,滋养了数代读者。

同样在革命时期以文报国、以笔为枪的还有两位著名剧作家:薛恩厚、李超。薛恩厚在新中国成立以前,即创作了现代京剧《四劝》,成为解放区经过革新的戏曲代表作,被誉为"解放戏",曾在中国共产党七届二中全会、第一次全国文艺工作者代表大会上演出。后创作的评剧《三里湾》《苦菜花》《金沙江畔》等在中国评剧史上均有举足轻重之地位;而与汪曾祺等合作将沪剧《芦荡火种》改编而成的京剧《沙家浜》更是成为家喻户晓的名作。李超自上世纪30年代以来一直以戏剧为武器宣传抗敌救国思想，毕生投身戏剧创作、研究与社会活动，代表作《湘桂线上》《开会忙》等影响较广，特别是他担任中国少数民族戏剧学会会长期间，对推动少数民族戏剧创作功不可没。薛恩厚与李超的剧作可谓回族现代戏剧的开拓者和奠基者之一。此外，马德俊也是在新中国成立前即以小说、诗歌表达革命进步诉求和文化自觉的资深作家。这些最早开启现代回族文学帷幕的先行者们主要在北京和西南两个地域较为集中（另如西南地区的白平阶、桂涛声、温田丰、木斧、马瑞麟等），他们的卓著贡献将彪炳于回族文学的史册。

穿越漫漫硝烟中的赤诚守望，新中国成立以后的"十七年"时期，北京的回族作家除上述前辈作家仍在辛勤躬耕之外，还出现了马融的电影剧本《回民支队》、马连义的话剧剧本《同志之间》、白崇人的散文《我们来到天安门》、张宝申的诗歌《合金刀》等作家作品。但这一时期除《回民支队》在全国范围内产生了尽人皆知的影响外，北京回族文学在整体上尚显数量不丰，队伍也不够整饬。

经过了"文革"十年的寂寞喘息，新时期以来的北京回族作家创作和其他地区一样迎来了一个姹紫嫣红的繁盛时期，富有才华的实力作家纷纷涌现，具有社会影响力的优秀作品不断问世。仅以全国性奖项为一度量标准，张承志的《骑手为什么歌唱母亲》获首届全国优秀短篇小说奖，《黑骏马》《北方的河》分获第二、三届全国优秀中篇小说奖；霍达的《红尘》获第四届全国优秀中篇小说奖，长篇小说《穆斯林的葬礼》获第三届茅盾文学奖。获全国少数民族文学创作奖（后命名为"骏马奖"）的北京回族作家有：张承志（第一、二、三、七届）、沙蕾（第一届）、穆青（第一届）、马连义（第一届）、白崇人（第二届）、霍达（第三、四、六届）、王业伦（第六届）、马泰泉（第八届）；获全国优秀儿童文学奖的有：保冬妮（第四届）、白冰（第六、八届）；获全国优秀报告文学奖的有：穆青（第一届）、霍达（第四届）；获全国优秀剧本奖的有：薛恩厚（第一届）；获中宣部"五个一工程"奖的有：张宝申（第一届）、马泰泉（第二届）、霍达（第七届）……

如此获奖规模不但在回族作家队伍中独树一帜，也在全国少数民族文学队伍中形成一个醒目的看点。另一个评价维度是，据不完全统计，截至 2013 年，在一百一十五位中国作家协会的回族会员之中，有三十二席来自北京，约占全国回族会员的四分之一还多。他们由长及幼分别是：穆青、马融、赵鹏飞、马自天、白崇义、白崇人、马连义、马国超、沙灵娜、金宏达、张宝申、霍达、冯连才、刘涓迅、张承志、王雅丽、王业伦、李士杰、高峰、马战校、白冰、马泰泉、保冬妮、马克、张志强、冯俐等，其中王雅丽和冯俐还分别担任中国铁路作协和煤矿作协副主席。尽管获奖与入会情况并不能完全列为作家作品质量的考察标准（如沙蕾这般著名诗人就未曾加入中国作协），但作为可供量化的依据之一，尚可为我们观察与感知北京回族作家客观存在的阵容感提供直观形象的窗口。

在北京的众多优秀回族作家之中，张承志和霍达可谓是当代文学的佼佼者。他们的创作不仅将回族文学推向了中国文学的前沿，也为当代文学注入携带着少数民族血液与气质的新鲜经验。张承志 1978 年发表的短篇小说《骑手为什么歌唱母亲》第一次"把'我'的声音从宏大历史和人群中区分出来，试图使其成为主体"[1]，这一语言方向的预示和实践对新时期伊始的中国文学无疑具有开拓意义。很快，他复以理想主义气质著称的中篇小说《黑骏马》《北方的河》奠定了在中国文坛的醒目席位，此后更以长篇小说《心灵史》《金牧场》以及一系列中短篇小说和散文集《清洁的精神》《以笔为旗》《敬重与惜别》等，使张承志的名

---

① 李敬泽主编：《1978-2008 中国优秀短篇小说》，现代出版社 2009 年版。

字与不断变迁中的中国当代文学同步奔跑，也广泛地赢得了各民族、各阶层读者的护爱与尊敬。张承志在作品中倡导并实践的"为人民"立场、清洁的精神、他者的尊严等理念，在中国文坛富于卓绝的个性与独异的气血，同时也具有一定的世界性价值。霍达的长篇小说《穆斯林的葬礼》是目前回族唯一荣膺茅盾文学奖的力作，展示了一个北京的回回家族三代人六十年的命运沉浮，讲述了两个发生在不同时代、有着不同内容却又交错扭结的爱情悲剧。主人公韩子奇、韩新月等以鲜明的人物个性跃入当代文学的人物画廊。小说所表现的纯洁的梦想、凄美的爱情、痛楚的命运感动了几代读者，出版二十六年以来发行量已逾二百万册，是最有生命力的茅奖作品之一。此外，霍达的长篇小说《补天裂》、中篇小说《红尘》、报告文学《万家灯火》《国殇》等亦都远近闻名。

北京回族作家还有一个十分突出的现象，即创作队伍呈现类型化、特色化特征，这是其他地区所罕见的。首先最为值得总结的是北京的回族作家形成了一个规模较大的军旅作家群，代表性作家作品如马融的电影剧本《回民支队》、马自天的长篇小说《骏马追风》、马国超的长篇小说《马本斋》、马连义的短篇小说《回民代表》、马泰泉的报告文学《于彼朝阳》《牛街故事》《天行健》等。此外，驻守于绿色军营的回族作家还有兰书臣、马战校、马克、张志强，以及曾有过入伍经历的赵鹏飞、尹国光、张承志、冯连才、王业伦、白冰、保冬妮等。如此之多的回族作家出身行伍，使他们本能地在作品中流露出宽阔的家国视野、挚诚的赤子情怀与高尚的正义诉求，筑成一道雄壮庄严的红色风景。

其次，北京回族作家也形成了一个戏剧影视文学的创作群体，这是由于首都得天独厚的戏剧影视创作氛围、教育资源、制作团队、传播媒介，以及庞大的信息吞吐量，为回族剧作家的成长提供了不可多得的沃土与养料。代表性作家作品，除薛恩厚、李超这样的前辈大家之外，还有李佩伦的电视剧剧本《京剧大师马连良》，霍达的话剧剧本《秦皇父子》《海棠胡同》、电视剧剧本《鹊桥仙》，唐英超的电影剧本《使者》《末路英雄》、电视剧剧本《东方雄狮左宝贵》，张宝申的评剧剧本《黑头儿与四大名蛋》，李龙吟的话剧剧本《寻找春柳社》《马骏就义》，冯俐的电视剧剧本《我爱我家》《北京夏天》《影后胡蝶》，张志强的电影剧本《延安第一案》，皆成异彩纷呈之景。

北京回族作家的儿童文学创作也构成了一个颇具实力的阵营，老作家赵润兴创作的中篇小说《回族少年》《窑灯》、散文《黎明》，闪世昌的故事《哥哥的积木》，中年作家白冰的诗歌《假如》《写给云》、童话《吃黑夜的大象》《狐狸鸟》，保冬妮的童话《屎克郎先生波比拉》，王业伦的童话《纸公主和纸王子》，以及白春国、闪华等人的创作，都是儿童文学海滩上烂漫奇妙的珍宝。除此之外，在网络文学破土而出、蓬勃发展的当下，一些回族网络作家如西马、海杰、伊利亚斯等也云集在北京。他们的写作与传统文学的表达习惯有所差异，视角独特，语言锐意，富于朝气。

由于北京高等学府林立，研究机构众多，回族之中也有很多从事文学研究、评论、编辑、教学工作的贤达。白崇人是我国新时期以来最早投入少数民族文学理论研究与作家作品评论的资深评论家之一，参与了少数民族文学理论的奠基与推普工作，其撰写的《少数民族文学在中国文学史上的地位》《"少数民族文学"概念的提出及其意义》《民族特质、时代观念、艺术追求——对少数民族文学创作理论的几点理解》《回族文学创作在中国文学中所呈现的特点及其价值》等研精阐微的理论文章具有不可磨灭的历史意义，同时他在长年担任《民族文学》副主编期间也以评论和编辑之方式，对张承志、扎西达娃、阿来等多民族作家进行了较早的关注与推介。中国人民大学教授马德俊不仅是一位诗人，创作了《穆斯林的彩虹》这一当代回族文学史上有开创意义的叙事长诗，而且也是一位评论家。他主编的《中国当代文学作品选评》等著作被许多高校中文系选为教材；其所从事的中国现当代文学研究，特别是新诗批评可谓穷理尽妙。人民文学出版社编审白崇义曾担任茅盾、巴金、冰心、邓拓、废名、李季、郭小川等众多名家文集的责任编辑，同时也是我国学术界较早开始研究冯雪峰文艺思想的专家，并对艾青、田间、郑振铎、梁凤仪等人的诗歌有淹贯精微之论。中央民族大学教授李佩伦在戏剧研究领域大含细入，声望卓然，尤其是对少数民族戏剧、回族戏剧的论述俨然筚路蓝缕，创业维艰。值得一提的是，李佩伦以序评之方式对回族文学和文化的推广显示了博大高远的眼光和铄懿渊积的功力。此外，中央民族大学教授胡振华的《玛纳斯》研究、中国社会科学院研究员李存光的巴金研究、《光明日报》张巨龄的语文学研究、国际关系学院教授沙灵娜的唐宋诗词研究，以及供职于中国作家协会的马季的网络文学研究、高小立的影视文学研究、纳杨的散文研究等，由博返约，各显气派。

如果未经一番这样的梳理，或许不会意识到，一个民族中竟有如此之多的群星汇集在北京的上空闪耀，显示着一种蔚为大观的京都气派。他们来自回族，而不独属于回族；他们书写回族，也在书写中国。由此值得研究者注意的是，对北京地域文学的观察与总结，看来已经不得不加入对少数民族经验的特别观照了。

2013 年 12 月

华北地区当代回族文学概论

我国的华北地区包括北京市、天津市、河北省、山西省、内蒙古自治区共五个省、自治区、直辖市。由于在另文中已对北京的情况进行了单独评介，本文所要略述的华北地区回族文学主要为津、冀、晋、蒙四地。这块广袤辽阔的土地不仅是古老的中华民族的发祥地之一，也是回回民族在祖国东部地区较为集中的地域。以北京为地理核心向四围瞭望，北观是"天苍苍，野茫茫，风吹草低见牛羊"的东蒙草原，南眺是"风萧萧兮易水寒"的燕赵故郡，西望是绵延起伏的太行山脉，东巡则有商贾云集的渤海之滨，从草原、山川、平原、运河，到古都、码头、毡包、集市，这些土地上富饶的自然、人文矿藏疏落有致地围抱在祖国首都的周围，形成一个极富魅力的文化丰饶、故事遍布的地域集群。

回回人自公元13世纪以来就较多地踏上华北大地，开始辛勤耕耘、繁衍生息，经过元、明两代几百年的演化，形成了华北地区回族的主体，并逐渐发展起来。据第六次全国人口普查结果显示，河北地区的回族人口为五十七万之众，位列宁夏、甘肃、新疆、河南、青海、云南之后，居第七位，特别是由于明代定都北京以后，大量回族人由南向北，沿京杭大运河流域迁入此地，在以沧州为主要代表的地区（如孟村、青县、黄骅、河间、泊头等）形成一个较大规模的集聚地带，即便置放在全国回族文化版图来考量，河北也是一个不容忽视的重要地区。以河北为主体的华北大地不仅孕育了马骏、刘清扬、郭隆真、刘格平、马本斋、刘震寰、王连芳等众多彪炳史册的革命志士，成为最早团结在中国共产党旗帜下的回族先驱；也走出了海思福、王静斋、刘品一、郑隆慧、安士伟、陈广元、刘世英等众多德高学厚的著名宗教学者。这里回族传统文化积淀丰厚，同时突出地具有尚武重义之风习，享誉全国的武林大家就有"大刀王五"王正谊、"马凤图一门"、"神力千斤王"王子平、八极掌门吴秀峰、"一代神跤"张鸿玉等。军阀混战、日寇欺凌的苦难历史，加之河北回族自古以来的尚武传统，使这块土地上的回族人民普遍地具有与祖国命运休戚与共、对黑恶势力无所畏惧的"侠义精神"。正所谓唐人韩愈所云"燕赵多慷慨悲歌之士"，这种骨髓深处涌流的文化气质不自觉地传承下来，不可避免地影响着这个地区回族作家们的成长与创作。

同时需要指出的是，华北地区的各个省份虽文化各有特色，异彩纷呈，但整体上实则暗藏着一种一衣带水的连带感。比如在旧社会，很多沧州老回民都在天津谋生，两地的诸多文化已在密切的往来之中相融互补；而一条京杭古运河自南向北，出江浙而经山东济宁、德州等地进入河北，复流经沧州、天津、廊坊，终端于北京——不难发现，运河流经之地大都成为回族集聚的典型地域，它们之间的文化风尚也都因这条伟大的河流而通联合一。再看内蒙古特别是海拉尔、包头等东蒙地区及山西太原、晋中、大同一带的回族发展史，由河北迁去者甚多。由此我们认为，考量华北地区回族文学的地域文化背景，要坚持"点面结合"的方法：既看到河北地区作为华北回族重镇的突出地位，又要看到其他省市与其并非割裂，而是一直紧密相连、互相濡染的内在关系。或者也可以概括地说，河北地区在回族文化传承上的某些风貌和气质，在某种程度上也映射或代表着新月照耀下的整个华北地区古老而宽阔的大地。

在这样的文化视野和地域背景下具象地考察华北回族文学的状况，我们忽然惊喜地发现，华北回族作家身上兼具着诸多共性特质。其中最为突出的一个标志，就是华北回族作家对时代、历史和民族乐于记录、勇于担当、富于感恩的"侠义精神"和"赤子情怀"。诚然，这并不是华北地区回族作家的独有特点，但这里在一定程度上具有相对而言的集中意义和典型表征。回族文学从古至今发展如此之漫长，有一些与回族人民的精神信仰和社会生活密切相关的领域仍然是回族文学疏于表现的，譬如朝觐，体现着回族人民不畏险阻的坚强意志和对精神理想的不懈追求。虽然韩统良、杨光荣等一些回族作家曾在短篇小说、散文中有所描写，但这样厚重的命题如果没有一部长篇小说来浓墨重彩地表现，不能不说是回族文学相当大的遗憾。填补这一空白的正是来自内蒙古的回族作家郝文波，他的长篇小说《朝觐者》展现了一个回民家族四代人为了心灵的誓约而历尽艰辛远赴圣地麦加朝觐的感人历程，具有震撼人心的灵魂力量。又如内蒙古老作家白志明在业已年迈的生命岁月，以非凡毅力创作了反映清末陕西回民起义的近百万言长篇历史小说《血的启示》，再现了当年为保家园、求生存而起义献身的先烈们艰苦卓绝、浴血奋战的宏大场面，讴歌了回回民族浩气长存、可歌可泣的奋斗精神和回汉两族义军不畏牺牲、相互支援的战斗精神。由于历史框架大、地域广阔、各种背景的重叠交织以及民族问题的错综复杂，成功表现该题材的长篇小说即便在更具优势的西北回族作家创作中亦不多见。

如果说以上两部长篇小说是为中华回回民族的浩瀚群像写史作传，具有更多意义上的宏观史诗性质，那么专门聚焦于歌哭生息的华北大地、反映日寇铁蹄践踏下华北回民的英勇抗争历史以及新中国成立后回

族在党的领导关怀下健步成长、为祖国发展建功立业的作品，则主要出
自河北的吴育文和哈步青两位老作家之笔。其中，吴育文的长篇小说
《乱世人生》描写了 20 世纪 30 年代日本侵略军进关以后，生活在冀东
平原的弘、王、邬三家回民的命运沉浮，其续篇《风雪人生路》则主要
反映新中国成立后至改革开放前，经历了"乱世人生"的人们，怀着不
同心情走进了新生的共和国，面对接踵而来的政治运动的跌转旅程，从
而也突出地反衬了改革开放幸福生活的珍贵与美好。哈步青的长篇小说
《穆斯林的赤子之恋》同时含纳了战争与和平两个时期回族人民的理想
与奋斗，讲述了以主人公金尤民为首的一批回族男女青年在党的感召和
民族政策的呵护下、在其他民族同胞的帮助下茁壮成长、投入生产、报
效祖国的故事。或许可以这样总结，面对华北大地上曾经风雨如晦的辛
酸历史与这块土地上回回同胞波澜壮阔的奋斗历程，我们的回族作家没
有失语，而是用织血之笔勇敢地擎起时代与人民的重托，为回族文学增
添了厚重的历史担当与傲然风骨。

　　令我们欣慰的是，同样具有这种担当品格的不仅有上述这些经历过
风雨洗礼的老一代作家，也有马兰、高耀宽这样为民族的哀乐笑泪啼血
发声、为寂寞无言的底层民众立言心声的中年作家。这两位一个守望于
古城长治，一个躬耕于天津回乡，皆属华北回族较为集中的地域，他们
的身后久久地站着一群坚韧、果敢、善良、勤勉的回回乡民。在历史的
凝望与民众的嘱托中，他们没有辜负"我是回回"这单纯而有力、流淌
在血液中的四字荣誉，在远离浮华、淡泊名利的长长寂寞中为生养他们
的母亲之族怀恩反哺。颇有意思的是，他们最初走向文学都有一个趋同
的基点，这就是对侠义小说的迷恋，无论马兰的《大刀王五》《青锋喋
血》《江湖情》《铁腿二郎》《回回魂》等武侠奇传，还是高耀宽的《悲
女飘萍》《董傻子火烧袁公馆》等民国时期的侠义故事，都具有一种替

天行道、悲天悯人的凛然正义，贯穿在创作初期的本能表达之中。这就不能不提到上文所述及到的关于华北回族尚武精神之于文化领域的密切影响，以及在此基础上所体现出来的华北回族作家的地域连带性和性格趋同性。后来，这种稍显浅显通俗的侠义风流逐渐在两位作家的创作履历中匿迹，而是不约而同地集中倾注于回回民族历史与现实的审度与深思，并颇似默契地选择了由小说而至散文的转型。马兰的《让我告诉你》《飘扬的绿旗》《情感世界》等，高耀宽的《心灵的驻足》《心灵的独白》《织血缝隙》等散文集均以烈烈"赤子情怀"表达了对回族母亲的报恩与知义，启发读者从历史的局踏与现实的迷茫中摆脱出来，以包容的眼光和宽广的胸襟为回族文化的复兴与发展寻求到一条与中华民族同呼吸、共命运的大爱之路。他们的创作在回族读者中产生了广泛而积极的影响，特别为底层民众激赏和尊敬。让我们不妨理想化地猜想一番：若干年后，如果有人欲在当代作家中翻寻"风骨""阳刚""道义""民心"等一类词眼之时，马兰和高耀宽这对兄弟很可能是难以遗漏的人选，其时代的进步价值尚有待时间的沉淀与检阅。

此外，对回族文化性征的发掘与传递做出一定贡献的作家还有：在内蒙大地收集、整理和撰写了大量回族民间故事的李可达，以诗歌之美潜入信仰腹心恣情巡游的天津女诗人马国语、河北女诗人赛利麦·燕子等。

华北回族作家的担当精神不仅突出地表现于对本民族的观照与挚爱，也表现于对时代转型期社会与人的蜕变及其深层根源的勇敢揭示。已故河北老作家陈映实就是这类思想母题的忠诚实践者，他的《渴望年轻》《境界》《蜘蛛》等一系列发表在《当代》《民族文学》等刊物的中篇小说，大胆深入到时光底层，从一个全新角度揭示了历史给个体最宝贵的生命和精神造成的无法挽回的伤害，尤其是给那些完全无辜的人遗留下的必须永远背负的历史孽障。陈映实对社会问题的犀利洞察与深刻表达，堪引华北回族作家之先。天津作家戴雁军的"新都市小说"也以中篇见长，描绘了一幅接一幅当代都市人生存状态的浮世绘，个中奋斗与挣扎、痛苦与欢乐，尽显时代之进化与人性之净化的沉重悖论。内蒙古李全喜的散文反映新时期草原建设生活，聚焦于草原上的人们生活方式和生产观念向现代意识的衍化和蜕变。内蒙古包头的兰草和河北黄骅的讴阳北方两位女作家，虽然一个背靠草原，一个面朝大海，具有不大一样的地域文化背景，但其共同关注的女性命运却成为她们笔下的默契唱和，为女性在社会现实中的命运处境和情感状态作了力透纸背的抚慰与张扬，具有浓重的悲情色调，亦可当苦口良药来饮。同时，两位女作家也在作品中展现了一种雍容大气、棱角鲜明的美学特征，或可做一视点深入研究。与兰草的《沉默的子宫》《伊甸园里的男孩儿们》《阴山木兰》等几部反映各历史时期和各年龄层次女性命运的长篇小说相比，讴阳北方的长篇小说《无人处落下泪雨》，颇具思想穿透力和艺术感染力，被誉为"21世纪女性主义文学"一部力作。还有讴阳北方于此前发表的《风中芦苇》《故乡在芦苇深处》《穿过歌声的门》以及反映回族女性生活的《桃花盛开》等中短篇小说，亦彰显了其在当下回族女性作家中的卓异才华与雄厚实力。

如果谈到华北地区回族文学比较突出的文体特点，中长篇的大部头小说是一大优势，此外便是密如雨丝的诗歌。北疆边塞的内蒙古知名回族老诗人马达，在其最为擅长的诗歌领域充分施展了长年汲取于民间口头文学的深厚滋养，成为新中国成立以后投身文学创作的第一批回族作家的代表之一。其在"十七年文学"时期所写的叙事诗《草原上的接生妈妈》和二人台《剪窗花》《老八路回来了》等，以及新时期以来创作的长诗《乌兰的歌声》《阿萨》《白雪红心》等作品，在内蒙古地区影响甚广。天津的张智庭、马国语两位诗人，一个放眼域外、视野阔达，一个用情内在、细婉节制，形成一组反差较大的比衬。山西诗人白恩杰自"闯"进诗坛伊始即频繁登陆名牌诗刊，颇有一副势不可挡的"黑马"之范。他是真正爱诗的人，时至二十多年后的今天仍担任多家诗刊的主编之职，即使其中有些民刊并无任何谋求名利的可能，白恩杰依然乐此不疲耕耘其间，为太行山下一方土地的诗歌复兴倾尽心力。特别是他最近的创作体现出一种"寻根"倾向，屡有抒写回族生活和心态的诗作见刊，值得关注。然而更容易引发我们注目的诗歌现象还是来自古老的燕赵大地。河北诗歌创作在全国诗坛有一定的先行风尚，以当地《诗选刊》为核心的创研阵地也凝聚了大批富有才华的诗人队伍。我们无从猜断优越的诗歌氛围对回族诗人的集群成长堪起多大效用，但一个不容忽视的事实是，河北的回族中青年诗人队伍确已渐显气候，如沧州的讴阳北方、王之峰、赛利麦·燕子，廊坊的王克金、张建丽、恩慈，保定的易州米、刘瑞峰等。他们的诗作贴近大地泥土，探究人生命运，富于理想情怀和文体创新意识，特别是讴阳北方和王克金的诗歌具有较强的哲理深度。但同时略显遗憾的是，除却赛利麦·燕子等少数诗人外，河北的回族诗人尚缺乏在回族题材方面的更多开掘，这块诗星璀璨的土地还需要更多民族文化之光的烛照与启蒙。

考量华北地区的回族文学成就，最后一个必须要触及的向度是文学理论方面的寂静生长。尽管我们在面对这一领域时，尚不能如北京、宁夏那般从容自如地例举许多名家，但华北地区以马献廷、汪宗元、陈映实、李中等为代表的一些文学评论家的丰赡成果也足以构筑成一道壮丽景观。单论天津一地，便有多位实力评家可圈可点：如曾任天津市委宣传部副部长，市文联、作协副主席的马献廷，是著名刊物《文学自由谈》的首任主编，评论与诗歌创作两翼齐飞，在天津老一代作家中有其一席之地。再如北大中文系毕业，原在宁夏工作，后调任《文学自由谈》副主编的汪宗元，在回族文学研究领域多有开拓性贡献，其论文《让回族文艺之花盛开》《开创我区回族文学的新局面》《民族情感与文学创作》等都在特定时期对回族文学的理论建构和创作导向发挥过重要作用。同样来自天津的李中，曾任天津市作协创联部主任和《天津作家》主编，多年从事评论工作；中国作协会员魏积良以《世说漫议》为代表的评论成果，于业界享有资深之誉。河北知名老作家陈映实除小说创作外，兼及文学评论，系铁凝研究专家，亦是河北文坛德高望重、广受敬仰的编辑家；河北大学知名教授、博导白贵的古代文学研究和美学研究，师承有源，自开新风。内蒙古地区的李可达长年专攻文学评论与编辑，屡获嘉奖；另有青年女评论家王继霞以《百年回族文学价值研究》为代表的一系列回族文学研究成果，皆成不俗气象。

纵观华北地区的回族作家创作，其对时代与民族的担当精神闪耀着感人的思想烛光，一系列厚重的中长篇小说和精致灿烂的诗歌成为优势文体，文学理论功底殷实。这片土地上的老、中、青三代回族作家传承有序，为中华回族文学的厚重史册留下华彩之笔。当然，在肯定华北回族文学宝贵贡献的同时，也应实事求是地看到，迄今所能见到的作品中虽数量众多，题材丰杂，富于时代性和民族性，但以高品质的严苛要求观之，尚乏具有全国广泛影响力、号召力的名家名作。这需要华北回族作家们更加艰辛的探索与跋涉。

2013 年 11 月

东北地区当代回族文学概论

尽管与其他地区相比，东北三省并不算回族人口的富集地区，但新中国成立六十余年来这里涌现出来的回族作家却呈现出优势阵容。领衔者如：黑龙江的韩统良、吉林的马犁、辽宁的高深等，他们与共和国的成长同步，"十七年"时期即闻名文坛，又在改革开放新时期爆发出新的活力，长期领衔于20世纪八九十年代的少数民族文学界，开启了东北回族文学大美、大气、大爱的美学传统。其他代表性作家如：黑龙江的吴文杰、吴秀忠、段金林、杨海军、白学岭、王俏梅、杨美宇、石彦伟，吉林的庐湘、凌喻非、刘纪众、金伟信、马爱茹、马爱红、王晶，辽宁的艾哈迈德·阿拜、王树忱、郑国民、杨志广等，相继获得全国少数民族文学创作"骏马奖"、冰心散文奖等全国性文学奖项，是东北少数民族文学一道靓丽景观。

观察和总结东北地区回族文学的实绩与特点，不可避免地应结合"闯关东"这一历史背景，否则就很难把握东北回族文学的情感脉络与精神质地。这是因为，相较于满、朝鲜、蒙古、达斡尔、鄂伦春、鄂温克、锡伯、赫哲等其他东北世居少数民族，回族在东北地区的形成主要源于"闯关东"的人口迁徙，属于移民性社群，这一特殊经验决定了东北回族的生产生活、文化思维、情感认同、理解世界的方式与其他少数民族有所区隔。相较于同样具有"闯关东"经验的汉族而言，回族对于东北这块土地的情感皈依，除却地缘认同、家族认同之外，还多了一重民族身份认同，独特的民族传统文化经验使得回族作家在表述他们眼中的东北时，本能地带有与汉族作家视角的差异。再者，相较于西北、西南一些回族聚居区而言，东北的回族文学在对母族文化的理解与表述上带有明显的散居区特质。长期以来，东北地区的回族文学现象所具有的上述差异化经验在先前的学术视域中未能引起充分注意，而引入"闯关东"这一带有历史感的视角来观照东北回族文学，会发现一个新颖独特的地域性知识将由此打开。

回族人迁入吉林和黑龙江地区肇始于清代，辽宁则相对早些，大体是在元末明初时期陆续从全国各地迁来，但也以清代比较集中。这与清代推行实边政策有密切关系。清朝在北京定都以后，大批满族人入关，致使东北地区人烟稀少，经济萧条。清廷为巩固和加强"龙兴之地"实行实边政策，召集大批移民队伍，其中山海关以里（俗称关里）的山东和河北等地在地域上距离最近，人口亦众多，自然就成为了移民的主体，而恰恰山东与河北的运河流经之地，是回族分布的重镇，因此这种大规模的人口迁徙之中也就不可或缺许多回族人的参与。当然，迁入东北的回族也有一小部分来自于甘肃、新疆、河南等地，特别是有些西北回民义军及其家眷被发遣至东北边疆——但东北回族的绝对主体还是来自山东与河北两省。如果到东北任意一处回民义地一览，便会清楚地发现，墓碑上所铭刻的祖籍绝大多数限于鲁、冀两省，尤以沧州、廊坊、保定、济南、德州、济宁居多，少许可见北京、天津、河南散户。这些原本主要世居于冀鲁平原、躬耕于运河两岸的回族人民，有的是天灾逃荒，有的是经商谋生，有的是开荒屯垦，有的是自然移民，总之在清康乾年间形成第一个移民高峰，民国时期的 20 世纪 30 年代左右形成第二个移民高峰，新中国成立后因边疆建设需要又有一些新的移民现象。这就是人们常说的"闯关东"。

东北回族作家绝大多数都有闯关东的家族背景。比如，高深、杨海军、白学岭等祖籍山东济南，韩统良、艾哈迈德·阿拜、段金林等祖籍山东德州，杨志广祖籍河北固安，马犁、吴文杰、吴秀忠、石彦伟等祖籍河北沧州……他们身上带有的诸多文化烙印，包括思维习惯、性格习惯、饮食习惯、语言习惯等，都与关里一脉相承。从这个文化的连带意义上来看，也可把东北三省视作山东、河北的"深宅后院"。建立了这样一种视野以后，再来面对东北回族的一些文化特点，就不会孤立或封闭地审观。比如，东北回族城镇化比例较高，乡村务农者不是很多，这一特点正是由于回族闯关东的经济习惯多以脚行、勤行、小本生意、推着小车沿街叫卖为主，于是便大多成了城镇底层贫民。再一特点就是东北回民性情粗犷豪爽、仗义执言，这固然是东北风土的共性气质，但也与关里回民的尚武重义之风熏染有关。还有，东北回族人口较少，分布极为分散，很少在城镇形成大规模的聚居地带，他们在与汉、满、朝鲜、蒙古等兄弟民族和睦杂居、肝胆相照的同时，也对本民族同胞的感情格外深切，形成了自尊自立、克己利人、力争上游、荣誉感强等文化性格。即便在与其他民族杂居过程中不可避免地伴有某些文化上互受影响的状况，他们的民族自觉意识仍然鲜明，对本民族传统文化的继承程度和民族情感的纯度，与京、津、冀、鲁等北方地区的情况并无削弱。基于"闯关东"背景牵引出来的上述文化质素，都在东北回族作家的创作中有所嵌入，构成解读东北回族文学的精神密码。

对于回族作家而言，"闯关东"的文化胎记并不只是一个符号，而是沉潜于血液深处的一种怀乡之恋、离乡之伤。在东北回族作家的作品中，常可看到对渐行渐远的关里老家的追忆与寻找，而突出的一个文学意象就是隔绝了原乡与他乡的山海关。例如，马犁在散文《山海关抒情》中就写到自己对山海关的感情，"之所以几十年来一直不能忘却这座城关，就是因为它在我的心目中，曾经是那样的茫远，那样的不可企及；它是我的长辈们难回故土的最大屏障"，并叙写了马氏家族闯关东的历史留影：

> 父亲十三岁那年，河北肃宁一带闹大水，他和伯伯一起用一扇破门板载着奶奶，载着一点点仅存的衣物，在大水里推着门板跑，才逃出了灾区。后来辗转出关，又不知走了多少路，终于落脚在北疆鸭绿江畔的一个小城里。从此，他们再也没能走回这道山海关，却又年年月月念叨着要回关里家看看。如今，奶奶和爸爸都已走完了他们各自的人生旅途，安葬在他们奔波劳碌了几十年的长白山麓。在他们的简陋的墓碑上，深深地刻着"河北肃宁人氏"的籍贯；他们那常常思念故土的心灵中，是否还时时默念着要走进山海关，去看看老家的夙愿呢？

为此，马犁感叹道，山海关这座古老的城关"不仅与我们祖国五百年来的兴衰荣辱紧紧相连，也与我自己这小小家族的命运息息相关"。

高深笔下的"闯关东"记忆源于父亲偶然的披露：清朝咸丰年间，黄河泛滥成灾，民不聊生。靠开小点心铺度日的高家，被决口的黄河冲得房屋倒塌，谋生无计，做出了闯关东的决定。

> 我的祖先是挑着两个柳条筐闯关东的。一只筐里装着一套做各种点心的模具和一些简单的锅碗瓢盆，另一只筐子躺着不

到一岁的祖太爷。(《小兵下江南》)

无独有偶，高深也特别注意到了山海关这一意象：

> 老祖宗从济南府上路，走了半个多月，才走到山海关。过山海关时，他老人家在关里这边砍下一截柳树干，栽在关外那边的水塘边上，表示要像这根柳枝一样，让高家在关外扎下根来，生存繁衍。他还以"伊玛尼"对真主明誓：今生今世，不混出个人样来，永不进关。

由此可见，负有闯关东家族背景的回族作家心中的确多了几分沉甸甸的负重，他们既爱恋脚下的黑土大地，同时对祖辈回也回不去的"关里家"魂牵梦萦。诗人吴文杰在《一盏油灯》《小清河》等诗作中遥想其出生地沧州，穿越历史风尘，留下了"何处去寻'回协会'低矮的茅棚，/只有当年那盏油灯还在眨着眼睛"(《一盏油灯》)的一声喟叹。伊春吴秀忠的长篇小说《林海回民工队》讲述了新中国成立伊始，一群来自河北的回民兄弟为了寻找新的生活出路，告别关里老家，来到小兴安岭林区组建回民工队，参与林区初期开发建设的故事。具有类似表述倾向的还有青年作家石彦伟，其"寻根"情结亦是出奇浓重，他在《残花时节》《情湿故乡》《运河枯荣》等系列散文中抒写了祖父离乡的悲情，游子近乡的情怯，对沧州故里这个"回回堆儿"充满向往，对黑土地上的回回同胞满含悲悯："东北回民！孤独且流浪的人们，长寒的冬天渴望围炉取暖的人们，家家背负着闯关东的深重记忆的人们，给我口唤吧，我写了你们了！"[1]归结起来，爱不够、忘不掉的"两个故乡"是东

---

[1] 石彦伟：《唯以散文作耳语》，原载《回族文学》2013年第2期。

北回族文学独具特色的主题之一。

东北回族作家的第二个地域特点就是由于他们城镇生活经历居多而尤为擅长城市题材，相对来讲乡土题材较少驾驭，这与西北回族文学主要是乡土题材的情况有明显差异。较突出者，如已故黑龙江作家韩统良笔下的《火锅》《朝觐者》《多斯提》等反映东北边城回族散居生活的小说，辽宁作家郑国民笔下的《夜，漫天的星》等反映辽南城镇回族生活的小说，还有吉林作家凌喻非的《独身楼变奏曲》《旋转的舞厅》等反映城市改革变化和都市情感激荡的中短篇小说，以及反映都市女性命运的长篇小说《路尘》等。值得一提的是，东北回族作家的都市性还形成了一个殊为突出的文学现象，即工人作家扎堆、工业题材密集。这是由于被誉为"共和国的长子"的东北三省是老工业基地所在地，超大规模工厂林立，工人众多，而回族相对集中于城镇，新中国成立后的社会主义建设时期和相当一段时期，城镇回族小手工业者转型成为工人的情况甚为多见，这其中自然也就有多位回族作家出身工厂。最著名者即属哈尔滨第一工具厂的工人作家韩统良，他于 20 世纪 50 年代在该厂创办了"萌芽文学小组"，领导工人文学创作，受到茅盾、郭小川等文坛前辈的激赏与鼓励。其主要代表作品《家》《龙套》《血液》等也都是反映工人生活的力作，在此领域具有一定的全国影响力，就连《火锅》等作品中的回族人物也都是工人阶级。高深于解放后也曾在沈阳一座大工厂里学徒，后做工会、宣传工作。他的诗歌不但推出了金色阳光下生气勃勃的东北大写意，而且勾画了风发意气的工人阶级群体形象。"载满黎明彩霞"的鞍钢，沸腾生活春潮的沈阳，让诗人心怦血沸；一场热闹的班组会，一个新产品的诞生，使诗人浮想联翩。吴文杰曾是一位矿工，他早期的诗作大多书写采矿工人的喜怒哀乐。艾哈迈德·阿拜曾在大连造船厂做钳工，他最有代表性的诗歌也都是反映对大海、大船的深厚感情。

吴秀忠笔下的回族伐木工人群像组合成共和国林区建设的脊梁之躯。金伟信的小说《别克》讲述了东北国有企业转型语境下一对回族兄弟的命运转折，特别是对主人公夏尧这个下岗工人复杂心理的描摹颇有深度……可见，东北回族作家基于地域风习和自身经验，纷纷歌颂祖国翻天覆地的巨大变化，歌颂工人阶级崇高的精神风貌，对工业题材的驾驭功夫已然形成了一种强大的优势。这一鲜明特征也是其他非工业密集地区不易形成的。

东北回族作家还有一个很有意思的现象，就是其倚靠和坚守的地域文化资源十分固定和典型，既然是故土所倚、情感所系、理想所引，那么就倾尽肺腑之爱，将其视为抒怀对象和精神原乡，不遗余力地书写至终。譬如，马犁之于长白山，凌喻非之于嫩江，吴秀忠之于小兴安岭，艾哈迈德·阿拜之于大海，石彦伟之于松花江和大运河，几乎都是一组组搭配和谐的文化模型，你中有我，我中有你，山水间掩映灵魂，胸腹中吞吐自然。这些大气壮美的自然资源给予作家的不仅是生活的矿藏，更是思想的源流、情感的归宿、精神的朝向、艺术的摇篮。应该这样承认，东北回族作家从大自然汲取的艺术养分是充沛和天然的，对大自然的反哺之心是极为诚挚和迫切的，其对广袤辽阔的黑土地的描写洞察功力也是十分精湛的。且看凌喻非笔下的嫩江，观察是何其扎实深入：

> 这平原的东半边，到处生满了遮天盖地的河柳。江水从西边流来，流到一个开阔地带，有几百米远没长河柳，放眼望去，真是一个天然的凹形长廊。拐了一个九十度的大弯，江水折向南去，两岸又是密密丛丛的河柳。大概是受到这个地形的小气候影响，只要刮风，无论是顺江风、逆江风，还是横江风，扬风湾就要掀起波浪。有时上下游风平浪静，可一进扬风

湾，就是凉风扑面，江上翻着白头浪……（《扬风湾》）

再赏马犁笔下的长白山夜色，又是何其深沉静穆：

> 月亮已经爬上山尖。南面起伏的山岭在星空下印现出挺拔的轮廓，莽林中的积雪像残旧的灰棉花套子似的覆盖着它的巨大身躯。回头望望北大顶子，淡淡的月光把林木照得影影绰绰，风吹树枝一响，仿佛又有千百个英勇的抗联战士正在埋伏在那里……（《血染的借条》）

此外，如若这里不引用一段最具"北国风光，千里冰封"之境的冬景，那也是殊为遗憾的，因为东北作家对冬天的描写可谓妙笔如云。试举吴秀忠笔下的小兴安岭雪景："冬天走在外边，一脚下去，雪过裤裆。前边的人往前蹚着走，后边的人跟上。前边的人累了，后边的人换过去，这样才能踩出一条小道来。"（《林海回民工队》）又如金伟信笔下乍暖还寒的东北初春：

> 似乎比冬天还冷刺刺的，棉衣下不了身。山上已是绿茵茵的了。可是走近跟前，漫坡的草丛像是十月底的稻梗，黄黄的，只是草根们生出几疙瘩的绿。东北的春天是一副假脸，只有过了清明，天气才真正暖和起来。（《别克》）

最后需要为东北回族作家总结的特点，就是散居区回族作家有别于聚居区的某种独特的心理构成方式。这一方面体现于他们精神"无根"的焦虑、文化归属的渴求，故而对本民族同胞的格外亲切和对回族聚居地区的格外憧憬。如高深诗句中比比皆是的民族情怀："在那崎岖的两山之间的／狭窄的小路上／行走着我的先辈／在那海洋般的沙漠深处／在那干涸的河岸／和那不毛的巉岩之间／行走着／我疲倦的长着络腮胡的弟兄"（《关于我的民族》）；再如艾哈迈德·阿拜游走西北回乡后，激情的闸门被浓烈的民族之情冲撞而开，创作了大量回族题材诗作，如《牵骆驼的朵斯提》《回乡晨曦》《新月的建筑》等，这种民族意识的复苏和茁壮，正是与诗人在回族聚居区所受的启发和激励有关。换句话说，"无根"的人找到了"根"，无伴的旅客回到了家，自然有说不完的心里话。

另一方面，东北回族作家独特的情感思维角度也体现于普遍存在的与其他民族日常杂居的生活细节之中。如韩统良在中篇小说《血液》中写到的石油工人黑大厚为不让井队其他队友知道自己是回族，专门为他做饭而影响工程进度，就远离吃饺子的队友，独自跑出来烤冻锅饼吃。这种对出门在外的回族人克己利他，甚至带有几分"自虐"色彩的心理描摹，融合了散居区回族作家由来已久的地域体验和生活感知。吴文杰的诗句"马大伯提来一壶滚烫的浓茶，／金大妈捧出一篮子的油香饼"（《关怀》）则体现了回族群众感念党和政府的节日慰问，与汉族兄弟亲如一家的互助氛围；石彦伟在散文《雕花的门》中写到幼年的自己在幼儿园独自躲在角落里吃饭的情景，体现出东北回族儿童自幼生成的隐忍、自尊、自律的民族意识的萌芽：

> 中午到了，摞得很高的包子成屉成屉地端了上来，满屋子弥荡着我似乎从未闻过的气味。我远远地守在最偏僻的一个角落，本能地将头埋在母亲用心包扎的小铁饭盒里，哟，酱紫的茄子、翠绿的大辣椒和金黄的土豆正闪耀着诱人的光泽，再没

有比母亲做得更好吃的饭食了！我安稳而享受地快快吃，从始
至终绝不抬头，像一具矮小倔强的雕塑。

同样还是幼儿园，同样还是孤独的回族人，石彦伟在另一篇散文
《口袋的心是柔软的》中则描述了有关祖母的另外一番遭际："几个饭盒
盖一掀开，奶奶眼前忽地一黑就昏倒在地。别的女老师惊叫了一声，过
来扶奶奶，问这是咋了这是咋了。奶奶睁开眼睛摆摆手说，没事，自己
脑袋爱迷糊，歇会儿就好了"，"奶奶一栽一摇走到门外倚墙坐着，绝
不说出晕厥的因由。多年以后，她对我说，能怎么办呢，生在这个民族
了，就得多担待"，如是细节将散居区回族现实生活中的隐忍、坚守、
达观做了不动声色而感染人心的表白。

我们盼望着，如此众多从白山黑水走来的回族作家能携带着森林的
清冽、江河的奔放、冰雪的硬朗、平原的开阔，走向更加深广的文学天
地，为那些寂寞无言的闯关东先辈们的跌撞背影，留下一篇篇佳章，一
声声告慰。

2013 年 11 月

中南地区当代回族文学概论

广袤的中南地区不仅是中华民族的文明发祥地之一，也是回回民族的先民最早融入中国这方热土的重要地域。它包括以河南、湖北、湖南为主的华中地区，和以广东、广西、海南为主的华南地区。黄河、长江与湘江、珠江携带着中华民族的浑厚气血流经这片神奇的土地，滋养了泽被世代的仰韶、湘楚、岭南等重要文化遗存，为这里回族作家的成长与崛起奠定了中华文明的深厚积淀和阔大坐标。尽管除河南以外的中南地区，回族人口既不很多也不集中，但却不乏非常优秀的回族作家，即使在回族人口很少的散居区和其他兄弟民族文化为主体的地区，仍然可以见到回族作家优异出众的表现。这或许是由于这些回族作家自学习创作之初就受到良好的文化熏陶和滋养，思路和视野比较开阔，善于学习和钻研汉语的精深与磅礴，起点和站位都比较高。

若想厘清中南地区回族作家的创作特点，不妨以淮河为界，北则以豫为视，南则连带鄂、湘两省和粤、桂、琼等南岭三省区。在河南，回族人口达九十六万之众，居全国第四位，仅次于宁夏、甘肃，与新疆大致齐平，略高于青海，并且在郑州、开封、洛阳等地较为集中。在这样一个回族人口众多、回族传统文化传承良好的地区，回族作家也形成了一个优势阵容。无论是老一代诗人姚欣则和海鹏彦，还是胡亚才、阿慧、黄旭东、司卫平、忻尚龙等比较活跃和具有相当实力的中青年作家，他们都有着十分清晰的回族身份认同，笔下所反映的主要题材也以回族色彩居多。其中，姚欣则早在 1944 年就发表了回族题材诗歌《扎白头巾的妈妈》，是回族现代文学中较早出现的回族题材诗歌之一，具有重要的开拓贡献。值得称道的是，老诗人在其后多半生的创作道路中一直把他深情挚爱的回回民族置于中心地位进行讴歌和记录，留下了诸多散发着浓郁"老回回味"的好诗。

信阳的胡亚才是一位文学创作的多面手，散文、诗歌、小说都有不俗开拓，但其最为擅长和热爱的还是散文，而且在他的众多散文题材中，也以描写河南固始回民家族的文化传习和感人掌故之作最为醒目。周口的女作家阿慧亦是一位散文好手，其代表作《羊来羊去》曾获第四届冰心散文奖，也是第一位获此奖项的回族作家，为回族文学的主流呈现争得了宝贵荣誉。她的一系列回族特色散文频繁登陆于《民族文学》《散文选刊》《散文百家》《美文》等刊物，正以清香扑鼻的乡土气息、醇厚旷久的回族风味、从容纯澈的叙述风格，获得很多本民族和其他民族读者的跟踪阅读。胡亚才和阿慧是当前回族散文创作领域颇有代表性和雄厚实力的两位作家，当下正处于趋好的创作状态。

来自南阳、现居郑州，专攻长篇小说的黄旭东，则以他的"青春励志三部曲"赢得文坛关注，特别是描写中原多民族地区基层民族工作者生活的长篇小说《前程》，展示了新世纪、新政策、新农村的大背景下，处于深山的各族群众思想观念的新变化、民族传统文化受到的新冲击，以及民族工作遇到的新问题，对于开拓回族文学题材具有一定意义。司卫平也是一位近年渐露头角的作家，他新近创作的长篇小说《远方飘来的云》描写了豫西古镇一个回回家族在硝烟年代的命运起落与价值追求，表现了回族人的历史担当和爱国本色，为中原地区的回族文学图谱增添了一抹亮色。

此外，张宝诚、海青青的回族特色歌词以及邵军的《玉之缘》等回族题材长篇小说，也都别具特色。特别是洛阳的忻尚龙，是一位很有潜质和才华的回族八〇后作家，十三岁就曾发表长篇小说，中学阶段就出版了散文集，在继鲁迅文学院进修和 2013 年代表河南回族作家参加第七届全国青创会以后，艺术视野进一步打开，正处于旺盛的创作势头之中。由此可见，河南的老中青三代回族作家队伍整饬，功底扎实，回族题材见长，优秀力作频出，是回族文坛不可小觑的一方重要阵地。

过淮河一路向南溯寻，在广大的南国热土之上，散居区回族作家的创作同有惊艳之致。让我们首先来看长江流经的湖北，出身于回族望族之家的武汉女作家魏光焰以其与生俱来的耿直率性与真挚的正义感，阔步于湖北文坛，其对都市底层民众的焦切关注已成鲜明特质，常与池莉、方方等湖北女作家在同一视域受到评论界的关注与比照。湖北的另一位回族作家陈雄以历史文化随笔见长，是一位很有书市号召力的历史畅销书作家。继而向南，在苗、土家、瑶、侗、回等民族杂居的湘西和邵阳，被誉为"文学湘军五少将"之称的于怀岸和马笑泉兄弟二人，正用他们出众的艺术呈现和鲜明的硬汉气质，为回族文学赢得声誉。与魏光焰类似的是，他们也聚焦于社会底层和边缘艰难生存的小人物命运，为沉默无言的他们坚定地代言；而在艺术风格上，以于怀岸的《猫庄史》和马笑泉的《巫地传说》为代表，又不约而同地深受楚湘文明影响，呈现出某种趋同的地域表征。

翻越中国南部最大的山脉南岭，一片文化气息截然不同的开阔地带呈现于我们眼前。首先引起我们注目的是回族先民最早融入中华大地的著名港口广州，在中国最古老的清真寺怀圣古寺千年守望的眼神中，在宛葛素先贤遗留的期望中，在巍峨光塔的导引与照耀中，我们的回族作家没有辜负历史与时代交付的重托。比如，王俊康不仅担任广东省作协的领导职务，而且是儿童文学界的知名作家，尤以校园朗诵诗闻名全国，广为流传，在我们小学年华朗诵过的那么多校园诗章之中，也许就有哪一首出自王俊康之手。已故回族作家杨万翔，其回族家族已经入驻广州六百余年，一座见证着古老历史的镇海楼在他的祖先眼中业已存在，穿越时空迭转，一直纵横到他的灵魂深处，终将心血付诸长篇小说《镇海楼传奇》的创作，并荣获第四届全国少数民族文学创作"骏马奖"。而原籍河南，后居广州的回族作家张维，也以其别具特色的小说创作跃入广东文坛，他近期已经完稿的《血雾》是一部描写回族英雄人物杜文秀的长篇历史小说，成为作家晚年对母族哺育之恩的一份报答。再观毗邻于广州的深圳、珠海，在这两个移民城市的文化正在健步繁荣之时，多位回族作家从外地奔赴于此，以其突出的创作实绩投入到了珠三角文化建设的洪流之中。比如生长于东北，现担任深圳市戏剧家协会主席的女作家从容，不仅是一位才华横溢的剧作家，曾编剧的电影《花季雨季》获中国电影"华表奖"等众多奖项；而且也是一位情感丰富、体验入微的诗人，并且更为可贵的是，她将自己最为钟爱的戏剧和诗歌进行了大胆嫁接，创制和推广了具有新锐时尚气息的"诗剧场"，于业界广受关注。由宁夏一路南下的优秀诗人李春俊，担任深圳市宝安区作协主席，在西北和深圳两块精神陆地行吟歌唱，自成气象。长居宁夏、现居珠海的莫叹，早期以小说、散文见长，近年着力于儿童文学写作，颇成活跃之势。原籍安徽、现居珠海的刘鹏凯亦有不俗表现。

由广东向西瞭望，壮乡广西还有几位回族作家颇有声望。首先就是老作家海代泉，他的童话和寓言在儿童文学领域有持久的影响力，入选过诸多流传较广的选本，曾获第五届全国少数民族文学创作"骏马奖"，可谓儿童文学创作的一株"常青树";中年作家海力洪是广西这块土地孕育出来的一位小说家,也是广西文坛具有一定代表性的实力派小说家,其代表作《小破事》等中短篇小说为《收获》《上海文学》等刊物所器重,独树一帜的讲述风格自开新风,丰富了上世纪90年代以来的当代文学叙事图谱,被一些评论认为具有文学史意义。广西也是另一位作家郭军的第二故乡,他在上世纪80年代即作为青年诗人初试锋芒,体现出良好的创作才华。此外,回族将领白崇禧故乡桂林的老诗人麻承福的诗歌创作集成美甲天下的山水灵秀,颇含几分况味。

最后让我们渡过琼州海峡,来到椰风荡漾、瓜果飘香的海南岛。这里不仅是海上丝绸之路最早的登陆地之一,同时也是名垂青史的明代著名清官海瑞的躬耕之所。尽管在回族人口最为集中的三亚,我们暂时没有发现能够进入研究范畴的回族作家作品,但与珠三角地区类似,作为经济、文化高速繁荣的一块热土,这里也吸引了外地回族作家的迁居。比如原籍四川的散文家伍立杨,担任海南省作协副主席一职,其历史文化随笔敏锐深刻,入木三分,文风有汪洋刚烈之势,气质有古典精致之美,是国内散文界有一定知名度的优秀作家。当然,同在海口还有一位值得我们骄傲的学者、作家,这就是海南大学教授李鸿然。他倾力编著的《中国当代少数民族文学史论》是迄今为止论述作家作品较多而又挑选比较严格、涵盖跨度达半个世纪的中国当代少数民族文学史论方面的一部大著,对提高少数民族文学研究的深度、广度、高度都具有非同寻常的学术意义。

概观中南散居地区回族文学的显著特点,首先,除河南回族作家比较集中之外,每个省份的回族作家并不很多,甚至可能进入我们研究视野的只有两三位,但他们的创作起点很高,社会影响很大,多属当之无愧的优秀作家之列。譬如伍立杨在海南,海力洪在广西,王俊康在广东、魏光焰在湖北，于怀岸、马笑泉在湖南，在当地主流文坛甚至全国文坛都具有相当声色和影响。再者，他们的创作突出地表现为对公共生活领域、都市生活、底层民众的关怀意识极其强烈，在创作题材、创作意识、创作风格等方面受到汉文化和其他兄弟民族文化影响较深。这是由于他们生活环境所限，缺乏对回族原生态聚居生活的深刻体验，因此作品中乏有回族题材，这是完全可以理解的现象。但十分可贵的是，他们身居散居地区，可能从小到大的成长过程中只有自己一人是回族，但心中普遍有着比较醇厚的民族情感，也会于作品中得以某种流露。比如魏光焰的长篇小说《天殁》、张维的长篇小说《血雾》、马笑泉的短篇小说《清真明月》、刘鹏凯的短篇小说《海巴谷》、海代泉的散文《一个回民家庭的文化翻身》等都是描写回族生活的作品，再如杨万翔的长篇小说《镇海楼传奇》和从容的诗《亲爱的姥姥》等作品，尽管没有直接描写回族生活，却隐约透露出回族文化的一些踪迹，使人感到惊喜和欣慰。应该说，这些作品未必是他们全部创作中最优秀、最精彩的作品，却是作为少数民族身份的作家在创作道路上十分宝贵和重要，具有纪念意义的作品。最后，中南回族作家在文体上多有各自明显突出的领域，他们并不贪多求全，而是在自己最为热爱和擅长的文体园地中长期坚守，比如姚欣则、海鹏彦、从容、李春俊等忘情于诗歌国度，长年本色不改；海力洪、魏光焰、于怀岸、马笑泉等是天赋丰沛、优势鲜明的小说家；伍立杨、胡亚才、阿慧等是散文好手；海代泉、王俊康、莫叹等闻名于儿童文学界；李鸿然则专攻理论与评论，终成少数民族文学研究领域的名家。他们为当代回族文学增添了诸多使人眼前一亮、称羡不绝的景致。

2013 年 11 月

西南地区当代回族文学概论

我国西南地区（四川、云南、贵州、西藏、重庆等五省市区）是少数民族分布较多、多元民族文化交相辉映的一块宝地。如果说在回族最为集中的西北地区，回族作家更多地感受着文化的趋同性和母族文化的强大亲和力，而在东北、华北、中南等地区散居的回族作家更多地在汉文明中兼收并蓄、和睦共存，吸收着儒家文明与伊斯兰文明水乳交融的双重营养，那么，在民族构成更为丰富、多种文明五彩缤纷的西南地区，回族作家则更多地习惯于对差异性的识别与包容，在大西南群山崛起、河谷纵横的造化神秀之中，在欢乐的锅庄、明亮的火把、悠扬的芦笙共同编织的奇美化境之中，努力定位着自己的文化身份，践行着"各美其美，美美与共"的文化理想。

在西南诸省市区之中，回族作家的分布构成以云南和四川为重镇，并以云南最为集中；而在贵州、西藏、重庆等其他地区则相对甚少。这种作家队伍构成上以云南最为突出的情况或属西南回族文学最易引发关注的特点之一。据第六次全国人口普查结果显示，云南回族人口接近七十万，仅次于宁夏、甘肃、新疆、青海、河南五省区。这里的回族自古以来即与白族、傣族、藏族、壮族、彝族、苗族、佤族等民族交错而居，并相对集中于滇东、滇东北的昭通、鲁甸、寻甸，滇南的个旧、开远，滇西的巍山、永平、大理、腾冲等地。云南回族自古以来有着光荣的精神传统和卓越的历史贡献，如在政治、军事方面，元代的赛典赤·瞻思丁任云南省平章政事，在行省改制、屯田修河、传播先进耕种技术等方面政绩卓著；明朝平滇后，回族将领沐英留镇云南，其大力推行的卫所制及"改土归流"等措施，极大地促进了云南社会的发展；清代滇西杜文秀领导的反对民族压迫、抗暴自卫、反清救民的云南回民起义，与太平天国起义遥相呼应，沉重地打击了清王朝的反动统治，成为云南近代史上第一次人民革命运动，为后来辛亥革命在云南的胜利创造了有利条件。在经济方面，回族在屯垦、手工业、马帮运输、采矿冶金等领域的优长表现成为云南经济社会舞台上的亮丽风景。在文化教育领域，自元代赛典赤父子时期即开创了云南尚文兴学的新阶段，创建了云南第一座文庙，并于其中设学舍，建造了云南历史上第一所学校。其后各地广置学田，大兴学校，使内地汉文化在云南广泛传播，众多回回子弟在全国科举考试中名列前茅，出现了云南地方志创始人郝天挺，驰名中外的伟大航海家郑和，明代著名作家马继龙、孙继鲁，清代诗人孙鹏、马汝为、沙琛等一批文化名流。特别是云南保留了较为传统的宗教文化，以清真寺为中心的经堂教育比较发达，一批享誉全国的学者相继涌现，如清代的马注、马德新、马联元，民国时期明德中学培养的马坚、纳忠、纳训等，皆成大家。

正是在这样波澜壮阔的历史图景和根系发达的文化传承中，云南的回族作家心中萌生着某种负重的使命感，凭借优越的创作天赋和环境，展现出雄厚的创作实力，无愧于母族人民的重托。其表现出来的主要优势是：第一，作家队伍齐整，数量庞大，阵容感强，中国作协会员和省作协会员数量之多在全国各省区来讲堪数瞩目，并且形成了大理、昭通两个作家相对集中的地域群落；老、中、青三代作家皆有实力派代表人物领衔，传承感十分明显。比如，老一代作家白平阶、桂涛声、马瑞麟在新中国成立以前即投身文学创作并成名，中年作家白山、马旷源、王毅、段平、田应时、叶多多等以扎实出众的创作成果成为中坚力量，青年一代则以马绍玺、阮殿文、沈沉、马瑞翎、方芒等为代表体现出丰沛的才华与良好的创作潜质，出色地承担起接力的使命。

第二，从创作实绩上考量，作品质量上乘，影响力往往不限于省内，而是辐射全国，经得住来自主流文坛的严苛检阅。如白平阶的小说《跨过横断山脉》、桂涛声的歌词《在太行山上》、马瑞麟的长诗《"咕咚"来了》等作品已成名篇流传于世；主攻小说的马宝康、白山，主攻散文的马霁鸿、阮殿文，主攻诗歌的马丽芳等起笔就在全国性知名报刊发表或转载作品，并非如很多作家的成长规律一般从地方刊物逐级起步。在评奖领域，迄今为止，仅全国少数民族文学创作"骏马奖"得主便有马瑞麟、白山、马绍玺、叶多多等多位，曾获"边疆文学奖"、昆明市文艺作品"茶花奖"等省内各类奖项的回族作家则更多。

第三，一些回族作家在云南各地区成为带头人，有的以创作成就傲然引航，有的以人格魅力扶持后学，仅看各地级市、州担任过作协一把手的就有多位出身回族：如昭通市作协主席蒋仲文、红河州作协主席马明康、普洱市作协主席马青等（至若曾任县级市、区的作协主席、副主席的则更多）。特别是马旷源之于楚雄、马霁鸿之于丽江，都是雄踞地方文坛、颇受同仁与后学敬重的"领军人物"。由此可见，回族优秀作家于各地文坛的地位之重要在民族构成极为丰富的云南无疑构成了一个不容忽视的文学现象。

除云南之外，西南地区的另一块回族文学富矿区则属"天府之国"四川。四川的回族人口为十万余，和许多省区相比不算很多，但这块土地却孕育出许多出色的回族作家。与云南类似，由于重视文化教育的优良传统，近现代四川回族中涌现出不少文化名人，如曾与巴金、老舍等交往密切的回族大文学家马宗融，被誉为"画学博士"的回族书画家马骀等。而在成都，仅仅一所由白崇禧、孙绳武等热心国民教育的回族人士创办的西北中学，就曾同时期培养出木斧、马德俊两位回族著名诗人。木斧的诗歌创作自发轫之初即显示出不俗的功力和眼光，新中国成立以前业已成名，特别是新时期以来，创作抵达全盛时期，成为回族当代诗人的领军人物之一。早年投身革命的重庆老诗人温田丰、康巴老诗人张央，不仅在诗歌创作上取得不俗成绩，还在文学活动、编辑方面长期实践，赢得很高声誉。从四川西昌大地上走来、后任教于上海的马兴荣是我国当代词学研究领域的著名专家，继唐圭璋之后接任中华词学研究会会长一职，于业界享有盛誉。生于成都、英年早逝的青年女诗人马雁，其创作成就则不仅限于"西南""回族"这样的文学格局之中，而是更多地在以北京为中心的诗学核心地带放射独异光芒。迁居成都的回族诗人孙谦则一直以潜行者的姿态躬耕于诗界，为回族诗歌开拓了宗教美学的新疆域，成为当代回族诗人中评价尚远不够充分的佼佼者。来自古城阆中的女作家何晓早以小小说在四川文学界有一定影响，近年又攻于长篇，其作品擅长对古城文明的细致挖掘与生动呈示，并着力于不同文明之间的比照与探究。康巴窦零的诗，成都李昌旭的戏剧影视文学，亦都别具声色。

尽管在滇、蜀以外的西南地区，回族文学创作显得安静沉寂了一些，但仍不乏摩萨这样长期奔驰于西藏的高原诗人，还有丁大林、马仕安、孙嘉镭等为代表的贵州回族作家的精彩亮相。

考量西南回族文学的文本特质，相当突出的一点就是家国忧患意识强、爱国情感浓厚，作品紧扣时代脉搏，勇于书写家国和民族命运，富于担当品格。著名词作家桂涛声在抗战期间所作歌词《在太行山上》《歌八百壮士》家喻户晓，成为中华儿女救国图强、抵御外寇的精神号角，至今仍魅力不减。云南第一位回族现代作家白平阶的一系列小说作品艺术地反映了抗战初期云南边地各民族人民抢筑"中国抗战生命线"滇缅公路的史实，闪烁着爱国主义的光芒，被视为"抗战时期少数民族作家代表性作品"，也因此受到沈从文、巴金等文学大家的关注和激赏。白平阶之女白山继承了父亲对滇缅公路倾情书写的一份心愿，以报告文学之形式将这段边地各族人民的爱国壮举进行了详实细微的记录，著作《血线——滇缅公路纪实》因其厚重壮观的美学气象，一举荣获"骏马奖"。白山的另一部长篇小说《冷月》自明末清初滞留滇西的回汉将士为国效力起笔，写到一个回回大家族穿越古今、世代报国的悲壮大爱。再观木斧、马瑞麟、温田丰、张央这几位著名诗人，均是在新中国成立以前的青年时代即以诗歌作为匕首、投枪，抨击黑暗，讴歌光明，早期作品无不富于鲜烈的战斗性和正义感。尽管他们在新时期的创作风格、美学观念发生不同程度的蜕变，但青年时期铸就于生命肌理中的爱国主义精魂，却一直本色不褪。检阅他们一生的创作，对祖国和人民热情礼赞的诗篇遍布各个时期。马兴荣主编的《唐宋爱国词选》通过对古代词家爱国诗章的遴选评注，彰显了中华儿女传承至久的爱国主义情怀。此外，出身军营的马宝康、段平用一系列军旅题材小说贴切地诠释了爱国主义的真谛。由此可见，西南回族作家在创作中的家国情怀之深、精神气象之大，是一种天赋的本能和优势，在整个回族文学创作中呈现突出特质，即便置放在全国少数民族文学的视野中进行评价亦属醒目。

西南回族作家的另一重要贡献在于对回族题材创作的勇敢开拓与长期实践。由于云南等地回族经堂教育的普及，民族传统文化于斯尤盛，回族作家对民族生活的书写既有情感上的本能诉求，又有充分殷实的生活土层。白平阶不仅是云南第一个发表现代小说作品并成名的回族作家，也是现有研究中第一位发表现代回族题材小说并获主流文学界认可的回族作家。1944年，白平阶在《世界文艺季刊》创刊号以头题位置发表了中篇小说《古树繁花》，作品以滇西一个普通回族家庭从杜文秀领导的回民起义的近代及至抗战时惠通桥被炸、日本侵略者借滇缅公路入侵滇西之后的兴衰为背景，思考了回族民众面对压迫者、侵略者何去何从的重大命题，探讨了回族家庭伦理、孝悌文化等社会问题，具有东方气派、史诗品格。此作有力地证明回族题材创作自发轫之初便完全可以站在一个很高的平台之上，代表着中华文学的气象与品质。可以想象，在远去的硝烟弥漫的抗战年代，在远离文化核心地带的大西南的寂静天空中，来自回回民族的第一声呐喊是如此嘹亮、遒劲和旷久，从这个意义上说，今天的我们再怎样评价和感慨白平阶对回族文学的开创性贡献也不为过。

马明康在其专攻的长篇小说领域著述颇丰，代表作《十二寡妇》《山吟》不仅具有浓郁的母族文化气息，也充满了滇南回族的地域特色，足可跻身回族题材长篇小说创作的代表性作家之列。白山的《冷月》、马连凯的《苍山雪》、马诚的《杜文秀传》等长篇小说、报告文学也是回族题材中具有厚重文化内涵和历史担当的得力之作。一般来讲，回族文学中的本民族题材多植根于"大聚居"地区或散居地区中的"小聚居"地区，而纯粹描写散居生活的作品较为罕见，诗人木斧创作的唯一长篇小说《十个女人的命运》则正是描写了南方散居回回家族四代人的命运离合，具有独特的人类学、民族学价值。

此外，在一些诗人笔下，西南边地特有的回族生活同样得到生动揭示，马瑞麟的《谒马和福墓》《杜文秀四题》《在咸阳王墓前》《纳训故居》等短章以云南回回民族英雄和历史文化名人为书写对象；孙谦、金沙的宗教美学诗歌呈现了诗人对骨血深处涌流的伊斯兰文化和人道主义精神的理解与倾诉；马开尧、纳杰明、马成云的《回族烤茶》《传油香》

等诗作是云南回族习俗的文学记录；沈沉的《马鹿沟纪事》是对回族村庄情感记忆的深度抚摸。

在散文领域，西南回族作家着力书写本民族题材的作品并不多见，但叶多多笔下间或可见的《私人的阅读》等"寻找母族"题材，马霁鸿以回族风尚针砭时弊的《时常把一把斋》，阮殿文、沈沉、王瑞康、穆群森、马永欢对故乡回族文化记忆的追溯与描摹，以及八〇后新秀方芒在《守望的另一端》中的静穆参悟，都留下了不可多得的传神之笔。特别是学者型作家马旷源以颇多具有学术见地和个性眼光的评论，对云南回族文学的健康发展成长具有积极作用。

由于西南地区的回族作家长期与藏、羌、彝、傣、白、苗等民族杂居，他们对多民族文化"和而不同"的特点有着扎实的尊重传统和包容的观察眼光，这种文化心理的包容性也体现在了文学创作之中。譬如，白平阶、白山父女对滇缅公路云南多民族人民奋斗历程的全景呈现，张央、摩萨、何晓、窦零耳濡目染、从容写就的藏族生活，叶多多情同姐妹的拉祜族女人，马瑞翎忘情挚爱的怒族山寨，李昌旭倾力诠释的羌族史诗，还有王毅笔下佤族、傣族、拉祜族等多民族杂居的边境小城，以及马绍玺对云南多民族文学生态的深刻洞察，都不同程度地参与构筑着回族作家反映其他少数民族生活的独特现象。西南回族文学的这种介入他者的现象较之其他地区是明显突出的。

总体而言，以云南和四川为主体的西南回族作家群体为当代回族文学贡献了多个"历史上的第一"，贡献了多部大部头的长篇小说和报告文学，贡献了多位名家及获奖专业户，在大西南的多民族合唱之中发出了明亮和美的音色，是研究回族文学不可忽视的一处要地。其作品的许多历史价值和美学价值都还有待于更加充分地观照与评介。

2013 年 10 月

谁来给临夏文学修一条铁路
——兼评首届"魅力临夏"散文诗歌大奖赛

绝不会有人否认，临夏州是个有魅力的地方。

但这魅力掩藏得着实深了一些。我到临夏去，要么走的是兰州，穿越狭长的城市找到客运南站，挤上大巴颠簸两个多小时才到临夏市区；要么就走大河家，从循化沿着黄河峭壁，七扭八拐，险象丛生。等终于进了临夏，遍览八坊，卧谈广河，走东乡大山，访拱北高人，最后再往朋友的大炕上一坐，喷香的手抓端上来，一切奔波都觉值得。只是慨叹，全国人民都在奔小康，为何不能给我们的临夏修通一条铁路，这样出出进进的，该增添多少便利！朋友笑说，快了快了，听说再有三年，火车就通了。

一条与时代同步的铁路，并不只为节省些时间和气力，它所联通着的，是大山外面那些辽阔的视野、丰富的色彩、多元的声音，是临夏与世界情怀的畅通，境界的融通。想到张承志笔下《大河家》《北庄的雪景》里那么动人的临夏之魅，还只能靠有心人主动去访，尚未被更多人发觉与感动，不禁感到一丝遗憾。但与此同时，交通条件的一时局限，也为一方地域的文学书写打开着某种苦长的可能：既然去一次不容易，这么好的地方，先在文学作品里过把瘾总是可以的。的确，临夏之魅在很大程度上，迫切需要文学的援助。铁路可以三年以后才能修通，但先给临夏的文学修一条快速路，确是当务之急，众望所指。

收获与困境

事实上，临夏本土的多民族文学创作，曾有过扎实勤勉的努力。新时期以来，以言之回族，就出现了周梦诗、李栋林、高志俊、陕海青、马琴妙、马萍、马国山、马国春、马进祥等一批作家。东乡族的成绩似更突出一些，老中青几代优秀作家几乎都出自临夏，汪玉良、马自祥、汪玉祥、马如基等老作家从这里走向全国文坛；钟翔、冯岩、冯军、马自东、陈于放等中年一代，正逢秋实年景；近年又发现了马伟海、马潇、周楚男、八羊沟等一些新人，朝气蓬勃，富于可塑潜质。作为国宝一样的人口较少民族——保安族，仅万余人口里，也出现了绽秀义、马少青、马学武、马祖伟、马沛霆等一支生力军。加之撒拉族的韩小平，藏族的何延华，汉族的王国虎、杜撰、何其刚、王维胜、吴正湖、徐光文等，一眼望去，临夏的多民族文学俨然还是颇繁盛的一派景象。

既然爱一个地方，真诚的话就不能不讲。临夏文坛当前所面临的困境，于我看来，是远远大于其曾取得的收获的。这一来是民族作家人数还太稀疏，水准过于平乏，创作也多处于停滞期。有"中国小麦加"之誉的临夏是回族自治州，民俗醇厚，掌故森列，理当是回族文学的一方重镇，但临夏回族作家的影响多还仅限本土，即便只说回族文学这个小圈子，放在全国格局中也尚无一位堪入核心阵容。常态之下，民族地区的文学，就该是民族文学为主体（内蒙、西藏、广西、延边等都是例子），但在临夏，稍显活跃的作者却少见少数民族。例如某县文联搞了一次临夏文学论坛，参会代表除一位少数民族外，全是汉族作家，临夏文学几乎与汉族文学无异。这真是一个使人多少有些惊诧的现象了。不包庇地讲，作为回族重镇的临夏，在出作家、出作品这一层面上，非但没有闪现亮色，反而是有些拖回族文学的后腿了。东乡族的情况要好一些，汪玉良先生是一位大诗人，在少数民族文学界堪属元勋，马自祥、马如基、钟翔也都获过"骏马奖"，但须知，东乡族的聚居地域主要就是临夏，别的地方则少见。也就是说，不能仅看临夏出了这么多东乡族作家就盲目地感到振奋，而应清醒地看到，东乡族文学的集体动员也就仅有这么多，与这个口传文学兴盛、内在气质极其适合文学表达的民族应有的实绩相比，尚有太多空白需要填补。至若积石山区亦为数不少的撒拉族，则尚未出现一位实力派作家，藏族、土族的情况也比较尴尬。

我感到的另一个征候是，临夏本土对作家的培养机制显得贫弱乏力。一个有意思的现象是，大凡写出些响动的作家，多是年轻时就走出了临夏，在外地成长和发展起来的，譬如汪玉良、马自祥、冯岩，也譬如青年一代的了一容、何延华等；而留守于临夏本地的作家，则只能低头拉车，谁若在《飞天》以外的全国性刊物发上篇东西，那简直要成为圈子争相传阅的新闻，至于小大名旦之类的名刊则很难登陆。茅奖、鲁奖没有得过尚能理解，但作为民族地区，本土成长起来获得"骏马奖"的，目前竟仅有一个钟翔。论及中国作协会员，现居临夏的，各民族都算上，也大概仅有一个钟翔。而这两个"零"，也是2012年才刚刚刷新的。看看临夏本地的文学生态，没有公开出版的文学刊物，仅有一本内部发行的《河州》，其品相甚至不如一本中学文学社社刊；基本没有专门针对回族、东乡族、撒拉族、保安族等土著民族作家的扶持机制、常态的文学活动，对突出作者缺少重视和奖励。如客居广河的回族作家敏洮舟近一两年势头很猛，接连摘得《民族文学》年度奖、黄河文学奖、年度最佳华文散文奖，在散文界堪称一匹黑马，如在一个生态健康的地区，一定以此为幸，相关奖励推介早就敞开了，可是那敏洮舟在当地仍是过着衣食无靠、籍籍无名的生活；还有一个新冒头的农民诗人阿麦，当过保安、服务员，开过电器铺，摆过地摊，现在还在县城蹬三轮车。他没钱买电脑，每次到网吧才能发一些东西，经常只能在手机上写诗。但就是这些诗已陆续在《民族文学》这样的国刊成为亮点，编辑们戏说，这样的诗若是炒作炒作，没准就成了第二个余秀华。刊物自然没有这般无聊，但爱诗的阿麦毕竟还是三块钱一趟地做着他的脚夫，卖了大白菜马上就去新华书店买成书。叫他拿一万元出来自费出本诗集，那简直是遥不可及的奢望。民间女作者尕荷的小说，在新月文学奖拿了个一等奖，按说有好的培养机制，就能趁势往前走几步，但什么都没有，她仍只能两眼一抹黑地原地打转。保安族作家马学武，上过《诗刊》，读过鲁院，刘云山同志接见过，中国作协当成国宝一样请了又请，我们都以为他在本地要受到多好的待遇，可是当我在他大河家的黄泥小屋住了一次之后，就什么都明白了，到现在四十多岁的他还在西宁穿着一身保安服看大门，受有钱人的冷眼——那可是我们保安民族当下唯一进入主流创作平台的作家呀！再看我准备在《民族文学》推介的东乡族大学生马潇、周楚男，从民族的稀缺性来说，也是应该重点培养的好苗子，可是去当地文坛问一问，有谁在意过青年作者的成长与前途？青年没出路，中年不给力，老年已失语，这寥寥三笔，大抵正是临夏文学眼前面相的真实速写。

坐标维度：对比之下触目惊心

让我们把临夏放在更大的坐标系中，进行一番对比与观察。

先与它的友邻甘南藏族自治州比一比。从兰州去甘南必经临夏，至其州府合作也需五小时，但就是如此地理偏僻之地，甘南的文学景观却引来不俗的瞩目：老作家丹真贡布、伊丹才让、益希卓玛、白英华乃称大家，新时期以来雷建政、李城、完玛央金、扎西东珠、张存学等健步活跃，上世纪 90 年代以降则又出现了以阿信、桑子、敏彦文、李志勇、陈拓、扎西才让、瘦水、杜曼·叶尔江、嘎代才让、王小忠、花盛等为代表的"甘南诗群"，另如严英秀、敏奇才、刚杰·索木东等人的小说也都是当前民族文学界的有生力量。醒目阵容必有坚实阵地，甘南一州即办有两份文学刊物，如《达赛尔》系公开出版的藏文刊物，《格桑花》虽属内刊，却办得有声有色。就在前阵子，该刊还因编发回族作家敏奇才的头题小辑，而向我约组专题评论。如是用心办刊，远不似内刊气象。州内还设立了"达赛尔文学奖"和"格桑花文学奖"，分别奖励藏汉双语创作，至若其他政府奖励、散落社团、文选编纂、研究风潮，则不胜枚举。甘南与临夏，同为甘肃省仅有的两个民族自治州，为何一个盛景如斯，一个却黯淡无光？

　　下一个坐标系是甘肃文坛。热热闹闹的"八骏"评了一代又二代，诗歌大省的美誉似已远播，这样的繁华与谁有关我不得而知，反正与临夏从来无关。临夏的本土诗坛（不算青年时代即已出走的临夏籍诗人，如汪玉良），从未出现过哪怕一位能够响当当站起来的诗人。试问，一个包含着这般荒地的甘肃，能称一片茂林吗？在我看来，真正的诗歌大省不是出现了几个有影响的诗人，而是这里的人们能够普遍地、广泛地爱诗、读诗、写诗，把诗当作生活的一部分，去追求，去尊重。甘肃文坛的繁荣背后如果掩藏着临夏的缺席，那也是不诚实，不匹配，至少是不完整的。

　　我们再把临夏与其他回族自治地区比一比。言及宁夏，"西海固作家群"的涌现已成经典，这不必再说，只谈区内上下对底层作家的帮扶力度，那也是文坛佳话，多少作家被调入文化机构，使其得以安心创作，不再为生计所累。文学遇冷之期，宁夏的本土刊物《朔方》非但没有商业化，反而增加了专门发表回族文学的刊中刊《新月》，使回族文学多了一双明慧的眼眸。若说宁夏回族众多，我想临夏也未必就少多少；若说西海固出作家是因苦甲天下，我去了东乡大山，却发现了比沙沟缺水区还要贫瘠的境况。宁夏大学曾建有回族文学研究所，整理出版过多部回族民间文学史料，进行作家专题研究，编选全国性的回族文学选本。最近，宁夏又刚刚出版了四卷五册、长达三百二十万言的《中国回族文学通史》，填补了回族文学史论研究的空白。再言及与临夏并列的、全国仅有的两个回族自治州之二的昌吉，1979年即创办了文学刊物《博格达》，1985年改名为《新疆回族文学》，新世纪以后更名《回族文学》，于边疆远地逐步扛起回族文学的大旗，三十余年来对培养全国回族作家功不可没，已成回族文学创作的核心阵地。全国回族作家笔会也是由昌吉于1985年始办，此后二、三届曾由临夏和宁夏分别坐庄一次，到了第四届，无人再管，此时又是昌吉勇敢地担起责任，一办就办到现今的第九届，仅我所参与过的即有四届之多！不知同为回族自治地域的临夏，在两个兄弟地区的作为面前，是否检视过自己建州以来对回族文学的贡献，是否正视过自己在文化领域落实党的民族政策的实绩？

最后，让我们跳出回族，与其他民族地区比一比，那恐怕就更是不敢一比的。先不谈民族文化较为强势的蒙古族之于内蒙、藏族之于西藏、青海，维吾尔、哈萨克族之于新疆，朝鲜族之于延边，仅来看普米族、傈僳族、德昂族等人口较少民族作家之于云南，那也是从省上到县里，被当成眼睛一样去爱护，发现一个培养一个，出书给钱，得奖给钱，作协入会优先，开青创会优先，就说鲁院启动民族班，也是先把较少民族作家送上前。而身居临夏同为较少民族的东乡族、撒拉族、保安族、土族作家，他们好像从未得到过本地专门的扶持培养，他们要在文学之路上起步、成长，无疑要比其他兄弟民族付出更多艰辛，克服更多阻力。不消说，临夏多民族作家之落寞、之沉寂、之无人瞩目，在同类民族地区不说是独一无二的，起码也是世所罕见的。

失语症从何而起

临夏文学负担沉重，际遇堪忧，可悲的是，这样的大实话却从来没有人像《皇帝的新装》里那个小屁孩一样童言无忌地说出。然而作为一名举意推动民族文学事业的志愿者，我想，既然临夏印着回族的胎记，沾着回族的光，我就无法觉得它与我无关，无法对它至少落后文坛十年的窘境无动于衷。

临夏文学，究竟缘何失语？

文学的式微，作家之责首当其冲。我与临夏的多民族作者交往甚多，也熟悉他们的心态，我总是隐隐感到，他们对自己所处的创作生态缺乏忧患意识与担当精神，仿佛文学只是自娱自乐，闲下来就写一点，出了一本书混进了文学圈子，或是以此为敲门砖做上了官，便不再提笔，把文学甩得远远的。如若建议他们勤劳一些，特别是多写一些本民族生活，为身后站立的群山背影说句话，也促进族际之间的情感交融，他们往往会说："我们那个地方很敏感，写出来也发表不了。"却很少思考到底是环境的问题，还是自身创作能力的问题。他们对文学还缺乏一点虔诚，对读书还缺乏一点痴迷，对文化先进地区还缺乏一点学习或赶超的志向。也或许由于自身的懈怠，他们的写作者荣誉也未能在当地受到应有的尊敬，常常被商人鄙视，被民众漠视，被职权者讽刺为疯子。此其一。

其二，民众是文化立足的根本。河州是回商文化的代表地区，善于经商的传统使一个民族走向富裕，却也可能带来文化上的短视。一些回族家庭认为，能赚点小钱过上好日子就行了，孩子能认识厕所，懂得大马路上不能撒尿的道理就行了，学上多了没用，大学生出来也不分配，不如初中毕业就早早辍学跟父亲去做生意，有的甚至只念到小学，这在山大根深的东乡县比较突出。还有的认为，学习汉文化有损教门，字未识完就送进经堂。通识的道理是，若一个地区的青少年不能更多地走进高等学府，不能走出大山去外面的世界闯一闯、望一望，不能养成全民阅读的好习惯——让这里长出文学的庄稼，显然是奢侈的。

教育是使一个民族变得有教养的根本途径，如果学校教育受到阻碍，而传统的家庭教育，特别是宗教教育又因各种原因未能实际地发挥效能的话，一个地方的民众就可能发生道德滑坡，就可能出现守在路口收黑心钱、专宰外乡人的出租司机，就可能出现闻名南国的毒贩，就可能使一个地域的整体气质、对外形象受损，以致出现这里的人们想在中途搭上长途汽车，口音一露却被拒载的情况。贫瘠的道德沙漠，失约的社会伦理，归根结底是因为心灵的枯燥，是因为物欲强暴了理想，实用挤占了信仰。如果一方百姓、寺坊民众，能够在重视家庭教育、学校教育、宗教教育的同时，也把向善向美的文学作为改造精神世界的武器，让人们的心中多一些爱的典型，多一些人格巨人的形象，多一些寒风中升起的火炉，堕落时伸出的手臂，那么，古老的美德终会归来，人们的心灵终会强大。

其三，民族地区的文化职能部门都是清水衙门，普遍资金短缺，似也情有可原。但我们也看到，很多县一级的民族地区，却通过国家级文学刊物，与全国文学界保持着密切往来，文学活动十分频繁，所谓"小地方大视野"。它们也可能是经济欠发达地区，但政府的财政拨款有这个胆识和眼光，更多地向文化事业倾斜。这一定是当地文化部门与政府主动沟通、争取支持，并善于利用企业资源、外联协作的结果。坐等救济，明哲保身，那自然只能是形同虚设，毫无作为。而这样的地区，往往又有着通病，就是把"不作为"当成颠扑不破的晋升之道，偏偏要把那些出头做事的人逼成惊弓之鸟、万矢之的，仿佛他们打破了死水的平衡是多么罪大恶极。

这两年的临夏，常能看到拔地而起的高层建筑，走近才知，三十几层的楼房却常常皆是空房，四五千元的房价老百姓还是买不起，而一边是房地产虚空易碎的泡沫经济，另一边，谈及图书馆、文化馆、剧场影院建设却总喊囊中羞涩。地方政府花上几千万办一次食品展览会，无人觉得奢侈，可是花几万元给作家出本书，有人就开始哭穷了。

让临夏把烧下的钱留出那么万分之一，给牛车般踽踽蜗行的文学修起一条铁路，一条通往世道人心、直抵道德高地的铁路吧。

魅力临夏：呼唤与担当

终于谈到了这次"魅力临夏"散文诗歌大奖赛。如果这才是本文的主题，我并不以为前面所谈的一切都是跑题，恰恰，对临夏文坛种种症结的剖析与批评，正是我们真正认识"魅力临夏"珍贵意义的充分条件。从表面上看，这只是一次文学圈子的征文活动，或许在其他文学繁荣的地区，此类征文早已习以为常，然而，在了解临夏文坛历史与现状的知情者看来，在真正懂临夏、爱临夏、想为临夏的文化繁荣做出一点贡献的人们看来，这却是一件具有开拓意义和广泛影响的大事。它是历史上第一次由临夏本土有识之士自觉发起的，由中国少数民族作家学会、中国散文学会和中国诗歌学会等中国作协主管的三大国字头文学组织，联合了临夏州民委共同主办的一次文学赛事，是大山深处的临夏向世界发出的一个强烈讯号："我们渴望表达，渴望表达自我，渴望被他者表达。"是改造临夏文坛死水般沉闷闭塞之盘面，激活自上世纪80年代以后再未出现过的创作高潮的有眼光、有担当、有实效的力举。

在我看来，它至少引领了这样两股潮流：

首先是沉默的临夏人，开始拿起笔来，表述自己渐行失落的"乡愁"。作为这次赛事的筹办人与评审之一，我可以负责地说，所有获奖作品的评选皆是唯看品质，基本没有考虑地域平衡、民族照顾。在九部诗歌获奖作品中，我欣喜地看到唯一来自回族的阿麦榜上有名（这组诗曾受到诗歌组评审、时任中国诗歌学会常务副会长的著名诗人李小雨老师的赞赏）。阿麦在《太子寺》中写到了"打马经过洮河"后，所见的水家清真寺："大殿穹顶的弦月从不沉落／戴白帽穿青衣的男人们行走在暮色中／行走在寺院里——／阿訇诵经 领拜 众人跟着礼拜／动作整齐"，如若说这只是任何回族聚居地域惯见的场景，那么诗歌第二节则融合了诗人独异的情感体验："脸色凝重／仿佛每个人长着相同的脸／每个人都是天使／或者孩子"。这"相同的脸"，实则正是信仰者共通的思想彼岸，那是在精神圣域中沐浴的人们都能体会的神圣时刻："此刻可以忽略许多事／譬如仇恨 毒计 穿过身体的蟒蛇"。这是临夏本土回族诗人对民族精神一次别致的意会与开掘。

敏洮舟的散文《方寸间的大临夏》虽未能获得要奖，但其文印象深挚。作者选取了三个与临夏有关的名词：一条河流（即大夏河）、一座园子（即东公馆）、一所学校（即广河阿校），没有囿于惯常的地理书写，而是由地理而及人文，由状貌而涉魂魄，节制地提炼出临夏的风神。比如他感到大夏河"默默流出，纵贯两地，滋养了不同的土壤，也浸润了各自的信仰"，且感到广河阿校强健的读书声潮里，"奔腾着一个民族的寄托"。读敏洮舟的散文，我感到，唯大爱之襟怀、大世界之视野，方能看出脚下土地熟悉意象之外的人类价值。于是，方寸间的临夏，在他的笔下就这样开阔了起来，深刻了起来。马进祥的《口里口外情》以迁徙新疆的东乡人为线，侧书故里情怀。同为回族的陕海青，在散文《东乡水窖》中，写到一个叫"考勒"的深山缺水村庄，"收集的窖水不是庭院地面的雨水，而是高洁的屋顶溜檐水"，由此感到了水的洁净、心的洁净。这并不是一个新颖的角度，在张承志上世纪90年代中叶以来所倡"清洁的精神"系列散作中，如是情节比比皆是，但我们经由张文了解的"洗心"传统更多发生在西海固大地，而同为信仰重镇的临夏东乡却疏于描述。从这个意义上看，陕海青的记录与发现，或可理解为信仰着的临夏文人表达意识的一种觉醒。

作为临夏特有的土著民族，几位东乡族、保安族作家的本土叙事亦值得关注。本着公平公正之原则，活动创办人钟翔自然未能入围，但其散文《乡村里的路》却是对日渐远去的农耕文明的悲情回望，也可以说为临夏乡土美文叙事提供了不可多得的样本。东乡族老作家马如基的散文《地耳情》由山城锁南坝经销的生物地耳，钩沉往事，今昔比衬，富于地域民情之况味。马自东的《温暖的老家》由故乡新房感怀父母恩情；保安族马学武的散文《保安山庄》，写原乡风物，马祖伟的散文《英雄无悔》写撒拉族义士，皆有纪录性征。尽管人口较少民族的本土题材书写尚显视角单调，笔法拙朴，但就其文化自觉的表达功能而论，意味不可忽觑。

临夏的少数民族所占六成，汉族虽居少数，但文学语境下的表述能力显然更胜一筹。引起评委普遍好感的，是来自何举花的一篇《花椒红了》。这篇短散文只有千把字，以白描笔法写了乡人折花椒的场景，朴朴实实，不骄不躁，文字后面透着善意和暖意，这使得它在众多征稿中显得明澈纯净，如一碗清水。作品的奇巧之笔在于结尾，远离了宏大叙事，更远离了煽情升华，只简单的一句："又是一年，花椒红遍了山川，母亲却葬在了那个泛黄的秋天，此后，我的世界便只有花椒的香味了。"引得无限怀想。实际上，最动人的地域精神表达正在这最为日常的点滴之间，正在这略显拙笨和粗粝的生命感喟之中。

或许尚止于表面，或许尚存眼界和写法的局蹐，但临夏的作者终于开始悉心打量脚下的土地，认真开垦和传递故乡被遮蔽的、不为人所知的内在景致，这是"魅力临夏"为本土文坛所作的有益启蒙。

另一股更为重要的潮流，则是他者视域下临夏之"魅"的多维呈示。在甘肃省内外的各民族来稿中，一个丰满、细腻、大气、深邃的临夏形象，正穿越群山的阻隔悄然屹立。我们不仅在黄阔登的散文《太极岛荷韵》、张恒的散文《聆听松鸣岩》、周占忠的散文《神奇临夏赋》、陌岩的诗歌《河州的胎记》、霜扣儿的诗歌《十万佛》，以及李元业、厉运波、郑万明、赵长在、云立的诗歌中，看到了一个地理维度上姿色生辉的美丽临夏："美在灵秀，民族风情显韵；美在神奇，高峡平湖闪灵；美在原始，雄浑神奇飞魂"（周占忠文），也更为可贵地，在一些作品中看到了外面的世界对临夏人文之美、灵魂之美的知会理解，且不乏精微深挚、使人略感意外的理解。比如获得一等奖的王选的组诗《在河之洲》，便是多位评委取得共识的难得佳作。这位年轻的诗人，胸中吞吐着一个大世界，在《我以绿茶，换你青马》一诗中他说："我从大唐来 / 手执霸桥细柳　柳钓半个王朝"，又说："河州通达　风月纵横　花儿起伏 / 万马腾骧　殆成云锦　够织出一片盛世"，高度凝练的意象便将临夏深远的历史与博大的气象纵横而出，但他笔锋急转，轻轻耳语道："而我　不招番马　不论斤两 / 我只与手执石莲的人　对坐闹市深处"，个中柔肠千回百转，意境奇崛，遐思跳脱。他胸中感知的临夏，既有"舀

一瓢黄河水 / 大清大浊　煮它一个春秋"的豪情，也有"你再回首那陇上河州时 / 石莲已开出了茶花"的婉约。写茶诗古今如云，但如是佳作，想必亦不多见。甚至可以说，此番征文，得此一诗，已为丰收矣！

时下为地域宣传所赋征文，概念化居多，应景空赞者居多，但作为本次"魅力临夏"的评审，大家没有感到尴尬与为难，却无一例外地感叹稿件的优质。应征作者中，发现了很多少数民族文学界的实力派和潜力股，如满族的爱新觉罗·蔚然，藏族的花盛，羌族的羌人六，土家族的向迅，壮族的连亭，回族的高志俊、胡亚才、阿慧、敏彦文、马占祥、刘阳鹤、马玉珍等，同时也吸引了刘梅花、李志勇、萧萧、徐晓政、崔云琴、耿文等优秀汉族写手的加盟。孰登奖榜已远不重要：这是一次多民族写手集体朝向临夏腹地的一声呼唤。本次散文组获一、二等奖的四部作品中，有三部来自回族，这并非因临夏是回族州，便有意倾斜，恰恰相反，很多评审在打分和评议时并不知情作者的民族属性。据我观察，在当前多民族的散文创作队列中，回族是可以位于前列的，而获奖的冶生福、敏彦文、阿慧都是回族作家的佼佼者。另外，以散文介入地理叙事，需要一种更为真诚、更为深切的洞察和触摸，浮光掠影，游记抒怀是立不住的。盖因外地回族作家通晓民族文明之精髓，比较容易捕捉到临夏内在的灵魂，佳章多见也就并非偶然了。

获得一等奖的冶生福散文《浆水面里的河州》唤起评审的兴奋之处在于，其视角与那些直面临夏风物的篇什截然不同，这就是：作者在异乡漂泊时，常能吃到一碗临夏人所做的浆水面。在行走的路上，由吃饮而及信仰风尚，而及厚重历史，而及底层民众的骨骼心性，而及寺坊领袖的天下襟怀，一碗面，哪里只剩了酸辣滋味，却是阅尽百态，把好一个临夏写得惊心动魄，光芒暗浮。再看敏彦文的《在北庄高处》，明写山之高处、拱北之高处，实写信仰之高处、道德之高处，有参悟的深沉，性灵的闪光。阿慧的《临夏绿风》，则多袒露中原外乡女子初入回乡的亢奋，对撒拉、东乡人家的寻访，掩映出几多感动，满眼绿野之余，尽知信仰世界的美好。胡亚才散文《在河州》中的风土叩问，敏贤昌散文《马队长臊子面》中的人情温度，马占祥诗歌所写："在河之州，我写的字带着水声"，刘阳鹤诗歌《小麦加游记》所写："诚然，我们至此所期许的／并不算多，哪怕抵达只为始于抵达"，凡此种种，亦不失为临夏人文精神的深微探寻。

不论本土呈现抑或他者观测，"魅力临夏"所开启的山门已然洞开。漫长的哑然沉默之后，显然，这是一次应和时代的自新呼唤，也是一份承启未来的慨然担当。

不仅是一座大山的梦想

今天的临夏文学，正站在分水岭上。

众力一推，乾坤开阔。抱守不前，则只能留憾历史。

临夏的梦想，不仅是一座大山的梦想，也通联着回族等诸多民族的梦想，西部的梦想，中华大地的梦想。

临夏有可书的景观与情怀，有古老的传承与信念。盼望这里的作家更多几分自信和自觉，在商潮汹涌、利益至上的年代，仍然能把文学当成崇高的、神圣的、持之以恒的事业，把为土地立言、为民众传声、为民族作传当作推卸不掉的使命。盼望这里的民众，从短视与桎梏中挣脱出来，尽早认识到文化的紧要、文学的贵重。盼望再谈散文和诗歌，人们的眼中不再是空洞与晒笑。

盼望这里的文学空气更加纯净健康，多民族作家的创作热情都能在良好的机制中得到激发和尊重。处于温饱线下的作家，能够得到关怀与温暖，可能时在文化机构留一个编制，使他们不用在风寒中流浪；可能时多做一些出版项目，使他们不用为自费筹款而得罪亲朋；可能时把他们送进省作协、中国作协，送进鲁院，为他们争取一切政策支持，而不是佯装不知，任其寂寞杂生；当他们在国刊发表了佳作，获得了奖项，出版了重要著作，为临夏文学争得了荣誉之后，州里应给予及时的奖励，几百元不少，几万元不多，那是一种对劳动的尊重，对价值的认可；可能时把国际展会的巨款留出一个零头，把新成立的《民族文学》临夏创作基地建设好，多办几期笔会、研讨会、改稿班、培训班和征文活动，把知名作家、国刊编辑请过来讲讲，在一些相关刊物约组临夏专辑，给本地作者多开一扇窗，多辟一条路，这在众多民族地区早是常态，而我们从零开始，为时不晚；可能时，也把唯一的刊物办好，民族文化大发展，专门的回族文学刊物除昌吉的《回族文学》之外，理应建设第二个园地，须知很多民族公开发行的文学刊物都有几本，乃至十几本，对于散居全国、人口逾千万的回族而言，两本刊物实在不算多，何况临夏除回族外还担负着培养东乡族、保安族、撒拉族等人口较少民族作家的职责。对，可能时，让这些人口较少民族的作者，不再感到孤立无靠，而是加大对其"文学、艺术、电影、电视剧等文艺作品创作的支持力度"，"采取学历教育、短期培训等多种方式，有计划、有步骤地培养各类文化艺术人才"，这不是一个过分的要求，而是国务院批准了的，由国家民委等五部门联合编制的《扶持人口较少民族发展规划》的明文要求。对于拥有人口较少民族的自治地区，做好这项文化惠民工程实属本分，而未能做好则是失责。

梦想是沉重的，但也是美丽的。

今天，"魅力临夏"已经启程，就让它在万千瞩目与祝福中，垫起文学铁路的第一条路基。终有一天，梦想的火车呼啸而过，相信它将满载临夏之魅、民族之魅、中国之魅，驶向更深更久的未来。

2015 年 4 月 26 日

地方性知识与边缘经验①

——以《青海回族文学丛书》为中心的考察

　　尽管不容忽略民国时期马洁诚、薛文波、马霄石等回族名宿在青海大地留下的文脉，但就目前考察而论，作家代际意义下青海回族新文学的生成主要在新中国成立以后，即以朱刚 1955 年在《青海日报》发表诗歌《锄草的姑娘》为标志。②改革开放新时期以降，青海回族文学蓬勃发育，涌现出以朱刚、王度、马文卫、韩玉成、马有义、马钧、马有福、马志荣、韩占春、冶生福、君悦、马在渊、马文秀等为代表的老、中、青三代回族作家群，成为青海多民族文学阵营中一支醒目队伍。与其他省区相比，青海在繁荣发展回族文学事业上有两桩可以称羡的举措：一是自 20 世纪 80 年代迄今共举办三届青海省回族文学创作会议（笔会），③以省作协牵头专门为单一民族鼓劲扶持，在其他省区尚不多见；二是

---

① 本文写作之际，正逢本书入选中国作协"少数民族文学之星"丛书，担任评审工作的孟繁华教授建议将本书命名为《地方性知识与边缘经验》。这一书名恰与笔者对青海回族文学问题的思考颇多契合，在此理路启发下完成本文构思与写作，并以相同题目为本文命名，辑入本书。故本文与本书之同名，系先有书名，后有文名，特此说明，并向孟繁华教授致谢。

② 杨继国主编：《中国回族文学通史·当代卷》，阳光出版社 2014 年版，第 909 页。

③ 这三届会议分别是：1987 年秋在化隆召开的青海省首届回族文学笔会、2005 年夏在门源召开的青海省第二届回族文学笔会、2019 年春在化隆召开的青海省第三届回族文学创作会议。

时逢改革开放四十周年之际的 2018 年，由青海人民出版社出版五卷本
《青海回族文学丛书》，分以小说、散文、诗歌、评论、随笔成卷，选录
了青海回族作家新时期四十年来创作的代表性成果。在我看来，这是青
海本土回族作家在新时代一次提振士气的颇具阵容感的集体亮相，显示
了一个民族文化自强的信心与实力，也使曾经尚不够清晰和响亮的"青
海回族文学"概念得以在中华多民族文学的发展大潮中跳跃出来，成为
一个值得深入关切与研究的对象。

发现超越局限的价值

以这套丛书为观察样本，可以爬梳青海回族文学四十年来的实绩与
价值，也使其真实存在的困境得到直观检视。客观地说，与西部其他省
区（特别是宁夏、云南）相比，青海回族文学的整体实力还不够强健，
能够在全国文坛叫得响的名家和跃入一线看台的力作还嫌匮乏；与省内
兄弟民族相比亦存在差距。以全国少数民族文学创作奖（即"骏马奖"）
为例，自 1981 年至今历届获奖的青海作家主要来自藏族、撒拉族、土族
和蒙古族，① 而回族作家仅获过省级文学奖，迄今与国家级奖项无缘。然
而我想指出的是，既有局限性并不能作为忽视或低估青海回族文学存在
价值的理由。检索相关研究成果发现，即便在本地域、本民族知识界，

---

① 经笔者统计，获全国少数民族文学创作奖的青海民族作家如：第一届的格桑多
杰（藏族）、多杰才旦（藏族）、端智嘉（藏族），第二届的格桑多杰（藏族）、韩
秋夫（撒拉族）、鲍义志（土族），第三届的韩秋夫（撒拉族），第四届的鲍义志
（土族）、翼人（撒拉族）、角巴东主（藏族），第五届的梅卓（藏族），第六届的
马丁（撒拉族）、角巴东主（藏族）、多杰才让（藏族）、察森敖拉（蒙古族），第
七届的扎西东主（藏族），第八届的尖·梅达（藏族），第九届的祁建青（土族）、
南色（藏族），第十届的扎巴（藏族）、曹有云（藏族），第十一届的德本加（藏
族）、久美多杰（藏族）等。

对青海回族文学历史与现况的观照仍存在严重不足。例如，一本有关青海回族的史著在论及文学部分时有如下表述："当代青海回族文学从严格意义上说，没有自己的作家文学，也没有自己的专业文学作者，只是一些回族文学爱好者在各个时期创作的文学作品"，"比较有代表性的"作家仅列举马文卫、韩玉成、绽玉霞、马钧几位，"真正描写青海回族生活气息浓厚的作品并不多，仅有马文卫的《左邻右舍》一部而已"。①显然，论者对共和国七十年来青海培育的多代际、多梯队回族作家群落不十分了解，对回族中已有的多位中国作协会员和青海省作协会员的现实以及作家与"文学爱好者"之间的界分并不清楚，对青海大量回族文学作品一向以本民族题材为主、"回族生活气息浓厚"的特征也不甚熟悉。总之，于史著中作出此般仓促结论，显然远远轻视了研究对象的真实价值。遗憾的是，五年后的 2014 年，以该书为基础修订出版的另部"简史"中，上述关于青海回族文学的表述几乎一字未改，②而此时多卷本《中国回族文学通史》业已出版，此书对青海回族作家群体蔚为丰满的创作实况有详细论述，相关论文亦不难见。

民族学界面向文学的表情比较寡淡的情况，固然并非一地独有。一方面，文学创作能够在多大程度上创造出足够惊羡，以至引发学界兴致、不得不投入研究的成果，值得文学界反思和努力；另一方面，对于文学现象的关切与积累也显示着社科学者的文化素质，特别是，倘能在文学的艺术价值之外，发现文本中蕴藏的人类学意义，在知识全球化的跨文化视野下，在人类学知识与文学研究中寻求嫁接，是一个具有知识创新意义的学术生长点。无疑，作为地理维度下"边地"的存在，连接了青藏高原和黄土高原两大文明地带的青海，可称是具有文化特质

---

① 喇秉德、马文慧、马小琴等：《青海回族史》，民族出版社 2009 年版，第 234 页。
② 见喇秉德、马小琴：《青海回族简史》，青海人民出版社 2014 年版，第 239 页。

的"地方性知识"的典型地区，而青海回族文学已然为外界观察与理解
"边缘经验"贡献了足量样本。如果从文化相对主义视角出发，用阐释
人类学的方法去接近这些由回族文学而呈现的地方性知识和边缘经验，
可能会意外发现，"文学非但没有因为文化视野的引入而淹没，反而承
担起率先打破国族界限，培育世界公民的人类学使命"①。如果这一点
可以被确认的话，那么基于上述视野的考量，我们对《青海回族文学丛
书》（下简称《丛书》）所富集的文化价值很有必要进行重估，而青海回
族文学现象在研究视阈中的边缘化境状亦将被改写。

作为地方性知识的河湟书写

青海是回族重要聚居区之一，多分布在本省东部和东北部，以化
隆、门源两个回族自治县，民和、大通两个回族土族自治县最为集中，
西宁市、湟中县、祁连县、贵德县也较多，少数散居其他州县。这些地
域主要位于丝绸之路河西走廊南缘的河湟地区，自古就是一片散发着迷
人气息的多元文化富集地带。回族先民早在唐宋时期就在河湟流域和青
海湖地区活动，②和这里的汉、藏、撒拉、蒙古、土等兄弟民族一道，促
成了各民族积极参与的大规模中外物资文化交流活动，他们将各自文化
元素注入河湟地区，使这块土地呈现出包容性和传承性的文化特质。笔
者长期行走在西北诸省，每每踏入河湟地区都会感到沉迷不已，好像这
里是一个极为独特的存在，它既是丰富多彩的，又显得孤立和封闭，但
唯因如此，保护了一份古朴、多元、纯净的原生态气质。这正是河湟文

① 叶舒宪：《文学人类学：一个跨学科的研究领域——知识全球化时代的文学研
究》，《郑州大学学报》2003 年第 6 期。
② 胡振华主编：《中国回族》，宁夏人民出版社 1993 年版，第 91 页。

明的精髓所在，也是河湟文学的魅力所在。

《丛书》收录的回族文学作品对河湟谷地的地域、历史、人文、民俗和精神信仰书写颇具文学人类学意义。若先举一例，我会首先想到"茶"。在西部少数民族文学中，茶固然是一个常见意象，但在青海回族作家笔下似乎出现得尤为密集，《丛书》散文卷索性以《茶味无穷》命名，所收多篇作品都把茶文化作为一个核心意象展开书写。可以说，几乎没有哪个青海回族作家笔下不曾出现过茶的。对此现象加以深究，史称"羌中道"的丝绸之路南线与"麝香之路"、唐蕃古道交汇之地的河湟地区，是茶马文化的始发地之一，自古即有"茶马互市"的贸易传统。正如《滴露漫录》所云："茶之为物，西戎吐蕃，古今皆仰之。以其腥肉之食，非茶不消；青稞之热，非茶不解"①，这固然在证实，茶是西部少数民族生活的必需品，而我意在强调的是，相较西部其他地区，河湟多民族地区的茶文化似有更为凸显的精神所指。当地藏人、蒙古人见头人、活佛、长辈，定会备一两包茯茶，上面搭一条哈达；藏传佛教寺院将茶与敬佛联系在一起，信教群众自愿拿上茯茶，到寺院为出家人烧茶、放布施；汉族、撒拉族、土族亦有类似习俗。②可以理解，回族茶文化在这一多民族文化环境濡染下，也在生活饮品这一定位之外增添了文化品格，体现出茶品与人品，乃至民族品格的合一性。这或许是河湟回族茶文化的独到之处。

"请人喝茶，不在茶。在乎人情礼节和人之为人的高贵和尊严。给人倒茶，这是一份不打折扣的体面。陪人喝茶，这是下苦人都懂得的

---

① 转引自赵长治、谢雪娇：《"南路边茶"历史发展述略》，《重庆教育学院学报》2010 年第 1 期。引文语出明人谈修所著《滴露漫录》，但所见多处作者均被注为顾炎武，或为传播之误，特此说明。

② 吉狄马加主编：《青海文化知识读本》，青海民族出版社 2015 年版，第 36 页、第 37 页。

礼仪。"在马有福散文《茶味无穷》的描述中,"一切都跨越了茶的边界"。①马玉珍也写到了这种人与茶的感情,就连煮茶用的红铜火盆都被赋予浓重的人格色泽,"每天一早用一张红艳艳的笑脸给了外婆温暖的回味"(散文《茶之味》)。马云龙对茶的记忆更为奇特,"要是发现有一根茶梗竖立着,久久不倒,那天肯定有亲戚来家里,竖着几根,就会来几个人"(散文《熬茶的味道》)。

河湟回族人参加红白喜事都要带茶,而茶之多寡与人的尊严有关,这一地方经验在冶生福《青茶》一文中有生动阐释:一位河州阿奶赴喜宴时,因家贫只带了一个最小的茶包,以至作为作者的"我"真想跑回家向奶奶要包最大的茶来替换掉河州阿奶的茶包。后来阿奶去世,全村送葬者每家都带茶而来,拿到坟上又舍散出去。一位刘家阿爷说,河州阿奶那天赴喜宴的茶还是向他借的,如今不必还了,以示对逝者的宽谅。作品有一段悟道之语可称精辟:

> 小村人就着泉水,熬着青茶,被青茶煮黄的日头,升了落,落了升,时间长了,就会使人们觉得小村其实也算个大砂罐,这人儿,这事儿,其实就是砂罐中浮起来沉下去的茶叶。一些人来了,炕桌上就多了几只茶杯;一些人走了,坟地里就多了几个坟堆。小村人对这来来去去的看得很开,人活一世,草木一秋,就像这罐罐里的茶,总有变淡的时候,总有倒完的时候。

---

① 马有福:《茶味无穷》,《青海回族文学丛书·茶味无穷》,青海人民出版社 2018 年版,第 264 页、266 页。除特殊说明外,本文所引评的文学作品原文均出自《青海回族文学丛书》诸卷,下不赘注。

作品借茶写出河湟回族农人静穆、淡泊、顺从、平和的生命观，提升了茶书写的格局。其实以茶为题材的作品很多，但如青海回族作家这般密集地痴情于茶，并且选择角度与思考深度慣有不俗之处，无疑是带有地方烙印的一个特质。

由饮品这一视角，还可窥见青海回族生产生活方式的地域性风貌。不唯熬茶，青海回族文学作品中出现奶茶、牛奶者也甚多，这可能与河湟回族"半农半牧"的生产生活有关。例如大通，就是水源充足、牧草丰沛的天然草场，畜牧业生产历史悠久，历代曾在此建有牧马场；改革开放后，这里畜牧业生产和家庭养殖业出现空前繁荣局面，回族人饲养奶牛、经营牛奶便成为常态，更易作为故事元素走进作家笔下。生活在大通的冶生福，就直接以牛奶为题写成小说《牛奶不是水》，而其另一篇与此无关的小说中，也会有"奶桶里的牛奶掺和着日头的红色"（《阳光下的微尘》）之类看似无心的修辞，环境之于描写的影响可见一斑。

类似可体现青藏高原地方性食俗的描写还有青稞等作物。如马玉珍小说《白瓦盆 黑瓦盆》中很有意趣的一笔，是儿媳海澈在与婆婆的心理纠葛中，引入对食物的条件反射："她在娘家门上吃惯了白面，对青稞面有一种无法言说的抗拒"，"难道用青稞面去厨房锅头上烙干粮，海澈从来没有过地发起愁来"。看似只是关乎面食习惯的心理细节，实则透出牧业文明与农耕文明、新旧生活方式的一种界分。这种微妙的感受也是在其他地区所不易猎取的。

在青海这一丝绸之路和茶马古道的重要集散地，回族商业文化颇为集中。"远离土地的他们没有了农耕的习惯，为官之道自然也与他们无缘……经商，也许是他们唯一的出路"，韩占春在散文《东关，西宁回族的一张名片》中对青海回族的商业属性赋予个性化解读。在其描述中，由于清真大寺而闻名天下的西宁东关，其宗教以外的社群文化内涵得以延展，成为河湟回族商业文化交织纠扯的典型案例，"从黄铂金、玉石、虫草这些高端消费品到日常的布匹布料等生活用品，从茶叶、糖这些副食品到牛羊肉、馍馍面条这样的日常食品，几乎一应俱全"，"每每走到这里，仿佛置身于《清明上河图》中，叫卖声此起彼伏，各种车辆包括汽车、扶手拖拉机和马车混杂其间"。正是这些非虚构性的白描画面，复原了一个真实而完整的东关。此外，一些作品中常出现的拉面、跑车、淘金、挖虫草等情节，也都是青海回族特色行当的记录和外现，为我们识别青海与众不同的"地方性知识"打开若干通孔。

文化他者：多民族交互语境

对多民族交互语境的本能在意与多维传达，是《丛书》乃至青海回族文学特别突出的触手。对于青海这样一个多元文化交错的"民族走廊"而言，有关回族的文学认知势必要借助"文化他者"的经验和视角作为参照系，亦即人类学大师克利福德·吉尔兹在《地方性知识》一书中所论及的："在别的文化中间发现我们自己"，"只有这样，宏阔的胸怀，不带自吹自擂的假冒的宽容的那种客观化的胸襟才会出现"。①

首先我注意到，在众多青海本土作家之外，回族老诗人王度的创作带有极为鲜明的"文化他者"意识。在其创作才情最为丰沛的 20 世纪 80 年代，所写诗篇中最具风格化的作品往往带有青藏高原及藏民族生活印痕。如《丛书》中收录的《黑将军，向天边走去》一诗，对"牦牛"即有"将婉约刻镂螺形幡咒置为头盔 / 身披乌云的金刚 / 造物主娇纵、偏爱的宠儿"之类表述，彰显了高原属地文化、藏传佛教文化与回族文化

---

① 〔美〕克利福德·吉尔兹：《地方性知识·英文版绪言》，王海龙、张家瑄译，中央编译出版社 2004 年版，第 19 页。

杂糅之特征。未被选入《丛书》的《塔尔寺二首》等诗，在这一特点上更为突出。那么，为什么青海本土回族作家较少直接地书写藏地，而原居东北、1972 年为支援"三线"建设调至青海的王度却在母族文化和藏文化之间更多倾向于后者的表述？这使我联想到同样迁入青海的"外乡人"昌耀，更是将青藏高原的"边地"经验灌注于诗歌精神的代表。有论者指出："如果我们把个体作家视为民族文化的载体和传播媒介，就会发现，如果该作家的空间位置发生较大的位移，其承载的文化在与异质文化遭遇时，主体文化总会不自觉地受到异质文化的吸引，这样，本来是立足主体文化本位立场对异质文学的阐释，往往会变质为异质文化的传播。"[1] 以这一观点来考量昌耀、王度等诗人的创作倾向颇中肯綮。

胸怀"他者"的诗人还有马汉良。《青稞》一诗中，诗人将青稞与少数族裔文化制造了哲理意义上的"通感"："青稞的血液流在 / 藏民和蒙古人的身体里 / 他们的脸和眼睛 / 放射着青稞式的光芒"。可贵的是，诗人不仅以回族人视角观察兄弟民族，也在这种"向外"的眺望后，转过头来"向内"审视自身，在文化的跨越和流动中找到人类精神的共通价值。他说，"我不禁一颤——/ 青稞在星光下 / 躬身的姿势 / 完全是宗教徒式的 / 救赎"（《青稞》），就隐含着回族诗人视阈下的哲学感受。在其分量更重的代表作《沉河》中也有类似表述，"造物主创造"的一条河流，"把最高贵的头颅 / 都叩向 / 她永远召唤的 / 最高处"。这首长诗的精深之笔在于将高原诸多自然、风物、人文、民族之经验汇聚于母族一端，形成了"文化他者"视阈下的自我叩问，故而显得沉实开阔，势如破竹，为一向对长诗创作不甚擅长的回族文学增添一部力作；而其诞生于青海，可谓顺理成章。

---

[1] 李晓峰、刘大先：《中华多民族文学史观及相关问题研究》，中国社会科学出版社 2012 年版，第 150 页。

　　"文化相对主义"是吉尔兹所倡导的阐释人类学的一个基本原则。只有自觉培育出文化相对主义的立场和心态，才能在面对"他者"时避免意识形态化的想象和偏见。[①]在"河湟走廊"生活的回族与藏族交从密切，不过真实客观地描写他们生活上的交融、情感上的互通、文化上的碰撞，这在两个民族的文学经验中都不常见。冶生福小说《马尔撒与扎西才让》从题目中所含的儿童名字已显示出对两个民族心灵故事加以开掘的抱负。在我看来，这是一篇少数民族文学领域相当值得注意的作品，两个民族的孩子在放羊时玩耍，各自偷拿出自家珍藏多年的宝刀一试高下，看谁的更坚硬，结果牛角刀和藏刀都被砍出印痕。闯祸的俩孩子在恐惧中前往大河家修刀，意外得知其实两把刀子在锻造之初竟同出一炉，乃因两个家族在战乱中友情救助，互赠宝刀，由此成为回藏民族肝胆互助的一段佳话。在面对文化的差异性时，作者没有站在任何一个民族的立场上去"单边"地言说，而是秉持"文化相对主义"原则，不同民族文化不问对错，无分高下，更不追求唯一标准。小说中有一细节，以念珠规制表达儿童眼中的文化差异与和解：

　　　　扎西才让的经念完了，马尔撒才小心地问他的念珠一共是几颗？扎西才让说是一百零八颗。马尔撒说我爷爷也有这样的珠子，玛瑙石的，不过是三十三颗。哦，三十三颗？对，马尔撒说，三十三颗，每念一句赞美真主的词就掐一颗。扎西才让说，我们念六字真言也是掐念珠计数的。

　　这种民族文化交互语境下的文学表达对促进民族理解与对话是非常有益的。青海回族作家有如此经验与眼界乃是一种天然优势，理应多有

---

① 叶舒宪:《"地方性知识"》,《读书》2001 年第 5 期。

开拓。

以上所谈"他者"是指相对于回族属性文化而论的异文化，而在河湟地区有一需要注意的问题，就是与回族在精神土壤上相似的撒拉、东乡、保安三族，其文化样态所含有的特殊养分不容忽视，特别是这三个民族仍然保留的母语及其连带的古老传统，相较于普遍操汉语、更密切地融入主流社会的回族而言，其实也在一定意义上构成了近距离的"他者"。通晓藏语、蒙古语的老作家朱刚就留意到同一信仰的民族因语言界分而形成的微妙差异，如散文《邦克，响彻格尔木》写的是改革开放、西部开发浪潮中，在新兴城市格尔木建设进程中来自少数民族移民的创造与贡献，"他们基本上是回族，还可频繁地听到操突厥语或蒙古语音的撒拉族和东乡族"，即是一例。

此外，青海还有与回族文明关联甚密的两个稀有社群，一是祁连山下主要操蒙古语、信仰伊斯兰教、被称为"蒙古回回"的托茂人；二是化隆卡力岗地区操藏语、着藏服、信仰伊斯兰教而融入回族的"藏回"。青海书写中如果缺失了这样两个珍贵族群的表述，无疑是颇乏眼光的遗憾，但回族作家没有令我们失望：如聂文虎小说《小城女人》中，就写到主人公韩艳玲办婚事时，父亲请来他的"托茂朋友"——韩布拉和马尔利。聂文虎就生活在祁连山，与托茂人多有交往，故而他带有这样的意识是自然的。小说也点到托茂人作为人口较少族群面临的时代危机："如今，托茂人语言上以汉语为主，青年一代大多不懂蒙古语，服装和穿戴已从传统的式样、制作方式融合了新颖美观、实用方便且高档的现代时尚。"尽管书写尚未深延，但能关切到"文化他者"的存在，已属可贵。还有已故青年女作家君悦的散文《走近托茂人》从大历史维度切入，以知识分子的良知赋予托茂人群体以更深层面的关怀。在理解"他者"的历程中，实则作家实现的是对自我更好的发现。只是从《丛书》

收录的作品看去，还有较大拓进空间，只能寄望于青海作家以此为主要
描写对象，再献厚重之作。

深度描写：文化持有者的内部眼光

文本本身就是一个文化描写的系统，吉尔兹主张，探讨文化之源须运
用的阐释角度是"深度描写"，即"易于领悟的文本氛围"（context）。①
这一人类学方法论特别适用于少数民族文学症候的治疗。当前我们发
现，大量文本中涉及的民族文化元素往往停留于"符号化"浅层书写，
服装、饮食、歌舞、习俗、宗教生活等富于民族特点的描写固然是具有
民族性的，但若不能深入"灵魂性"的写作，在描写"深度"上当然
是十分有限的。客观地看，《丛书》中收录的一些作品就存在如是倾向，
笔涉元素多离不开火炕、毛毡、熬茶等日常物产，涉及精神生活则以阖
亭、葬礼、礼拜等仪式为对象，表面看去，确实也是回族生活，但很难
从中感知一个民族眼神后面的深邃和灵魂的颤动。有的作品在宗教元素
上使力颇重，比如一篇小说写两个淘金者历险途中遭遇流沙、缺水、狼
群等险境，不时在情节中插入水净、礼拜、殡礼等仪礼符号，就显得有
些刻意而缺乏生活质感；其实与困境搏斗的过程本身即可展现一个民族
的心理素质和精神意志。

写死亡是少数民族作家的长项，回族文学中历有《心灵史》《穆斯
林的葬礼》《清水里的刀子》《长河》等经典，来自青海回族作家的"死
亡叙事"表现何为？若举深微之作，可观冶生福《阳光下的微尘》。小
说写一回族老汉在坡地上给自己提前打好堵坟的"胡墼"（北方某地使

---

① 〔美〕克利福德·吉尔兹：《地方性知识》，王海龙、张家瑄译，中央编译出版社
2004 年版，第 14 页。

用的一种建材），却被人误会要再娶新房。这个命题的深刻在于，写出了一个满心沉浸在终极关怀的圣域中的孤独者在世俗拷问中的失魂落魄，也把如何面对生与死的"回族经验"进行了"深度"描述。主人公在勇敢而真诚地面对人之将死的前定时，在忏悔与纠结中渐进"自洁"之境，呈现出静穆深邃、清洁纯净的美学追求，而这得益于作家自身怀有的洁净气质和"文化持有者的内部眼光"。吉狄马加说："青海是人类最后净土的入口"①，以清洁精神为底色的回族作家有理由写出"净土"之上更多的心灵故事，写出更多如"他还从没注意过村庄的天空，是那种让人心慌的蓝""浓浓的花香让他觉得这油菜地马上就能淌出清亮亮的油来"等令方家赞许②的洁净文字。

诗歌最适宜容纳冥冥中的钟声。"我们后腰里别一把瘦瘦的镰刀，咬着牙齿和八月握手"（韩玉成《八月》）；"她究竟流向哪里／会有一个声音／在最后的彼岸／高声告诉你／她真正／远去的方向"（马汉良《沉河》）；"多少载了，为什么不会枯竭？／你说，我不仅仅来自各拉丹冬雪峰"（马汝伟《江河源短章》）；"在一年的骨头缝里榨出这样的一滴来／营养瘦骨嶙峋的诗歌"（林成君《世界诗歌日》）；"裸露于生死之外的企盼／也被雨水冲刷得晶莹而又焦灼"（马志荣《浮光》）……不惜笔墨地枚举，是因这些探测着光阴机密和"彼岸"意义的诗句发出了灵魂的轰响；更使我惊喜的是，这般沉思不仅发力于饱尝磨砺的诗人，也在青春诗笔下初露锋芒。严雅楠在《葬礼》中说："大多数生者伤心亡人离世／极少数伤心自己仍旧活着""许多人忘记了活着／想着无常，说着无常"，尽管类似感受于我是熟稔的，但读着与我同龄的严雅楠的这些句子，我

---

① 吉狄马加：《让精神的家园更具有文化的质感和魅力》，《青海文化知识读本》，青海民族出版社 2015 年版，第 1 页。
② 王彬彬：《2012 年〈回族文学〉年度述评》，《回族文学》2013 年第 1 期。

还是反复咂摸几遍才渐渐品出劲道。作为青海九〇后诗人的出色代表，马文秀对"人与自然"的认知竟是："后世满怀的甘甜和许多的苗圃"（《老街口》），唯能解释，这与年龄不大相称的思忖一定源于精神来路的独异。此外，马贵龙、深雪、马越、马金海、胭脂墓等新锐诗人，也都以母族视角抛出"神圣空间"的追问。

与轻而易举地把人写死相比，其实让人物活在悲欣交集的"日常"中去面对更为纠扯的体验，有时更考验作家的能力。一些小说对日常经常的在场发现触及多个维度，如关注女性命运的有韩玉成的《荒地》、马学福的《金戒指》、马玉珍的《月光下的家园》、苏贤梅的《阿舍》、马云龙的《时光在指缝间静静地流淌》等，所涉彩礼、夫妻信任、婆媳关系、女童教育等问题都带有时代反思；再如关注城乡变迁的有马文卫的《乔迁之感》、张文夫的《农民工》、马志荣的《马尤素夫的城市生活》、韩占春的《水泵》、韩晓萍的《爱情与这座小城擦肩而过》等，多讨论人在空间变迁中的精神危机，在回族文学整体颇乏城市书写的景况下，青海的回族书写未能陷入乡土题材扎堆的窠臼，呈现出较为丰杂的样貌，这也是《丛书》在选编上的一大亮点。

那么，到底怎样才算是"深度"描写，怎样才算体现了"内部"的眼光？为了进一步阐释我的理解，且以《丛书》中两篇题材相似的散文为例：《母亲的花儿》和《花园在母亲脚下》都写母亲在家境最为艰难之际仍"爱花成痴"，由花及人，写出了人在面对考验时的生命观，我以为写到这一层，已经找到一个民族内在的精神秘境，可以说已经有了"内部眼光"。但是否做到了"深度描写"，涉及技术问题。加以比对可感，前者在母亲爱花的处理上略显粗疏，感觉像是匆匆掠过的一阵风，很难留下使人记忆犹新的细节；后者仅就种子来说，就写道："母亲觉得那些种子被父亲带来时冻坏了，便用手捂了一会儿，又觉得还是让阳光晒晒更好，又摊开了双手……"在气息处理上，不仅写了谁都会写到的花香，还写到风沙里"湿润的水气"；写花的颜色，是"吵吵闹闹"的；写母亲与花说话，"每天跟海纳花说得最多，但总是低低地说话，怕那些艳丽的花嫉妒"……作者如银匠一般对文字的审慎雕琢，对细节、氛围、情绪、格调的痴迷不已，使颇具难度的"深度描写"成为了可能。愈是深刻细致的描述，愈使民族志般的文本呈现富于可触感。

就对回族内在气质把握程度而论，如果要在青海回族作家中举出最具力道的一位，我想会是马有福。回族诸多传统美德中，清洁、坚韧、顺从等关键词在文学世界比较惯见，上述评析中也有过不少例举，但很少能有作家把回族人的"自尊"写出质感，马有福就是这样的作家。基于对非物质文化遗产的挽留心情，散文《回族宴席曲：渐行渐远的背影》写出宴席曲的前世今生，如果是一般化的写作，可能止步于这门民间艺术的历史及其与人的情感往事，一表伤怀之意罢了，但马有福借幼年听曲情景，写到连一条板凳也没有的东家，父亲把曲把式们让到柜上唱，那是家中"最大的脸面"，因为值钱的物件都放在柜子里；而被热情迎进家门、受到茶饭礼遇的曲把式们，平时都是灰头土脸的村民，"但在这一晚，他们却意外地获得了从未有过的尊贵"。作者甚至发出了一声重锤般的喟叹："一夜宴席曲，一村开心事，我们没有被村庄抛弃。"怎么读这一句，都觉得想掉泪，如若不是马有福的在场描述，我是一定不会想到宴席曲的背后，还折射着西部回族人家如此镂刻灵魂的深微感应。我只好总结，这"深度"的达成皆是源于作者对富于地方性的民族内部经验的彻知。

再说到马有福的《鸦儿鸦儿一溜儿》和《上粮》两篇小说，均以儿童视角质朴复原了青海回族农民家庭的日常苦乐，看似平凡的笑泪实则暗藏触动灵魂的心事。特别是《上粮》，可说是《丛书》诸卷中我最欣赏的一篇，当然也可称是新世纪以来回族小说中被遗漏的佳章。我曾在作品发表之初的2009年即读过此作，当时因作品题材和所写时代略感陈旧，误以为是一般化的乡土叙事，故未能引起重视。这次重读，惊讶于该作人心"描画"之难。由于粮不好卖，农人时刻因保管员的反应而惊心动魄。一次看似寻常的上粮，有极贫中的取乐，穷人的自尊，弱者之间的同情与警觉，实是一幅农人浮世绘，因而我很想把这篇小说称为"回族版"的《多收了三五斗》。作品对农人社会的冷峻洞察与沉稳把握，奠定了"深描"的根基，通篇未着民族色彩，却由于内部心情的深潜，满是回回人家的味道。这是回族文学应倡导的更高层次的表达策略。

结　语

所谓"青海形象"，乃是依据一个个文化空间建构而成的，这种形象之所以丰富、多元、饱满，则有赖于同一景观的多视角诠释。《丛书》中一些非虚构性作品，正是依靠在场描摹，把一个个富于"地方性知识"的文化空间呈现出来，参与到了地域文化形象的建构之中。作为本套丛书中比较特别的一卷，"随笔卷"为一个重要的地理坐标进行了集体注解，这就是化隆回族自治县。整卷之内均是有关化隆题材的随笔，作者已不限于回族身份，而是来自包括汉、回、藏、土等多个民族的作者，且不乏梅卓、李成虎等名家之作，真正为一个文化空间的集成提供了多样化视角。于是，一个总与干旱、拉面等单词形影相吊的地名，跃动出无限丰饶的魅力色泽。如果说相对于中华文明而言，青海的存在是一个"地方性知识"，那么相对于青海，化隆所处的空间又构成了另一个更显边缘化的"地方"。正因有了对这些"邮票"大小空间的发现与展示，使得连接东部与西部各少数民族地区最牢固精神纽带的青海，跃入世界文明的看台。由此我们也更加确证："地方性知识"不但完全有理由与所谓的普遍性知识平起平坐，而且对于人类认识的潜力而言自有其不可替代的优势。①

回溯青海百年新文化史，抗战初期，老舍曾在西宁作了《什么是新文学》的专题报告，呼吁"有文化的人都抓起笔来"，多写"民族团结""保家卫国"的救亡命题，又在另一次和青海文学青年的座谈中提出："文艺工作者不应有治国安邦非吾事，自由周公孔圣人的思想，应该走到时代生活前面。"②对于今日青海而言，回族文学所蕴含的"地方性知识"与"边缘经验"亟待被重新采掘与评估固然紧要，但作为中华多民族文化中的一环，回族文学如何回应新时代赋予的更多提问，将"地方性知识"转化为书写大美青海、多彩中国的文化势能，这是《青海回族文学丛书》问世于"五四"百年巡回之际带给我们的更大启示。

2019 年 7 月 23 日

---

① 叶舒宪：《"地方性知识"》，《读书》2001 年第 5 期。
② 魏明章：《抗战时期老舍来过西宁》，《西海都市报》2010 年 1 月 1 日。

第二辑

作家与作品

把绝唱献予担当

——读马德俊长篇小说《爱魂》

今夏，马博忠先生与我谈起当下回族文学创作，表达了他的忧虑。他以为我们的多数回族作家，尤其是年轻这一群，太拘囿于小情怀了，没有写出回族人的大精神。他推荐我读一读马德俊先生的长篇小说《爱魂》(《老年作家》2009 年第 2、3 期)。作为回族文学的热心读者，对马德俊的名字，我自然不陌生。他是中国人民大学文学院教授，不仅在文艺理论领域颇有建树，还创作了叙事长诗《穆斯林的彩虹》，为当代回族文学史添了分量很重的一笔。我读过他的诗，知道老诗人身居北京，年事已高，一直很想拜访求教。谁知还未等我借到那本《爱魂》，博忠先生的电话就到了：马德俊先生归真了！那个清晨，我感到无限的伤叹，并迫切地想读到那本遗著，探寻一位长者最后的精神密码。

就我的观察，回族题材创作在时代节点上有一种倾向，就是新中国成立以来的当代生活表达得比较饱满；历史题材有一些，但以清代为主，再往前则疏于表现，再往后的近现代这一段，亦如此。事实上，自 1840 年以来的中国社会，是家国震荡、危困中坚守的时代，是民族性格的优越性与劣根性彰显得最为充沛的时代，也是英雄主义猎猎唱响的时代，而回回民族在这一历史进程中的表现，无疑是优秀而卓越的：左宝贵、马骏、刘清扬、郭隆真、马本斋，还有更多回民百姓用他们永不变质的爱国基因和铮铮傲骨，共同铺垫起中华民族在艰难考验中的精神底色。从文学表现上看，这部分历史也蕴涵着巨大的势能，然而，与回族先烈用生命担当的正义之举相比，回族作家们对历史的失语，对峥嵘岁月的绕行，令人遗憾。就抗日战争这一块，我所能读到的写得比较规整的回族长篇作品，只有杨英国的《铁血风流》、马守兰的《绿色月亮》等为数不多的几部。我很盼望能读到艺术含量更高、民族性格挖掘更准确的作品。不消说，马德俊的《爱魂》就是这样一部作品。

这部小长篇并不长，十余万字，但字字有爱，句句含情，确是作家用灼烤过的疼痛，用尽现世最后气力纵横出来的一部绝唱。马德俊在后记中说："虽然立春已久，毕竟八十多岁，体力衰弱，仍感寒冷，自觉手头的岁月不会多了。"对于一位八十多岁的老者，写这样一部消耗元气的长篇，绝非易事。许多知名作家暮年之际索性挂靴；有的仍在写，但多为游山乐水的旅游文学，或寻章摘句的书袋文学，或附庸风雅的陈诗滥词，更何谈呕心沥血，用生命的余烬去写作？作家马德俊已清醒地预感口唤将至，他这时要写，要选择写什么，一定经过了人生的精神淬炼，一定代表着他的灵魂朝向，一定是他最想说的话。当马德俊艰难而有力地写出"谨以此献给从抗日战争苦难岁月中走来的生者和亡者"这样的题记，写出"我写《爱魂》……目的是寄语后辈子孙，切莫忘记这一段极为悲壮的历史和具有无比尊严的中华民族精神"时，我看到了一位回族老作家对于家国情怀、民族大义、信仰姿态的担当。我为这样沉甸甸的绝唱而动容。

小说描写了抗日战争刚结束，在一条从重庆到上海的客船益川号上，回族男青年茫子和汉族女青年文秀相识相知的故事。作品通过两个不同民族、不同出身的青年人，发微钩沉，透视出整个一代中国人的抗争精神和民族气节。他们相识之初，一直谨小慎微，羞于接触，但随着二人身世的揭开，相似的抗日背景和苦难经历打通了灵魂的局蹐，他们因为共同的理想和信仰（主要指对和平的向往和对正义的卫护）而感到亲近和默契。作家绕开风花雪月、儿女情长的描写，浓墨重彩书写家国情怀，使两个单薄的人变成一座鲜活的群塑，发出不同民族的同一首心曲，这就是对灵魂的爱，对正义的爱，对祖国的爱。作家对于大爱的思考和表达，超越了种族和地域的惯性拘束，写出了至上信仰的高贵和纯美。在小说最后，船到岸了，男女主人公没有走到一起，奔赴于各自的前定，留下一个未知的悬念，使作品脱离了一般回族文学作品处理异族婚恋问题上非要给出一个答案的笨拙笔法——作家只写到他们因为共同信仰而相互爱慕，至于这种超越肉体的精神之爱能否最终汇聚，已不是作家所要明示的命题。可以说，这是一部"灵魂性"写作的代表，端庄的举意使它拥有较高的起点和较深远的气度，从而天然地获得了一般涉爱题材作品所匮乏的厚重品格。

对回族心理的精准驾驭是这部小说对回族文学的优质贡献。在插叙茫子离乡前与老祖父相依为命的情节时，作家不仅写了祖父"身子板直""深深的眼窝""高高的通天鼻子""光彩而精神"的外表，更写出他"一切托靠"的心理状态，正是这种信仰内核给了茫子以烛照终生的精神导引。作品中对茫子的交代，近半人称使用的是经名达吾德，寄寓了作者的母族情愫，事实上，主人公的一切品行都践行了回族精神。作家绕开饮食禁忌这些浅表的习俗，敢于触碰较难表现的民族性格和心理冲突，譬如，在两人情投意合、因铺位狭窄而近距离面对，"情欲的烈火快要焚烧他俩的时候"，达吾德想起祖父关于"回回人要走正道，做真主喜悦的人，不做受谴责的人"的教训，内心感到"惶恐"和"震颤"，"慢慢地将身子缩了回去"，"抑制住这颗即将出轨的心"；同时，他又为曾与文秀紧紧相偎，"违犯了民族道德和信仰"，感到羞愧和深深忏悔。再如梁先生算命一节，作者写到茫子恪守教规，远离卜卦，"心里便有几分不愿结交的意思"，但又补充描写他谦逊好学，对传统术数文化怀有兴趣，便不排斥与梁先生笑谈。这种处理就比较贴合人性，而没有把回族的形象塑造得呆板教条。作家还写到梁先生所述关于魏光宗及其旗下五百回族将士在抗战中舍身殉国的悲壮故事，挖掘出鲜为人知的历史细节，将殡礼的"杜阿宜"上升到"为国牺牲，也是为伊斯兰（和平）的宗教牺牲"的高度，写出了回回人的生死观和坚毅勇敢、热爱祖国、恒守信仰的崇高品德，也写出了在共同精神信仰和爱国主义的召唤下，回汉各族人民、国共两党将士的友爱与凝聚。作者若非虔诚的信士，不可能把握得这样准确；若非有大胸襟、大情怀和大使命感的知识分子，也很难在思想性上有如此高远的拓拔。

先前初闻《爱魂》这个题目，觉得有失新意，但通读作品后，越发觉得唯此二字足以概括作品的气色。爱，可作名词，意指"爱之灵魂"；亦可作动词，意指"爱其灵魂"。作品艺术手法纯熟，运笔干净利落，从上船写起，下船结束，却贯穿着广阔的社会背景、逼真的生活细节、扎实的描写功力，三教九流各色人物也都处理得有声有色。语言风格颇有《围城》的几分妙处。尽管人物造型还显得有一些单面，复杂的矛盾处理还欠缺一点力度，但并不影响作品的完整及其对心灵的震撼。掩卷而思，感怀良久，虽未识其面，但文学使我洞识其人。我想象着老先生每一次提笔的艰难，每下一笔都宛如刀刻的痛楚，想象着他终于完成临终表白的微笑。留下一部《爱魂》，马德俊先生无憾于笔墨人生，无愧于一介回族作家应当卫护的荣誉和举意。

愿我的敬意和祈祷，借此文，深深地抵达他。

2010 年 11 月 7 日

从摇篮，到摇篮

——马瑞麟诗集《心中的故乡》序

前段时日，马瑞麟老先生发来邮件，说最近出版社要将他书写故乡的诗文结个集，嘱我作一篇序。

我暗吃一惊。

熟悉马瑞麟先生的读者应很清楚，老先生是上世纪 20 年代末生人的，可称是文坛的"二〇后"了。依桑榆之礼，我应算是先生的孙辈。依文坛资历，先生早在 1946 年即在《云南日报》发表了诗歌初作《有星星的时候》，1948 年即出版了首部诗集《河》，算至今日，创作生涯已足足七十年光景！我未曾细考健步于世的云南老作家群体解放以前的创作景况，单就我所熟悉的民族文学领域，瑞麟先生乃是全国少数民族老作家中的华星秋月，也是当下回族诗人中最为年长、颇为德深望重的一位，这是一个不争的事实。

晚辈作序之例，文坛上不是没有，但极少，何况我与老先生的诸多差比实在悬殊。怎能应承如此重的嘱托？跳出的想法是，先生何不请一位长者或分量更重的师者来写？然而很快，我意识到了这想法的青稚。

瑞麟先生当然有长者，亦有太多师者，但他们都是谁呢？

2013 年末，我曾去昆明寓所看望仰慕已久的马瑞麟先生。因当时参与编纂《中国回族文学通史·当代卷》，西南地区恰由我主持，一些文史细节须当面就教；再者，也由于我在《民族文学》杂志任编辑以来，总想为少数民族老作家留下些口述的影像。这是一个私己的、没有经费支持的理想主义工程。我背上刚买的摄像机，就飞抵昆明，去拜访马瑞麟先生。对一个热爱回族文学的晚辈来说，这次采访无疑是无比珍重的。

口述历史，毕竟比书面阅读鲜活、细微许多。那次于家中，就听瑞麟先生讲到了解放前的一些鲜知掌故。抗战后期，盖因西南联大办学之故，昆明云集了众多名士鸿儒。马瑞麟当时在昆华师范学校就读，便曾多次聆听闻一多、朱自清等众多名家的演讲。其中，以沈从文先生影响最为深切。一次讲座下来，马瑞麟难抑激动，上前与之交谈，不好意思地说："沈先生，以后我也可以当作家吗？"沈先生答得谦朴、恳切："可以呀，怎么不可以。只要肯奋斗，就能实现自己的理想。"这之后，马瑞麟曾给沈先生去信，寄去习作，没想到真收到了复回的长信，犹记得印象最深的一段话是：

> 从你的作品看，受中外名著的影响很大，但写得不宽不深，生活气息不浓。其原因是生活面狭窄。说明你只重视读一本本用字写成的小书，没有用心读好那本不是用字写成的社会生活的大书。你想当作家，就得读透这两种书。

十几岁的少年马瑞麟，得到这样的指点，启发甚巨。从此他意识到自己是那"大书"中的一页，笔底流淌出愈加宽阔的河流。

至读者手中捧着的这本诗集，马瑞麟先生半生出版的作品集，加之他人所撰的研究论集，已达三十余部。在这持久的、使人感到惊讶的作品长卷中，可以尽数那本"大书"的方圆与角落。

以言其救亡大义，早有《我们要去犯罪》《城》等解放前所写，抨击黑暗社会现实，抒发渴望光明、自由心声的"投枪"之作；以言其家国情怀，当有《祖国三题》《烧焦的树》等浓情至爱的昂扬心曲；以言其童心谐趣，以《"咕咚"来了》《松树姑娘》为代表的诸多寓言、寓言诗、散文诗等儿童文学作品，使其成为新时期少数民族儿童文学创作的重要开拓者；以言其民族担当，不消说，此一点则更是为我熟悉和敬重不已的。

自孩提时代在东北边城初涉回族文学阅读之始，我便知道远在彩云之南，有一位本民族很有名望的诗人。后来，渐渐就读到了《传油香》《古尔邦节之夜》《谒马和福墓》《杜文秀四题》等回族生活浓郁的诗作，甘冽入脾。仅翻开《民族文学》三十余年来的合订本，可见马瑞麟的名字出现之密集，作品之繁丰，滋养了数代读者。及至去年，逢抗战胜利七十周年，《民族文学》刊发纪念专号，我还有幸向亲历过那一岁月的马瑞麟先生约来一组短诗。编辑部的新老编辑都很感动，知那耄耋老人风雨起落，仍在忘情歌唱着。

一次，我去滇南一回族村落参访，见当地民众竟将瑞麟先生的诗隆重地镌刻于石碑之上，读之落泪，读之动容。先生一支诗笔纵横多半世纪，著作纷纭，但有了那一首，哪怕只有那一首，我以为足可无愧一介诗人桂冠上的荣耀。

也是缘于我深知瑞麟先生一定写了太多太多回族题材的诗，恰手中接着"回族当代文学典藏丛书"的约组任务，便又试问先生，能否把这类诗作集成一册，支持这件本民族文学的大事。老先生甚喜，很快选好样稿。这本《大回山之歌》终于去年问世。真的全是写回回民族的！读毕，已少有肤浅的欣喜，更多则是对一个老诗人情怀、眼光、价值的沉沉感喟。

以上这些凌杂的忆述，简直有些离题万里了。但若要由我来写写先生的人与文，我却必须写出这样的感喟。

我只能说，相似的一幕在这本书中得到了重现。我曾不敢相信，马瑞麟先生真能把写回回的诗凑足一本，但他真的拿了出来，且那样地绵密、深重。这一次，我只知老先生邮件里轻描淡写，说要集一本写故乡的书，心忖：这想必不难，先生躬耕红土高原，不离不弃，写云南大地乃属优长。然而见了书稿，讶异之极的竟是，这"故乡"分明并不是包罗万象的大云南的概念——而是他的抚仙湖，他的黑泥湾，是那个邮票大小的"脐带之乡"。

故乡，大概是一切文学家都规避不开的题目。

也大概是多半文学家精神出发的摇篮。他们写得最好的作品大抵多与故乡有关。

但唯因如此，故乡却最难写。

写好一两部、三两篇、七八首，这样的故乡是可能的、容易的，但若在创作生涯的各个阶段，都在写着不同视野里、不同笔法下的故乡，写了那么多，写了一辈子，还是仿佛写不够、还要继续写的样子，只能说，这般情怀，好比山高水长，绝非一般了。

马瑞麟先生，他是写过许多大题材的作家，他有很多领域都取得了不俗的成就，可他为何就是这样忘乎所以、痴情不移地写他的故乡呢？正如他自己曾在一首题为《故乡》的小诗中，形容故乡是"一本百读不厌的奇书／连那封面、扉页、插图／都把我一直痴痴地迷住"。

为什么？

面对这部书稿，我感到了话题的分量。

我仔细品读着一首首可能写自不同时期，但共同指向同一个地理概念的诗作，渐渐有了一种把握。"君自故乡来，应知故乡事"，马瑞麟先生的故乡，固然有所有诗人笔下都常出现的山乡水月，但我更为看重的，亦是瑞麟先生的深挚之处，在于那些属于心灵隐微之处的斑驳秘密。那"乡愁缕缕重千斤"的荞壳枕，那盛过槟榔和喜糖的红漆托盘，那悬在脖颈上面"不断闪着奇异的光"的项圈，甚至那"会飞"的爸爸的镰刀，"会唱"的妈妈的顶针……这些温暖的生命细节告诉我，瑞麟先生的故乡情感之所以源源不绝，常忆常新，并不是他的故乡何其独特、何其积蕴深厚，而是诗人早将故乡化育在了道德与灵魂的血脉深层，变作对苍茫人世、人情冷暖的一种灵敏的触觉，于是一物一景，一花一木，尽染人情，皆是生命经验的粹取。

且看先生所写的抚仙湖，便可印证上面的判断。若是把湖真的写成了湖，也便流于风物，了无声色。瑞麟先生的湖，其实是一片通天达人的大水，"有副包容万里云天的胸襟／天天把日月星辰吞吐"（《抚仙湖》）。甚至，我惊讶于这样的想象："时而是群呼啸狂奔的野马，是个炮声隆隆的战场，是阵地动山摇的雪崩……""宽阔的胸前，佩戴着一串璀璨的项链。／项链是用日月星辰穿成的，／穿在一根长长的地平线上"（《抚仙湖印象》），"整个世界的眼睛／都在这里眨着"（《抚仙湖月夜》）……

我便在叩问，这写的是湖吗？看题目，的确是；但我似乎明白，这已不再是湖，而是诗人的襟怀与理想。乐水居者，守着一座大湖，这无疑是一个诗人的福分了，但我敢说，并不是每一个生于湖畔的诗人，都能把湖水写出一份天人合一的"宇宙精神"。

经历、技艺不可或缺，而诗情的经脉更重妙手偶得的参悟。它往往与经验无关，唯在一份天启。观马瑞麟的抚仙湖，再看看那些因湖而生的寓言哲思，大抵信然矣。

使我真正怦然心动的意象，倒不在湖，而是被先生排在随后的黑泥湾。

先前见马瑞麟先生诸多履历介绍，都在首句明白地写着："出生于云南澄江黑泥湾"。有的作家，特别是时下有些新生代作家，似乎不大愿意把故乡的讯息写得太过细准。具体到县一级，已属老实；有的宁愿伪造出一个省会的出身，俨然门庭高贵些。与此类作为相比，瑞麟先生又好像有些"极端"了，写到澄江就行了，何苦到哪里都把一个"黑泥湾"的村名背上，到处讲给人听？

起初我以为那是个知名的村庄，一定有些显赫的背景；后得知，实在平凡得很，甚至那土地深处还蛰伏着历史的屈辱与苦难。这次读诗，为更好地理解，又在网上百度几番，结果是，只有一条枯枯干干的百科，连个新闻也没有留下。反倒是，"南泥湾大道成了黑泥湾"，有这样的标题——哦，我才猛然意识到，原来在媒体人的眼中，"黑泥湾"三字，并不是一个美丽的诗歌意象，而是一个不大好听的形容语。

是呀，黑泥湾，细想想看，是不那么容易与美丽相连的意象。

然而，为什么在我与很多读者的心中，黑泥湾却又是那样地美丽、那样地使人神往呢？

全是因为马瑞麟的诗啊！

任凭岁月压在这片土地上多少负累，任凭人们历经了多少磨折与危困，任凭灯火阑珊下它何其渺然，何其微不足道，任凭繁华过处，它永远沉默与寂寥——瑞麟先生，他永远擎着他的诗笔，把这"任何地图上都找不到"（《黑泥湾》）的地名，高高举过头顶，举在全世界都可以看到的追光之中。

是否可以过分一点说，如若不是瑞麟先生的诗，这星球上的绝大多数人，是一辈子不可能知道在中国的西南一角，红土高原的荫庇深处，还有黑泥湾这样一个地方。

村碑、芦笛、磨坊之于物产，打烂碗花、千针万线草之于植物，山喜鹊、小黑毛驴之于动物，姐姐、外婆、父亲之于人情……瑞麟先生的黑泥湾，永远那么美，如民歌般纯净、明澈，闪耀着心灵的光泽。没有一点点的卑微，没有失落，永远高昂着尊严的头颅，强大地面对着一切美学的、哲学的审视。

那气质，像是一个有品格的人，一个有风神的民族。

这里，便不得不再度提及马瑞麟先生作为一个民族诗人的底色。这本集子里的诗，鲜见回族题材，只是最后一辑的随笔中，涉及到回族生活的零星追忆（如《抚仙湖畔情依依》中关乎白寿彝先生的回忆，如《新三吾师台印象》中关乎马新三大阿訇的回忆等），但在我看来，民族文学的描写对象，只要是以该民族人民的认知与情感方式去发现的、再现的，即使未见鲜明的民族学性征，但那对象已经打上了民族情感的色彩和烙印，成为了这一民族的别致留影。

马瑞麟的黑泥湾，显然恰是一例。

我爱他写的一篇散文诗《黑泥湾印象》：那"窗棂望着窗棂，炊烟搂着炊烟"的感受，不似景物，而是人心；那"一条不规则的小街，绕过一些不规则的农舍"，写的是自在的境界，淡泊的心志；那"磨刀师傅的吆喝声"，"石磨磨着白白的月光"，还有泡着这个村庄传说的"老人的茶水"……看似寻常寥落的几笔，细品却都有一丝使回回人感到亲切的气息。

终于，全章收束在了最后的一句：

"清真寺和清真寺上空的那弯新月，是这本书的封面……"

诗人对黑泥湾的印象，写到底，写出多少普世的情、旷世的爱，最终还是要回到那个精神摇篮的起点。

台湾作家钟理和说："原乡人的血，必须流返原乡，才会停止沸腾。"马瑞麟先生，他的精神、意志、情怀、理想，始终在向他的原乡流返着、扑奔着，可是，他骨髓中的血液从来不曾停止过沸腾。

这样想来，心中满怀着感动。

我不再为这篇青涩的序言感到紧张或是不安，此刻，我却要充满着荣誉感，声足气满地答复瑞麟先生，也答复关心先生的读者：

我，是马瑞麟作品滋养下成长起来的八〇后读者，也自视是他精神境界一个努力的理解者、热爱者。我真诚的感动大概可以证明着，在我与先生超越半个世纪的年龄跨度中，所沉淀的是先生诗作跨越时代的耐力与精神思索的强韧。并且我坚信，先生作品的影响力也会因这样的特质而延续到时光的更深、更远处。

回族有一句著名的教导："求知，从摇篮到坟墓。"相信包括马瑞麟先生在内的每一个穆斯林，都深深地热爱并牢记着圣人的遗训，参悟着天地间苍茫辽阔的前定。

读毕这本诗集，我忽然很想为这篇小文取一个标题：

从摇篮，到摇篮——

哦，摇篮！也曾是瑞麟先生最喜爱的意象之一，曾用于其诗篇和书籍的命名。

如容自解：这前一个摇篮，姑且可算是瑞麟先生的抚仙湖、黑泥湾，生命出发的端点；而后一个摇篮，是终点的抵达，亦是又一个新生的启动，又一个重生的原乡。我想，它至少应该包含着：苦难过后的释然，彷徨过后的镇静，终极拷问后的宽慰，以及传与后代、川流不息的洁净。

2016 年 7 月 12 日

坚定与持久：一颗钻石般的诗心

——木斧诗歌创作论

得知已是米寿高龄的木斧仍在写诗，很多人都会感到惊叹；也有不大关切前辈作家生态的人甚至讶然发问：木斧先生还在呢？听到这样的话，我总是会心一笑，并不感到对诗人有哪般不敬；相反，它只是侧向地说明了木斧诗名的弥久。想来确乎如此，民国即已成名的那一代诗家，健在于世者恐不多矣；仍在写着诗的，就更难见。人们无外是觉得依文坛辈分、声望推测，木斧该是很老很老、老到不能再老的人了；而实际上，木斧并没有他们想象中那样年长，造成误解的原因或许只是：木斧的成名实在是太早了。

新中国步入七十周年之际，回望木斧业已逾过这一时长的创作年谱，不得不慨叹一颗诗心竟如钻石一般，如此坚定而持久！读着老诗人写在民国的诗，写在"十七年"的诗，写在改革开放以来，乃至新时代的诗，恍然感觉新旧时光的风云册页就这样一页页翻过，一代知识分子特有的精神道统就这样一程程铺开。能与这样一位艺术生命横越现代和当代的文坛前辈同在一个时域相知，于我诚然是幸事；更温暖的一点在于，这位生长于南国市井，有着浓重散居区烙印，长久以来的民族文化体验可说是极为孤独的回族老诗人，也在诸多诗篇中抒写了他对母族的一往情深。正是基于这一笔，使我有更充足的底气评价：木斧，不唯是新文学谱系上一位风貌独具的名宿，也堪称是回族诗坛长期纵横的领衔者和当然的示范者。

总也论不够的诗人

木斧，原名杨莆，字馨甫，曾用笔名杨谱、羊辛、洋漾、穆新文、牧羊、默影、心谱等，经名苏来曼，1931 年 7 月 4 日出生于四川成都。受当时进步文学作品的影响，小学起即对文学发生了兴趣。1946 年 6 月，他在西北中学初中将毕业时，在进步刊物《学生报》上发表了第一篇小说《胡先生》，后成为该刊文艺版编辑组长。二次国共内战期间，诗作主要发表在《光明晚报》《西方日报》《新民晚报》《建设日报》《文艺与生活》等报刊，内容多为揭露和抗议国民政府的黑暗统治，表达对光明、自由的向往和对底层民众的同情。如《血，不能白流》一诗，愤怒控诉了 1948 年国民党反动派在成都制造的"四九血案"，发出了"血债，要用血偿还"的战斗呐喊，被四川大学地下党作为诗传单印发，成为射向刽子手的投枪①。另如名作：《沉默》《疯孩》《冬天》《我们的路》《我听见土地在呼唤》《山》《给乡村的孩子》《献给五月的歌》等，均被收入《中国新文学大系》《中国新文艺大系》《中国四十年代诗选》等重要选本，是现代文学中可供珍藏的记忆。

之所以可以语气肯切地说木斧是一位"现代诗人"，并不只因他在民国时期就开始了创作，而是说那时年仅十几岁的他就已发表了多达一百五十九篇的作品②，堪说是年少成名的典例。有一则轶事颇有意味：国

---

① 李鸿然：《中国当代少数民族文学史论》，云南教育出版社 2004 年版，第 281—282 页。

② 木斧：《我的文学生涯》，《再论木斧》，李临雅、余启瑜选编，四川文艺出版社 2017 年版，第 309 页。

文课堂上，老师找来报章上一首新发表的诗歌，范读给学生研习，岂不知那作者正是用了化名的小木斧，此刻正坐在座位上窃窃得意。只可惜，如此百余作品被保存在一册《木斧作品剪贴本》上，"文革"期间不幸散失，后在各图书馆找回、收入书籍重现于世者，仅占五分之一者矣。①

新中国成立初期，木斧一边从事党的青年工作，一边热情投入诗歌创作，歌颂国家变化和建设成就。1955 年，木斧因"胡风案件"受到牵连，被结论为"受胡风思想影响较深的人"，被迫封笔二十余年。1979 年，木斧调入四川人民出版社工作，自此枯木逢春，创作激情喷发，以"归来者"的姿态再度活跃于诗坛。迄今已在《人民文学》《诗刊》《上海文学》《十月》《民族文学》《星星》《朔方》等多家报刊上发表诗歌、小说、文学评论四千余首（篇）。纵观木斧创作履历，其多数作品和诗集文卷皆发表、出版于改革开放以后，标志木斧的创作全盛时期。

木斧应算是中国作家协会最早的会员之一。1950 年 10 月，由川西区文联创研部部长洪钟推荐，木斧参加了成都市文学艺术工作者协会，同时参加的还有沙汀等人，均颁发有会员证。后来，中国作协成立，这批会员全部转为中国作协第一批会员。但不知何故（或许由于木斧的政治冤案而未能正式转会？），后查未能在中国作协会员名单上找到木斧的名字。②故履历显示，木斧正式加入中国作协的时间是 1983 年。命途坎坷的老诗人，对许多事情都已看淡，唯一执念的就是作家身份的确认。2009 年，中国作协为木斧颁发"从事文学艺术创作六十周年"证书，或是木斧格外看重的一项荣誉。

躬耕文学创作七十余年来，木斧共出版诗集十四部。除与"蜜蜂

---

① 木斧：《我的文学生涯》，《再论木斧》，李临雅、余启瑜选编，四川文艺出版社 2017 年版，第 309 页。

② 木斧：《我的文学生涯》，《再论木斧》，李临雅、余启瑜选编，四川文艺出版社 2017 年版，第 315 页。

社"部分进步作家合著的文集《路和碑》编辑出版在 1949 年 9 月之外，其他诗集皆出版于改革开放新时期。依编年辑录、较有代表性的有：《木斧诗选》（1947—1984）、《我那潺潺的笔》（1985—1992）、《车过低谷》（1993—2002）、《瞳孔与光线》（2002—2006）、《点燃艾青的火把》（2007—2011）等。其中，《木斧诗选》获全国第三届少数民族文学创作优秀奖。

木斧不但写诗，也评诗、论诗，这些文章主要收在《诗的求索》《文苑絮语》《揭开诗的面纱》《诗的桥墩》《诗路跋涉》等几部评论集中；也涉猎其他体裁，著有长篇小说《十个女人的命运》、中短篇小说集《汪瞎子改行》、杂文集《木斧短文选》、童话集《故国历险记》等，亦颇受好评。但木斧的本质还是一位诗人，不论做人作文、唱戏作画，总透着一股浓重的诗人气，固执而又随性。尽管对其诗歌的论说已不乏见，单是专门成册的论集就有两部（《论木斧》《再论木斧》），然而我总觉得许多话题并未充分地展开。木斧实在是一位总也论不够的诗人，何况他仍在创作着，也就逼着论者仍要论下去。

百年新诗谱系中的坚守

考察木斧七十余年间的诗歌创作活动，应当以近百年来中国新文学史特别是新诗运动的发展轨迹为背景。只有把他个人的创作活动，置放于整个中国文学的时代背景之下进行比照，才能更清晰地理解木斧创作的思想倾向、艺术风格和艺术形式与时代潮流之间的因应传承，也才能更加客观确实地考量木斧的文学成就、贡献与局限。

木斧文学创作的第一个阶段，亦即他从对文学发生兴趣、到开始诗歌创作的 20 世纪四五十年代。从大的背景上来看，这一时期中国新诗已确立了主体地位，诗歌创作正面临着多种路向的选择可能，不同流派之间的分化已经产生，文学界正围绕着这一话题进行激烈的论争。按照阶级立场和现实政治态度划分，具有"革命传统"、代表大众审美情趣的"革命诗歌"成为主流。从木斧这一时期的诗歌主题来看，以表达社会政治为主，呈现出"七月派"的思想与美学风貌，如《我们的路》《献给五月的歌》《爱我们的祖国》《我听见土地在呼唤》等，从对旧世界的诅咒和对新时代的呼唤，到对执政党、"祖国""人民""阶级"的颂唱，无不体现了题材和视角的政治化，大体属于"政治抒情诗"范畴。从正面看待，木斧是一位"继承五四以来新诗革命现实主义传统的诗人"①，其早期作品表达了对自由、民主的新生活的礼赞，同时，借助自然景物和民族风情做情感抒发的喻体，化政治抽象为生活（生命）生动，加上受益于民间诗歌丰富活泼的语言和表现方法，避免了对主题的空洞吟唱和政治概念的演绎，使作品显得可亲可爱，具有较为丰富的感性色彩。这是应当充分肯定的。但同样，木斧早期作品也无可规避地受到了泛政治化艺术观的时代影响，存在题材狭小、主题单一的局限。

20世纪70年代后期，随着政治解禁，文学复苏，"解放"了的木斧进入第二个创作阶段。此时，文学界关于新诗的艺术观念、创作方法等理论论争再次出现，探索也在进行，"朦胧派"一支崛起。很快，进入八九十年代之后，诗坛流派分化加剧，涌现出形形色色的"新诗潮""新生代"，虽则表现出对生命自由、人道情怀的追求和对个性的尊重，对多元价值的宽容，但本质上大多出自西来的怀疑主义、失败主义、虚无主义哲学的变种，粗鄙萎靡，朝生夕死。诗坛表象一派繁荣，却难掩全面的颓势。在此背景下，木斧的创作坚持了与这种潮流的根本不同。从

① 杨继国、何克俭主编：《当代回族文学史》（上编），宁夏人民出版社1994年版，第32页。

几部诗集的命名上就可看出：一位饱经创痛的老诗人是以何等姿态面对新的生活：《醉心的微笑》《美的旋律》《缀满鲜花的诗篇》《乡思乡情乡恋》……木斧新时期迄今的诗歌创作，自觉坚守了新诗运动自"五四"以来积极、健康的思想风气，坚持现实主义传统，选择以山河、大地、母族、故乡为题材，表达对山河故土的炽热情怀，对民族精神的崇敬礼赞。例如《金色的田野》《秋天的爱情》《七月》《回回家》等作品皆属此列。木斧的另一类诗作，或以物喻志，借景抒情，回归诗歌言志载道的本来；或感于哀乐，缘事而发，不失诗歌的清新自然之气。如《过三峡》《春蛾》《豆腐》《雪的礼赞》等，饱含着人生况味，闪耀着哲思的光芒，备受读者喜爱和评论界的推崇。

木斧的诗歌语言质朴直白，具有明显的民歌俚语之风，虽则不够典雅华丽，却也符合大众审美。在艺术形式上挥洒自如，不拘一格，不刻意雕饰，唯求言之有物。在"今天的中国诗歌内容，部分是虚饰浮夸和假正经的，大多则是油腔滑调、玩世不恭，再就是沉迷于另一种形式的雕虫小技——在毫无语感和句法的情况下搬弄文字游戏"[1]的时代潮流中，木斧的诗歌，或许恰因坚持了语言和形式上的童趣稚拙，不追求"现代"，不追求"叛逆"，才得以规避了殖民文化所带来的后现代主义、虚无主义瘟疫。

五月的道路和我们的歌

木斧是在革命斗争的风雨中成长起来的诗人，因此他对胜利的企盼格外迫切。解放战争胜利的前夜，他已经在沉沉黑夜中看到了新中国的曙光，以一首长篇抒情诗《献给五月的歌》宣告了解放的来临：

---

[1] 殷实：《语言和谐与价值和谐》，《读书》2012 年第 1 期。

从山那边

通过冬的世界

金色的阳光在跳跃

春天架起了长虹

啊，五月来了……

……

五月

在繁星照耀的夜空下

在辽阔而空旷的草原上

我们各族兄弟

亲爱的姐妹

围坐在一起

歌唱

……

五月呵

在我们的面前

铺开了

一条崭新的道路

这首诗初发于 1949 年第 3 期《文艺与生活》杂志上，原题为《五月的道路和我们的歌》。1982 年，改题为《献给五月的歌》，相继收入《黎明的呼唤》《木斧诗选》《中国现代经典诗库》等选本。2010 年，经压缩，又改题为《五月，迎接新中国的诞生》，收入《新中国颂——中外朗诵诗精选》。有人可能会问：中华人民共和国成立于 1949 年 10 月 1 日，为什么写成了 5 月？据木斧自述，原来当解放战争临近全国胜利之际，他已转移下乡，"新中国叫什么名字？多久到来？当时是一无所知，因为写作的时间是 1949 年的红五月，所以便以五月为题"①。如今看来，这一不经意的"错位"反而显示了木斧作为诗人对历史转折的格外敏感。

在这首长诗中，诗人以热烈的情感和欢快的调子，以驰骋翱翔的想象，以汪洋恣肆的激情，描绘了一个春满大地、喜庆欢乐的人间，呈现了一场歌舞澎湃、激情燃烧的盛典，预告了新中国的诞生。这是木斧诗歌中最长的一首，共八节二百三十二行。全诗贯穿着革命乐观主义精神，闪耀着理想主义光辉，气势磅礴，节奏鲜明，语言凝练华美，是木斧早期诗歌创作走向成熟的标志之作。诗人田间对这首诗给予了高度评价，认为在黑暗年代里能够写出这样"热情洋溢"的作品实属可贵。亦有论者认为，"五四"以来，中国的白话诗很少有这样的抒情长篇大作。1949 年，这样欢呼黎明的长篇抒情诗似乎更是罕见。②

祖国是木斧诗歌恒久的主题。木斧写作了大量祖国题材的诗歌，对祖国河山的热爱之情在他的诗作中处处可见，正如他的诗句所说的那样："祖国啊，我走遍了你每个角落 / 我为你辽阔的胸襟而感到骄傲"（《在北方……》）。《爱我们的祖国》是一首气势恢宏的长诗，诗人首先满怀豪情和喜悦地宣告：新中国正"从地平线冉冉升起 / ……亚细亚辽阔的大地上 / 光辉照耀着人类的希望"，接着回顾了中国人民争取自由、争取解放的坎坷岁月和无数先烈前赴后继的英雄业绩，束尾部分，诗人放眼壮丽河山，辽阔肥美的土地和勤劳质朴的人民，看到了祖国灿烂、幸福的美好明天。同类题材的作品还有《母亲，我唱一首歌给你》，

① 木斧：《我的文学生涯》，《再论木斧》，李临雅、余启瑜选编，四川文艺出版社 2017 年版，第 310 页。

② 王大奇：《论木斧》，《论木斧》，李临雅、余启瑜选编，四川美术出版社 2013 年版，第 12 页。

也是木斧的一首重要诗作。这首长诗开端明快："母亲，在你开创的 /
康庄大道上 / 你带着朝霞般的笑靥 / 频频地向我招手 / 我紧跟着来了 /
跳着蹦着来了"，寥寥数笔，诗人对祖国的深情和内心的喜悦跃然纸上。
结尾"我的歌 / 只有一句话 / '我——爱——你' / 我的亲爱的母亲
啊……"余韵回转。

关注时代，积极地介入时代现实，或讴歌或控诉，或诅咒或祝福，
以诗歌的双臂"热烈地拥抱现实生活，热爱现实生活，并积极地投身于
现代生活"①，是木斧作品的重要组成。长诗《一封写给田野的情书》就
是一首具有强烈时代意识的经典之作："……在编织幻想的升腾中 / 升
起了彩色的氢气球 / 飞到了那么一天 / 谷粒儿堆成了山 / 仓库装不下 /
院坝里堆不完 / 突然，一声'吃饭不要钱'幻影从空坍下…… / 于是，
两个恶魔 /（饥饿和贫穷）/ 又粉墨登场 / 霸占了广袤的田野……"控
诉的是"三年自然灾害"、大跃进和浮夸风盛行的年代，人祸给"田野"
制造的悲惨和不幸。"……田野，用最庄严的态度 / 向三山五岳宣布：/
中国的二十世纪八十年代的'土地改革'成功了！/ 欢乐的泥土 / 拍着
自己的胸脯 / 跳溅的谷粒 / 擂着时代的战鼓 / 田野上撒满了 / 雷动般的
掌声"则是热情洋溢地赞颂了改革开放给中国带来的生机与活力。诚如
孙玉石所言："年已八旬的诗人木斧，对于生活，对于现实，对于社会
巨大的变化和存在的痼疾，对于人的精神高度和深度，抱有极高的关注
热忱和爱憎赤心。他诗心的搏动始终与人民命运紧紧相连。"②

---

① 杨继国、何克俭主编：《当代回族文学史》（上编），宁夏人民出版社 1994 年版，
第 32 页。
② 孙玉石：《点燃艾青的火把·序》，天马出版有限公司 2012 年版，第 5 页。

相思债

母族与故土，是木斧诗歌关注的又一重要精神指向。木斧生为回族，却长期生活在远离族群聚落的地区；他祖籍宁夏固原，出生并成长在四川康定，却又长期工作生活在外。于是，母族和故土两个命题成了他一生的纠结，也萦绕成他诗中一对永久的意象。《回回家》《回族人》《固原人》《固原念》……无不是诗人遥对母族故土的声声吁叹和深情呼唤：

> 锅盔、羊毛、牛肉
> 带着一声声叹息：
> 哎，回回家！回回家！
> ……
>
> 在肮脏的洗涤中洗出洁白
> 在繁重的体力中锤炼勤劳
> 在纷乱的线丝中理出头绪
> ……
>
> 清洁、勤劳、学问
> 挂着一串串赞叹：
> 哟，回回家！回回家！

不能不说，这是一首刻画民族精神的上乘之作。诗人起手借用三个日常可见的具象事物，形象而准确地勾勒出回回民族生于底层的基本形象，一声声"叹息"表达的是一个回民儿子面对母亲民族的疼爱与痛惜，悠长绵远，意味深沉；"在肮脏的洗涤中洗出洁白……"句，以高度凝练的诗家语言，刻画出了回回民族心志高洁、坚韧不拔、百摧不毁、生生不息的民族精神；结尾使用三个朴素无奇的抽象单词，以点睛之笔照亮全诗，点出了回回民族的优秀特质，一串串"赞叹"抒发的是诗人由衷的自豪之情。"没有对自己民族的历史与现状的深刻的了解，没有对自己民族深厚的情感，是决然写不出这样有分量的诗作来的。"[1]

木斧祖籍宁夏固原，祖父于清同治年间举家南迁入川。对故土，木斧始终怀有夜不能寐的念想："我从来没有见过面的家乡，/ 你还认识你失落在南方的儿子吗？"[2] 1986 年，木斧终于第一次回到老家固原，后又走了临夏、昌吉等西北诸地，还清了"一生欠下的相思债"[3]。从《望乡》《给一位大西北人》《风的礼赞》等诗中，可以触摸诗人追寻故乡根脉的痛感："一百多年后你才发现了我 / 你从我的泪珠中找到你的形体"（《家书——羊圈堡来信》）。其实，借助故土意象，诗人所寄托和追寻的，何尝不是一种心灵归属、一个精神故乡。对此，与木斧同在成都生活的回族老诗人苏菲有一语颇中肯綮："这颗心被大西北层出不穷的大自然独特美、淳朴的人和淳朴的生活的魅力一旦诱起彻骨的爱，形成内涵式激情，灵感火花爆发，木斧独特风格的诗便产生。"[4]

木斧对母族的眷怀和追寻，甚至溢出了专门题材的诗作之外，散见于怀念故旧、题赠友人的"书信诗"中，其中对回回文友的赠诗就有寒歌子（台湾）、马瑞麟、姚欣则、汪玉良（东乡族）、马德俊、海青青、

---

① 杨继国、何克俭主编：《当代回族文学史》（上编），宁夏人民出版社 1994 年版，第 37 页。
② 木斧：《乡思乡情乡恋》，四川民族出版社 1990 年版，第 23 页。
③ 木斧：《乡思乡情乡恋》，四川民族出版社 1990 年版，第 158 页。
④ 木斧：《乡思乡情乡恋》，四川民族出版社 1990 年版，第 2 页。

石彦伟等多首。①透过如诉的诗行，可以强烈感受到诗人对同胞那近乎偏执的亲近感："年龄把我们分开／亲情让我们合并／都是回回家／分什么长幼尊卑"（《天蓝蓝——给海青青》），"这城市众多的人都被忘怀了／世界上只有两个人在对话"（《说不完——给汪玉良》），"外人怎么也感觉不出／这是一弯特殊的月亮"（《月情——给姚欣则》），"那时的暗夜没有火把／我们共一个月亮"（《共一个月亮——给马瑞麟》）。木斧对母族的寻找毕竟是后知后觉，聚居经验的缺失使得他的族性书写有时流于浅表，但孤独的心境和围炉取暖的渴望，也使得他的呼唤有一种格外地动情，比如《歌——给寒歌子》这一首："你的面庞好熟好俊／在胼手胝足的乡亲中见过你／在古尔邦节日见过你／在梦中见过你／凡有松柏的土地上都有你"，是为心尖颤抖之声。

就连木斧诗歌中另一特殊体裁"戏诗"中，也可觅到回族的心情。如《马连良》一诗中，先提出"知道马连良的拿手戏吗？"这句设问，继而例举几部名作后，诗人自答："最好的戏是回回马连良／演回回海瑞罢官／可惜戏砸锅了／写海瑞的人走了／天涯海角找不回海瑞／舞台上再也看不见马连良"，袒露了木斧对民族性格的一种理解。

一只会飞的蚕

托物明志、借景抒情的哲理诗是木斧诗歌的另一种类型。《春蛾》《琴弦的歌》《豆腐》《栈道醉写》《过三峡》《长江》《刻印》《杯歌》《虎婆》等，都是这一类型中的佳作。《琴弦的歌》隐喻了一代知识分子的遭际与胸怀，不仅是木斧本人一生的写照，也是中国整整一代甚至两代革命知识分子命运的缩影。《春蛾》上阕平淡入手：

---

① 木斧：《给 200 位诗人的画像》，四川文艺出版社 2015 年版。

永远充满了旺盛的精力

在无穷无尽的岁月中

吐着无穷无尽的丝

后来，无忧无虑地睡了

下阕突兀一问，由平庸而入神奇：

你老了吗？不！

不过是休息了一会儿

一朝冲出网茧

看，一只会飞的蚕！

　　全诗托物言志，继承了中国诗歌的传统写法，发展了赋兴之比。明喻是比，暗喻也是比；象征是比，拟人也是比。通首是拟人，其中又套着隐喻、象征。末尾的惊呼："看，一只会飞的蚕！"更引人注目深思。木斧的哲理诗，于短小平淡的字里行间，注入思想的力度，使作品陡生新意，闪烁出哲理的光芒。

　　近几年来，我在为木斧编发新作和跟踪阅读中发现，老诗人表达生命感悟的诗多了起来，象征手法不再密集，更多则是深沉而富有况味的自白。以时近新作为例，"其实我早已没有锐气了／无法进入你们热闹的演讲大厅／我只能在家门口散步、遛弯"（《草根自语》），"88向我发出了警告：／快停下来，你这个蠢材！／可是时间还在不停地向前跑／我的缰绳要拉断了！"（《88之谜》）诗句所流露的是生命观的渐趋平和、精神内力的强韧与对文学信仰的愈加笃定。

结 语

如果要承认一个民族是有着文脉的，那么回族的文脉在哪里？就今天而论，回族集体中如果还有"五四"一代文学道路的传习，如果还有历史深处走来的耄耋宿将在以白首之心，宝刀未老地写着，我们为何不去重视他们的存在，不去捧起他们尽管可能已渐现消瘦的纸笔呢？这是我愿在喧哗之中，持续不已地倾听、评写老作家群体的发心。而木斧，正是这一群体中颇难写却又不得不写的一位。写成了，却是言犹未尽。

最后，我很想重温 2010 年"中国当代杰出民族诗人诗歌奖"揭晓的一幕：晓雪、阿尔泰、南永前、吉狄马加、娜夜等十位少数民族诗人获此殊荣，其中代表回族走上领奖台的，正是白发苍苍的木斧。那一刻，不仅是一位诗人在饱经风雨后的绽放。获奖词是这样评价他的：

> 在长达半个多世纪里，诗人笔耕不辍，他以火一样的激情与水一样的哲思，回溯并展望生命的历程。他的诗歌，是对过去的、正在经历的年代的形象记录，是一个诗人的心灵史实。

诚哉斯言。

2012 年 1 月初稿
2019 年 3 月 8 日改定

无边绿野，一条正路

——李佩伦创作与研究评略

新时期以降的回族文化史上，李佩伦显然是一个无法回避的存在。回族同辈乃至更晚一辈的文人群体中似乎再难找到这样的个案：以言创作，他是颇负盛名的散文家和剧作家；以言教学，他是中央民族大学教授、研究生导师，培育了众多各民族人才；以言研究，他专攻元代文学与戏剧理论，著述频出，是业界知名的文化学者；以言社会活动，他曾担任中国少数民族戏剧学会副会长，创办北京穆斯林文化学会，致力于民族文化进步事业。富有意味的现象是，李佩伦在宽广的民间拥有更为坚实的响应者。在各地回族社区行走调研中，无论北京牛街水房的白须老者、西宁东关卖茶叶的妇女，还是村舍土席的布衣农人，但凡请他们举出一二回族名士，李佩伦总是被提及最多的名字之一。

作为一个生于民国、成长于新中国、成熟于改革开放新时期的知识分子，李佩伦的生命经验总是与新旧时代的交叠、转革形影相照。这铸就了他的"矛盾"与统一：在他的身上，既有老北京胡同的平民底色，也有精神贵族的清高气质；他怀抱诗词戏曲，是传统文化的坚决捍卫者，却每每走在新文化的潮头，批评旧弊，引领革新。或许李佩伦的人生路迹，正是回族知识分子际遇的当代映射，而其精神来路可能更为深远。若要真正地认识、理解李佩伦，理应以知识分子的方式，回到创作，回到研究，还原一个作家、学者的真实质地。

散文与剧本：创作"双璧"

公允论之，李佩伦作为学者的分量更为显著，但在我看来，他首先是一位具有天然基因的作家。如果硬要在作家与学者之间进行交互性地比对，我只好说，李佩伦应该属于"作家型的学者"，而不大像是"学者型的作家"。

我意在强调的是李佩伦作为作家的纯粹性：尽管这一点确实是曾被长期忽略的。相较于木斧、高深、马知遥、冯福宽等同为上世纪 30 年代出生的回族作家，李佩伦作为文学家的出场更多偏重于文艺评论和戏剧研究，他好像也并未有足够的抱负要以作家一席自视，写作面貌更多呈现为一种闲云野鹤式的有感而发。他于 2005 年出版的第一部散文集《绿野雄风》尽管在民间颇有拥趸，却似乎并未引起主流文学界的充分注意，回族文学界亦较少从创作者角度对其进行观照。检索可见，至 2014 年《中国回族文学通史》问世前，已有的文学史、文学研究著作及作品选本，很少关切到李佩伦的创作。今已可知，这其实是一个多么巨大的罅漏。

新世纪以后，李佩伦作家身份的认同感逐步清晰。在同时代老作家多已封笔，或很少用力写作之时，李佩伦却如重获青春一般，找到了理想的书写状态，不但篇幅日增，笔力也一如既往保持着雄劲之势。2014 年，很早就加入了中国戏剧家协会、中国民间文艺家协会，已是文坛名将的李佩伦先生郑重提交申请，成为中国作家协会会员。这是他对自身作家身份一次具有仪式感的确认。2015 年，其第二部散文集《倔强的爱恋》被列入宁夏人民出版社"回族当代文学典藏丛书"出版，并由《文艺报》在北京召开研讨会。文坛发现，原来这位一向以学者形象示人的老先生，散文可以写得这么好。倘以作家论之，他的学者属性其实是完全可以忽略不计的。

有的作家少年成名，而晚年归于沉寂；有的则大器晚成，暮年雄起之际，便是笔大如椽；当然也有生前籍籍无名，而身后洛阳纸贵者，这也并不算稀见了。我想说，李佩伦作家身份的"正名"过程尽管迟来了一些，但这并不能遮蔽其作品质地的光芒。在回族乃至少数民族文学史上为李佩伦以散文为代表的文学创作实绩留出更为充分的席位，于今看来不仅是必要的，也是必然的。

李佩伦散文的精到突出地表现于语言功力的精深。这是由于作家深受传统文化滋育，养成了字字珠玑、波澜老成的文风。如《我的漓江》中写道："两岸彩屏回护。簇拥着，与水相依。相挽着，与江争恋。威严的山峦，失去了力度。已被柔情萦绕，柔情融透。"当暴风雨袭来，有如此描绘："乌云压向船头，有如硝烟迷漫。远噙雷电，近拥暴雨。雨线横斜，让山化为无数断片，让水顿改容颜……"这文字绝丽生辉，显示了民国文学的遗韵。旁人写漓江多流于温软，而李佩伦独出机杼，把"我的漓江"写出了"张扬的力"，于雨中"听到了激人昂首的浪吼涛鸣"，实则正是个体遭逢厄运时的生命姿态。

这一类吟咏山水、市井、咏物的美文还有：《忆城南》《情迷西子湖》《柳州小记》《恒山漫话》《我爱北京天安门》《红叶串连的思絮》等。亦是由于操翰成章的功底，李佩伦曾为《妈祖》《走进北戴河》《抹不掉的记忆》等电视专题片所撰的解说稿，多可作美文赏读。不过在我看来，独具文学史意义的一些篇章，应数一系列回族题材散文，体现了浓酽的民族情怀、炽烈的正义追求、知识分子的开阔眼光与批判精神。

另如《清真寺随想》《斋月随想》等短章，竟有读者自发地油印成册，推着手推车分赠于众，足见其作在民间影响之巨。

李佩伦的回族散文很少囿于民族习俗的描绘，而是深入肌理，力求写出一个民族内在的精魂。他对母族自幼习得而经年濡养的深沉感受，被提纯为知性哲思，汇聚成具有"族魂"意义的表达。"一切离开了绿，一切终将成为徒具华丽的僵死的形式。绿，是有形的存在。其实，她更是一切生命的魂。"（《绿魂》）这是作家以回族的审美维度，对绿色的精神所指进行开解。"真正的穆斯林必定是钟情于绿、崇仰着绿、护卫着绿、播撒着绿。在绿中净化，在绿中自审，在绿中升华，在与绿的感悟交流中，不断摆脱纯物欲的桎梏，清除人性劣质的积淀，去建构更完美的人格，高扬生命中的真纯。"（《绿色的沉思》）作家则将绿色的美学本质与回族文化心理进行了"互构"，显示了民族文化的自觉。

散文《倔强的爱恋》中，李佩伦以诗性的抒情笔调和史家的深邃凝视，将回回民族的历史进行了一次状描："七百余年，回回民族在历史的夹缝中，滴着血走过了最坎坷的路，履深渊，踏薄冰，却永远高昂着头颅，从未忘却自己圣洁的信念，最终的归属。无论海隅山陬，哪怕一间茅屋，两户人家，胸无点墨，他们却有着宽阔的心地，哲人的目光，容纳着天地，观照着有，透视着无。"文末，作家囤积胸膛中的浓情喷薄而出：

> 你拥有一颗不为利诱，不为势迁的回回心，这民族魂便活生生地在你的胸膛里。我爱！我爱——一颗颗真正的回回心凝结成的民族魂！她，深嵌在伟大祖国的心脏中。

《天堂在母亲脚下》叙写了母亲坚韧、负重、博爱的一生，以及对作者的信仰启蒙与人生教益。尾声处，送别慈母，更将伦理亲情扩展为天地间最崇高的敬畏，赋予文字以强悍的张力："无边绿野，一条正路。我走着，和无数的兄弟们远望着无数母亲的身影，一齐挽臂而行。雄风浩荡，伴着我们。我们就是绿野上的雄风。"读其文犹见其人，真可谓"情不知所起，一往而深，生者可以死，死可以生"。对母族丹心一片，为同胞立言作传：这便是李佩伦散文魅力之持久、之深远、之得民心的缘故所在。

李佩伦的代表性剧作有：电视剧剧本《京剧大师马连良》、京剧剧本《马连良出关》等。前者写辛亥革命后半余世纪的复杂历史图景中，马连良坚守高台教化的使命，推动京剧走向大众化的筚路人生。剧作亮点在于表现了主人公的回族文化人格，是回族题材剧作摆脱窠臼走向开阔的可贵尝试。地道的"京味"语言也使剧本生色。有鉴于此，2013 年该作在第二届"全国少数民族题材影视文学剧本遴选"中被评为"优秀剧本奖"，并由《文艺报》主办了研讨会。

拓荒者：元代文学及戏剧研究

任教于中央民族大学的十余年，是李佩伦学术生涯的黄金时代。在古代文学的讲授中，他偏爱元代，曾任该校元代文学研究所所长、北京元代文学研究会秘书长。1983 年，《全元诗》由国务院古籍整理办公室确定为国家重点项目，由翁独健先生任主编，路俊岭、贾敬颜、李佩伦任副主编。翁老和贾老相继去世，由路先生接任主编，李先生任常务副主编，具体主持项目。十数年之久，收录诗人三千余位，超过《全唐诗》；诗歌总数近五万首，与《全唐诗》总数相近，填补了中国文学研究的空白。①遗憾的是，该项目绝大部分已告完成，却未能最终付梓问世。

李佩伦的研究专长并非承袭旧知，而在拓造植新。例如对元代回族文人孟昉、元代盲诗人侯克中的论文，都是学界先前有所忽略的。最应引起注视的是 1993 年由李佩伦校注的《永和本萨天锡逸诗》一书的出版。先前的萨都剌诗集有明萨琦刻六卷本《雁门集》、明张习刻八卷本《雁门集》等多种版本，但李佩伦偶然发现，有一部日本民友社刊本《永和本萨天锡逸诗》，"印行不过五百部，国内亦为罕见，却是《雁门集》之外的重要版本。可惜至今尚未引起人们足够注意。"②遂展开研究。近年有学者对新中国成立以来的萨都剌研究做过综述，可知版本研究相较生平、族属、作品研究，尤显冷僻，最早见于上世纪 80 年代的论文仅一篇，而 90 年代关于新发现的日本所藏永和本的论文仅三篇，李佩伦即占二篇。③尽管该版本在此后研究中尚存争议，但不可否认的是，在新世纪以前数十年来萨都剌诗集版本研究领域，李佩伦是屈指可数的权威。

戏剧是元代文学的脊骨，李佩伦由元代文学而炽情于戏剧，特别是少数民族戏剧研究，有着逻辑上的暗合。他仿佛就是为戏剧而生，与之相遇的一刻，身负的文化经脉就被瞬间打通了。1995 年，国家民委在贵阳召开了一次"全国少数民族戏剧发展战略研讨会"，李佩伦结合先前对西北地区少数民族剧种的考察体会，做万字发言。次年，中央民族大学成立民族戏剧研究中心，李佩伦担当主任。此外，他也兼任中国少数民族戏剧学会副会长、秘书长，配合李超、胡可两任会长致力于民族戏剧振兴；曾出任多届由文化部、国家民委、中国剧协主办的全国少数民

---

① 宏文：《倔强的爱恋——记回族学者李佩伦教授》，《民族团结》1997 年第 6 期。
② 李佩伦：《论〈永和本萨天锡逸诗〉》，《中央民族学院学报》1992 年第 4 期。
③ 刘嘉伟：《萨都剌研究综述（1949—2015）》，《大连民族大学学报》2016 年第 6 期。

族题材戏剧创作"孔雀杯"评委，多次担任中央电视台戏曲频道京剧赛事评委。

李佩伦的戏剧评论主要收录于《胡笳吟》一书，许多论述是当代少数民族戏剧理论首开新风的重要文献。关于历史题材戏剧中如何正确描写我国少数民族，如何在历史与现实的结合点上艺术地阐释汉族与少数民族之间关系等问题，李佩伦深入分析了我国历史上的民族关系，提出"民族题材历史剧的剧作家，应该以科学的历史观、正确的民族观、进步的审美观三者统一为前提"的要求。在这一主脑的统领下，李佩伦也颇有针对性地思索民族题材戏剧创作如何进一步提高的问题，认为要努力突出不同民族"独特的心理，独特的性格，独特的民族魂"。由于李佩伦熟悉舞台艺术，精通"场上"，他的戏剧评论衷梨并剪，切中要害，被行内称为"懂得戏剧三昧"的评论家。有鉴于李佩伦长年躬耕戏剧研究的卓著贡献，中国戏曲表演学会为其授予"终身成就奖"。

文化救族：回族研究与社会活动

在宏观把握戏剧经脉的同时，李佩伦也较早地对回族戏剧问题进行了探索，所撰《论回族与戏剧——我的追思，我的期待》和《回族与戏剧文化》等论文，可视为回族戏剧理论的奠基之作。论者以历史发展的眼光、详实严谨的论据和中肯殷切的批评精神，率性地指出"希望回族摆脱自恋心理，打开封闭状态，不拒绝、不排斥一切进步的文化，广泛消融，为我所用，建立起更为复杂的多元结构的回族文化体系"，在局部地区一些回族人面对戏剧等艺术形态尚存观望态度的情况下，他的论说不乏启发性。

由于评介文字的缺位，许多戏剧家的回族属性及人生故事难为周知。李佩伦好像深知自己肩负的使命，本能地对马连良、侯喜瑞、雪艳琴、马增寿、马最良、马泰、何凤仪等回族戏剧名家撰写评论或评传。他将马连良、侯喜瑞、雪艳琴评价为"回族梨园三杰"，这一提法不仅于回族界成为共识，也在梨园行渐成影响。对于"四大须生"之首的马连良先生，李佩伦最是情有独钟，于多篇文章中表达了独到见解："马派艺术并非只是唱腔独具风韵，应是马连良的技、艺及美学追求的综合体现"①，"倘以为马派艺术只是京剧生行的一个流派，无视于她已跨越行当，跨越剧种的广泛的指导作用、借鉴意义，是对马派艺术价值的低估"②，将马连良研究推向更开阔的学术视野。

李佩伦关注的回族问题具有诸多面向，但多集中于文化二字。在1991年《回族研究》创刊号上，李佩伦以显著条目发表了《回族文化的反思》一文，历史地、多维度地阐释了回族文化的厚重内涵，指出："面对新的历史潮流，新的文化趋向，我们回回民族没有深刻的全民性的反思，依然保持着旧的文化观念，看守着旧的文化模式，回族文化振兴将是无望的。""在中华民族新的舞台上，回回民族应该演出自己的喜剧。"90年代以来，李佩伦提出的一些学说已成发人深省的警句，如"以教门救心，以文化救族。教门不兴，心死；文化不昌，族亡"，又如"清则排浊，真必拒伪"等，在回族民间广为传播。

身为作家的李佩伦，当然也将回族文学评论视为重要一翼。新时期以来，他较早地为沙蕾、薛恩厚、李超、姚欣则、马瑞麟、赵之洵、杨峰、于秀兰等回族作家写评，热情鼓励他们"以如椽彩笔写出坦荡、执

---

① 李佩伦：《巨擘疏凿，独树一帜——马连良先生百岁冥祭》，《中国戏剧》2001年第6期。
② 李佩伦：《独开妙境饶新变，百炼功纯尚自然——纪念马连良先生95岁诞辰的断想》，《中国京剧》1996年第3期。

著、炽热、纯朴的民族魂"①。在为杨峰散文集《托克马克之恋》所作序评中，他提出文化散文"应当力求切入到历史的冲突中，写出民族与文化互动中的离合，相依中的消长。在对历史命运的观照中，却表现发自自我，又不仅属于自我的悲的慨叹、喜的欢歌和希望疗救的呐喊"。在《穆斯林名家名作选》一书序文中，他强调了回族文化"话语"的重要性："历史在话语中复活，未来在话语中孕育"，呼吁写作者"要把为民族立言不歇的劲唱，渐渐成为不可排拒的强音"。

李佩伦的评论多以序跋形式问世，所涉领域不唯文学、戏剧，亦有宗教、历法、音乐、书画、谱牒、史学等。陈言务去，独抒己见，勇于针砭时风文弊。"李序"现象的生成，体现了回族知识界对李佩伦为人作文的认可，也是李佩伦平民本色的流露。

"文化救族"学说不仅流于口头、笔头，也躬行于社会实践。1988年，在北京市委宣传部批准下，北京穆斯林文化学会在人民大会堂举行成立大会。创办者李佩伦约请丁峤、李德伦、王苹、马三立、李超、李默然等文艺界回族知名人士担任领导，开展多次义演、义诊、书画展等公益活动，产生良好社会效益。尽管学会至上世纪80年代末不再开展活动，只留下短暂的历史记忆，却是改革开放以来回族文化进步事业中灼灼闪光的一页。

结　语

回顾回族文化启蒙、求索、碰壁、振兴的风雨百年，无数先行者与后继者为民族事业宵衣旰食，困知勉行。有的专攻学术，有的力倡教育，有的发展实业，有的献身公益，俱值得尊敬。然而理念明晰、立场

---

① 于秀兰：《芳草落英·序》，宁夏人民出版社 1993 年版。

坚定、全力以赴只为"文化"二字鼓与呼并成大器者，实属寥矣。若以
我辈观之，上世纪三四十年代回族新文化运动高潮之际，第一个明确提
倡"研究回教文化"的马宗融，当为首席先驱。然而，内忧外患的时代
决定了马宗融关乎文艺启蒙的振臂一呼，只能是一个民族仰望星空的理
想，面对他所抛出的繁荣回教戏剧、电影、歌咏、绘画等艺术门类的倡
导[①]，近八十载将过，今人扪心自检，改观究竟几何？

　　基于如是忧思，再观新时期以来回族文艺发展史，更易识别李佩
伦在这一时段独当一面、难以替代的美功。与前辈马宗融一样，李佩伦
首先是一位资质不俗的作家，然而，二先生共同的取道却是牺牲一己挚
爱，投身于更为寂寞却是更为时代所迫需的文艺研究、教学和社会活动
事业之中去。从马宗融"回教文艺"之倡导，到李佩伦"文化救族"之
学说，时光相隔逾半世纪，他们所不遗余力啼血呼唤的唯有"文化"二
字！可否容我这样理解：李佩伦的文化路向正是在潜移默化中承继了马
宗融开创的精神道统，亦是改革开放新时期对"五四"启蒙精神的致敬
和应答。

2018 年 7 月 3 日

---

① 马宗融:《对〈国家至上〉演出后的希望》,《新蜀报·蜀道》1940 年 4 月 7 日。

铮铮铁骨，长子情怀

——高深创作论

当我想为高深先生寻找一种总结性的描述时，最先跳出脑际的一词就是："长子情怀"。这一表述，已被提炼为辽宁精神的代表而渐为广播，其逻辑依据在于，被誉为"共和国长子"的辽宁作为新中国最早的老工业基地所体现出来的家国担当。言及文化领域，这种表述同样是适用的，在成长于东北大地、出身于工人作家的辽宁籍已故老作家高深身上，"长子情怀"恰是一代知识分子精神气质的提纯。

在新中国培养起来的那一代作家中，高深是当然的先行者。他1949年就开始了写作，其文学成长与共和国的成长几乎是同步的。如此，他八十二年的人生年谱上也就与生俱来地了熔铸着一份"长子"的烙印：无论"十七年"时期、改革开放新时期，还是新世纪、新时代，高深的作品在各个历史阶段都曾留下闪耀的光芒，能扛道义之重，总引风气之先。无论身处哪一时空，他的身上总带着军人和工人阶级的铮铮铁骨，捍卫了知识分子自尊自重、不谄媚趋势的荣誉。他毕生以真挚的正义感、浓烈的抒情气质和基因般的代言感，为脚下的土地、底层的人民留言立传，也为深爱无比的母族复沓歌吟。

在先生远去之后，或许可以更清醒地定义一位作家的重量：高深不

单是新中国成长起来的最有代表性和影响力的回族作家之一，更是中国
文坛上一位德尊望重、使人尊敬的师表。

黑土地，黄土地

高深，原名高世森，经名阿布杜勒拉黑穆，曾用笔名竹人、莫测、
石渗、检验、沙木等，祖籍辽宁岫岩，1935 年 4 月 19 日出生于辽宁营
口一个回族工人家庭，长在沈阳、牡丹江等地。父亲当过电邮差、瓦
工、煤矿工人、码头工人，解放前投身于革命。由于家庭贫寒，高深幼
年只读过两年小学，也曾在清真寺学习过阿文。1946 年 6 月，十一岁的
他即随父参加了东北民主联军回民支队。三年解放战争期间，作为一个
为兵服务的宣传员，他随部队转战东北三省，1949 年初入关，经华北、
中原而南下，直达两湖、两广。在洞庭湖畔，他用狂欢的红绸舞跟战士
们一起欢庆了新中国的诞生。在革命部队这个大学校里，他凭着半本破
旧的《水浒》学识字，用一年时间学会了常用字，也在幼稚的心灵里布
下了文学的种子。

1951 年，高深转业到沈阳机床三厂做学徒工，后从事工会宣传工
作。1952 年开始文学创作，受到马加、蔡天心、江帆、井岩盾等前辈的
指导。早期代表作如诗歌《海兰江，你是革命的摇篮》《布尔哈通河畔》
《弯曲的嘎呀河呀》《铁鹰》，小说《向明天前进》，散文《诗歌朗诵会》，
相声《技术革新》《名利图》等，分获各类省市级创作奖，这是高深创
作的第一个高潮。1955 年加入中国作家协会沈阳分会，1956 年出席第一
次全国青年文学创作者会议，会后同铁依甫江、克里木·霍加、饶阶巴
桑等少数民族诗人一起参观学访，开阔了艺术视野，成为诗歌写作的一
个转折点。

1957 年，高深因六首讽刺诗被错划成"右派分子"，1960 年调宁夏回族自治区宁夏日报社工作。此期间仍坚持文学创作，以多个化名，甚至用朋友的名字在《北方》《新港》《宁夏文艺》等刊物发表诗歌，代表作如《伏在云端的岩石上》《忠实的朋友》《羊皮筏飞在黄河上》《听贫农黑苦根诉苦》等，但数量很有限。1978 年错案改正，先后担任宁夏文联副秘书长、《朔方》杂志主编、宁夏作协副主席。1979 年下半年重新动笔，开始在《鸭绿江》《北京文艺》《芒种》《民族团结》《新疆文艺》《雨花》《青海湖》等报刊发表诗歌、小说和杂文，创作进入了第二个高潮。1980 年加入中国作家协会。1981 年参加中国作协文学讲习所第六期的学习。讲习所的毕业证，是他"此生中唯一的学历证书"①。

1987 年调回辽宁，先后担任中共锦州市义县县委副书记，锦州市文联主席、党组书记，中共锦州市委宣传部副部长，《锦州日报》总编，锦州市政协副主席，《辽西经济报》名誉总编辑，锦州市文联名誉主席等。1998 年 5 月离休后，曾居北京，受邀在鲁迅文学院从事教学管理工作。暮年回到锦州。2017 年 12 月 13 日参加文学会议期间在沈阳病逝，享年八十二岁。

高深从事文学创作六十五年，共出版作品十八部，主要有诗集《路漫漫》《小哥俩》《大西北放歌》《大漠之恋》《苦歌》《寻找自己》《高深诗选》《那片轻轻的草地》，中短篇小说集《军魂》，长篇小说《关门弟子》，散文集《那片淡淡的白云》等。另主编《文学的日子——我与鲁迅文学院》《梁衡散文研究》，与人合编《中国少数民族儿童小说选》等。诗歌、小说作品曾获第一、二、四、六届全国少数民族文学创作"骏马奖"，被译成英、德、捷、阿、乌、朝等文介绍到国外。先后担任

---

① 高深：《鲁院的学历不算数》，《文学的日子——我与鲁迅文学院》，鲁迅文学院 2000 年编辑出版，第 405 页。

中国作协第四、五、六、七、八、九届理事，全国委员会委员、名誉委员，中国少数民族作家学会副会长、顾问，辽宁省作协顾问，《民族文学》杂志编委。文学创作一级。1991 年始享受国务院颁发的专家津贴。

由于文学之故，高深这位身材魁梧的东北汉子在宁夏黄土地上度过了二十八年的难忘岁月，历经辗转，最终又回到辽宁黑土地。这两块土地，成为他创作的主要源泉；对于两块土地上人民的热爱，也构成了他文学创作的永恒主题。

"诗人，必须为人民而歌唱"

高深的文学创作涉足多种体裁，但本质上的高深是一名诗人。诗人雷抒雁曾用"献身于诗"四字评价高深，"自从上个世纪五十年代至今，他把诗当作了自己生命里最重要的一部分。诗，是吸引他昂扬向上时的阳光，是鼓舞他不曾沉沦的浮舟，是救助他心灵的良药，也是他生命价值里最华彩的一段乐章"[①]。是为知音语。

"黑土地"，是高深的一首诗的名字，却宿命地隐喻了高深诗歌创作的根本思想和价值立场："土地"在文学中的象征意义总是指向民众、底层；黑色容易让人产生低贱、贫苦甚至脏污的想象。是的，高深的诗歌，无论是出自诗人的自觉选择，还是受某种潜在气质的被动驱使，总是迷恋于一个主题而吟唱不已：人民。在《高深诗选》的"后记"中，高深引用了裴多菲的话："诗人，必须为人民而歌唱。"高深对于这一思想的理解是深刻的："我们从不会只哼一己的苦恼与欢乐／也不曾凭着个人的脉搏歌唱或沉默／否则人民要说：民族不需要这样的歌者／生

---

① 雷抒雁：《旗帜上的风——读高深的诗》，《高深诗选》，作家出版社 2003 年版，第 1 页。

活、才华、灵感，都将对诗人吝啬"（《致诗人》）。不仅诗和诗人，一切文学的表达，若不能与时代、与人民实现结合，发生共鸣，而一味耽于哼唱一己的悲喜，无疑是可鄙的，也是短命的。

考察高深的主要诗歌作品，单单从这样一连串的诗名就能够窥见端倪：《筏子工的深情》《一个牧羊人的爱情》《船工归来》《给一位老羊工》《写在一个纺织女工的婚礼上》《三峡纤夫》《看自行车的老人》……以诗，叙写遍布于大地各个角落里那些生于卑微、活在辛酸中的人们，刻画他们的生态，反映他们的悲喜，传递他们的心声——对于高深的诗歌，似乎是一种下意识的创作趋向。"闯过了千涛万浪的筏子工／衰老了像岸边的一棵老柳树／像黄昏中坠落的疲倦的夕阳／在无情的暴风雪中倒下了"（《筏子工的深情》）；"他十一岁就开始跟羊群打交道／少年时就同孤独结下缘分／他很少讲话沉默得像一块石头／他没有笑过眼角像鞭子一样冷峻"（《一个牧羊人的爱情》）；"船工给女人讲峡口上的恶风险浪／女人的眉间掠过一缕／担心／惊恐／欣慰／种种难以表达的复杂的感情／她扭过脸去悄悄地抹掉两颗泪珠"（《船工归来》）……劳作的艰辛，人生的无望，命运的悲苦，这一切，都经由诗的语言凝结成一种亘古的生态。

必须强调更深刻也更真实的另一面：若是诗人从底层大众那里获取的仅仅是悲苦凄惨，那无疑是浅薄的。艰难劳苦确实是底层民众的真实形象，但仅仅是表象而非精神内里，至少绝不是精神内里的全部。诗人进入到底层世界，获得的艺术享受和精神馈赠并非苦难，而是另一些质素：坚韧，顽强地求生，向命运和自然的抗争，以及珍惜每一个值得"欣慰"的细节，"粗狂的欢乐"，永远不熄灭希望，还有朴实真诚……这些，才是底层的大美，才是人民的精神真实，也才是值得诗人热爱并为之歌咏的："她不是永远微笑着的菩萨／也不是永远横眉冷对的恶神／给急难困苦一百分的爱一百分的同情／烧火棍却经常敲打可耻的花心"（《女店主和她的黄泥小屋》）；"草原兴衰决定着这一群人的命运／于是男人埋葬了悲哀／于是女人擦去了泪痕／迎着风暴迎着风暴的贪婪／鄙视微薄小利的无耻的诱引／像喝下烈性酒似的喝下风暴／一颗颗绿色精灵伴着汗水在耕耘"（《大漠草原上的男人和女人》）。《筏子工的深情》一诗则更成功地展示了一种与自然搏斗、与命运抗争的斗争之美：

> 他是惊涛骇浪养育成人的／那裂岸的浪涛给过他拼搏的享
> 受／欢腾愤悲壮阔的大河／给他的痛苦也带着甜味
> ……
>
> 他微笑着倾听黄河娓娓动人的诉说／脸部的皱纹舒展开像
> 六月的花朵／在音乐声中在黄河的波涛声中／老人渐渐地闭上
> 一双善良的眼睛／嘴角挂着一缕幸福的满足／他走了竟没有流
> 露一丝的痛苦
> ……

无论思想性还是艺术性，这无疑是一首诗中上品。其中所蕴涵的人生哲思，直逼生命的真界，解读出来其实朴素：奋斗抗争，不仅证明着生命存在的价值，进而侵浸成生命的至高享受——而这正是存在于人民之中的精神大美。高深在另一首诗中，以一句神来之笔精确地概括了底层人民的生态：半是冰雪半是鲜花的草原（《给一位老羊工》），确有一语涵盖生活表象和精神内核之功。不能不说，不单单是作家诗人，能够享受人民的大美和底层温暖的知识分子并不多——它其实是一种能力，彰显的是诗人自身的生命底蕴和对美的享受能力。

高深诗歌中对人民立场的热爱也相应地表现为对官僚主义的反对。

在其创作中，讽喻诗占了很大比例，正如诗人自言："我对官僚主义、形式主义、损民肥己等深恶痛绝，抨击这些丑恶是我诗歌写作的永恒主题。"[①]无论是法律的堕落、官场的腐败、人性的溃烂，还是文坛的丑陋，诗人"一个也不放过"，嬉笑怒骂，始终保持着凌厉的批判锋芒。这就是为什么有人会说，高深的诗是"循着中国诗人的忧国忧民的优良传统前进的"[②]。

能够全面概括高深创作思想和价值选择的，是他的诗歌《一个诗人的自白》：

> 我的命运不只属于自己 / 我和民族共享荣辱 / 我和父母一起呼吸 / 没有命运以外的权益 / 没有离开群体的独立 / 这一生中我的吟诵歌唱 / 都是母亲唱过的摇篮曲 / 我不是我自己 / 我就是我自己
>
> ……
>
> 我的诗是一株树 / 只有站立时才活着 / 树干长着许多眼睛 / 树枝举着许多旗帜
>
> ……

这是一个诗人面对慈母般的人民、面对严父般的民族的真情告白，这是一个诗人对自我操守的道德规约。"我不是我自己，我就是我自己"！——当诗人写下这样的句子的时刻，当诗人发出："生与死转化成恩爱 / 猎人与猎物结成夫妇 / 这美丽动人的传说 / 美化了弱者的屈服？"（《鹿回头》）这样的诘问的时刻，是否意识到自己的血脉里，有某种前

---

① 高深：《高深诗选·后记》，作家出版社 2003 年版，第 387 页。
② 胡昭：《冷峻与欣悦——读高深的诗集〈寻找自己〉》，《文艺报》1999 年 4 月 5 日。

定的火正在燃烧?

"关于我的民族"

高深生为回回,自然对这个民族多一份天然的感情,他的诗歌作品中也有相当部分是以"回族"为题材的。如《关于我的民族》《我默立在海瑞墓前》《唱"花儿"的女人》《回族妇女》《老水泥匠的梦》《那片青青的草坪》《题马骏墓》等。但高深回族题材诗歌中所表现出来的,并不是盲目地赞美和颂歌,而是充满了冷峻的反思和历史的追问——这是一个思考者应有的品质,也是真正热爱的体现。因此有论者说:"高深的诗是饱含现代意识的民族诗。"①

作为成长于散居地区的回族知识分子,精神"无根"的焦虑、文化归属的渴求以及人性中固有的"自恋"意识,加上"距离产生美"的审美规律,更可能导致他对异乡母族的想象是一种盲目的臆想,而非真切的理性认识。但高深并非这样。这或许与他青年时代阴差阳错进入回族聚居区,并长期生活的经历有关。从他的诗歌作品中观察,高深对于回族的认识是深刻的,对于母亲民族的感情是丰富的。如,在影响深广的代表作《关于我的民族》中,诗人用诗的神奇语言,设计了一个跨越历史时空的场景:"在那崎岖的两山之间的 / 狭窄的小路上 / 行走着我的先辈 / 在那海洋般的沙漠深处 / 在那干涸的河岸 / 和那不毛的巉岩之间 / 行走着 / 我疲倦的长着络腮胡的弟兄 / 行走着行走着 / 仿佛人生就是一场无穷尽的跋涉 / 不是含笑着到达终点 / 就是含泪于中途丧生"……寥寥数行,将回回民族千百年生存处境的逼仄准确地勾勒出来;"行走着","行走着行走着",反复的咏叹,营造出一种比悲壮更悲壮

---

① 蒲惠民:《当代少数民族诗人论》,四川民族出版社 1996 年版,第 89 页。

些、比孤单更孤单些的感觉。缺乏对回回民族历史、现实的入骨了解和深刻把握，没有娴熟驾驭诗意的本领，无论如何是难以做到这一点的。

但诗人并不止于准确刻画一个母族的形象，他思考的脚步继续向纵深求索。在罗列了种种"恶意的和善意的说法"之后，诗人骄傲地宣言："但有一点谁也无法推翻／我的民族有虔诚的信仰"，究竟是什么呢？"和平善良自由平静的心态"和"友爱互助的传统"——这才是信仰的真谛，这才应该是回回民族精神的本质。那么，诗人对伊斯兰教本质精神的理解是什么？诗人的回答铿然有声："真理和正义"！——这就是前文为什么说他的思考是深刻的。

高深对于母族的丰富感情也体现在《老水泥匠的梦》《那片青青的草坪》等诗作的字里行间，他对于母族的深沉感情是毋庸置疑的。只是这一份爱的表达形态，不仅仅是一个诗人燃烧的激情，也有一个哲人冷静的沉思。

《我默立在海瑞墓前》也是高深回族题材诗歌作品中的代表作：

> 不是因为你是回回／我才对你特别敬爱／因为你给回回民族／留下了为官的清白
>
> ……
>
> 我千里迢迢跨过南海／不是只为了一次默哀／要向回回民族的历史／借鉴一些做人的正派

这首短诗所代表的思想高度，是令人惊异的。它见证了诗人思想已经完全超越了狭隘的民族主义，回到了精神求索的本质：首先是做人，而不是首先"做回族人"，并深刻地揭示了回族对中华民族优秀精神遗产的贡献。这首诗，还将在未来的历史中，见证一个回族儿子所代表的、回族的认识水平。

军人魂

诗歌之外,高深的小说创作也成绩颇丰。他早期的小说作品有《土地啊、土地》《清真寺落成的时候》《油画大师的归来》等。其中,短篇小说《清真寺落成的时候》较有代表性,这部小说通过回汉两个青年在十年动乱中受了历史的嘲弄,曾以最狂热的"革命"热情,带头拆了村里的清真寺,但后来随着"盲目信仰的崩溃,受骗上当的痛苦",又使他俩中的那个汉族姑娘变成了虔诚的宗教徒,并因受到严重的身心伤害而过早地离开人世的悲愤故事,深沉地回顾了民族历史上那屈辱黑暗的一页,深刻地揭示了"生活终究是公正的"这一哲理。

高深的小说代表作是中篇小说《军魂》,曾获第二届全国少数民族文学创作奖。作品热情地讴歌了对越自卫还击战中少数民族的英雄形象,突破了一般军事题材作品的模式,写英雄的成长,表现革命军人高尚的思想境界和革命英雄主义的精神,却从一般人不敢涉足的人民解放军战士的误杀和自杀入手,通过先抑后扬的艺术表现手法展开情节,从一个鲜为人知的角度,更真实、深入、立体地表现了人民军队的军营生活。作品成功塑造出了巴桑连长这个具有鲜明个性的革命战士形象。他粗莽而正直,身上既流淌着藏族人民纯真、刚烈的血液,又具有着军人剽悍、勇敢的气质。误杀石林之后,出于一个藏族人的良心,他认为:"如果你的兄弟已经倒在血泊中了,那你还有什么人间荣耀值得留恋",从而选择了自杀的道路。在这个时候,对他来说,死,是轻松的,活,却是一种痛苦。可是,军人的天职,革命战士的责任,却要求他必须活着。尽管,活,比死还要付出更大的勇气,但他终于驱除了自己内心的阴影，克服了精神上的懦弱，从而使自己的思想升华到了一个新的境界。在他的身上，体现着真正的"军人魂"，这就是：军人最大的勇敢不在于不怕死，而在于改正自己错误的勇气。

作为一位诗人，高深在这部作品中倾注了诗的激情，在创作手法上借用了诗的技巧。这不仅体现在作品中主要人物的塑造上，特别是体现在人物心理情绪的诗化描写上，也体现在作品中那凝练深刻、形象优美的诗一般的语言上，亦表现在作品中的环境的描绘、气氛的渲染和散文般的意境上，再加上作品中洋溢着的革命英雄主义精神，使全篇悲壮而不哀恸，深沉而不压抑，昂扬而不消极，具有一种悲壮激昂的高格调的美。

以笔战斗

散文、杂文亦是高深创作中不可忽视的要域。作为驰骋诗坛数十年的诗人，从年轻时候就以忧国忧民、关注民生、愤世嫉俗、干预生活著称的高深，满含对于祖国和人民的真挚情感，以及对大自然和土地的依恋，以极富诗情画意的文字描述纵横捭阖，说古论今，追忆往事，充分表现了一位具有强烈的时代责任感的老知识分子跻身当代、关注苍生的人生追求。

高深的散文代表作有：《那片淡淡的白云》《三峡纤夫》《西海固的后代》《我的几位维族朋友》《她不是大西北的女人》《童年在关东》等。其中，《西海固的后代》以短短三千字的篇幅，不仅勾勒了马六十、哈麦得、马哈麦三代回族人的生动形象，而且深刻挖掘并展示了人物的精神境界，以及宁夏西海固地区三十年间大跨度的变化，有着版画般的立体质感。在作家笔下，"沉默得像一座黄土山"的马六十，曾有一个天真的愿望，想用存在瓦罐里的零碎钱，亲手给上岭村的孩子们盖两间教室，办一所村学。只可惜"真主没给他足够的时间"，便撒手人寰了。马六十去世后，乡亲们想在他的坟前为他竖碑，却苦于村里无人识字，只好为他竖了一块无字碑。马六十的终生遗憾，感动也激发了乡亲们集资办学的热情，终于建起了第一座小学，发誓要让后代成为识文断字的穆民。上世纪80年代，目不识丁的哈麦得让老人服错了药，差点丧命，从而认识到"没有文化比黑夜更黑暗"，发誓要让孩子们"跟上太阳的脚步，走出愚昧的阴影"。到了新世纪初，西海固的女儿马哈麦考上北京的大学了。村里的欢呼声就像"伏天伴着雨声的一个炸雷，响遍山前山后"。高深满怀深情地关注西海固的三代人，生动刻画了他们渴望用知识和智慧改变贫困面貌的坚定志向，和西海固人民划时代的觉醒，是一首足以撼动读者心灵的时代之歌。

高深的杂文多收在《高深杂文随笔选》《庸人好活》《不读才子书》等集子中。其作思维机智，语言辛辣，显示了作者对世间百态的深刻洞察力，和对荒谬丑陋的尖锐批判性。梁衡认为高深"是继承了鲁迅杂文传统，自觉以笔战斗来匡正世风的"，"他是一个有个性有社会责任的人"①。杂文写作使他挣脱了诗歌的形式束缚，针砭时弊直抒胸臆，嬉笑怒骂皆成文章。其思想价值尚有待于历史的沉淀。

结　语

综观高深文学创作，无论成就最高的诗歌，还是小说、散文，都以强烈的平民意识来观照生活，以深情的笔触宣扬底层群众的道德品性和

---

① 梁衡：《生命化作一本书》，《高深杂文随笔选》，江苏文艺出版社2000年版，第2页。

精神诉求，体现了鲜明的思想深度。回顾他生活和创作的一生，为了改变阶级和民族的命运，他奉献了战火中的童年和青春；为了理想、信念和忠诚，他长年扎根在困厄的泥泞中，即使命运巨变依然不改初衷。他的创作道路与新中国前进道路紧紧地联系在一起，是一位人民的歌者、时代的长子。

2012 年 1 月初稿

2018 年 11 月 23 日改定

文学需要负重的举意

——评元康长篇小说《回族人家》

在我的阅读视野中，元康以及他的心血之作《回族人家》，是近年来以民间的微弱姿态释放了较多文学动能的一例。职业评论家对此似乎鲜有兴致，而越来越多的民众喜欢在争抢式的传阅后、在上寺归来的途中、在网络下载的屏幕前，讨论它，推荐它。也有读者自发地为该书举办了发行一周年庆祝会，交换了该书在读者中一年来受到的好评与呼声，尽管会场简陋，民众却欣慰自足，拍手称快。与先前有的回族文学作品虽在文学界获得广泛声誉，但在民间读者中争议连连、受到冷遇的情况相比，《回族人家》的现象不能不触发我的深思。

是否可以这样理解：《回族人家》虽低调定位在普通的族群平台之上，却透过民族的面纱，触碰信仰的真魂，字里行间尽显作者对回回民族的情怀之重、忧思之深、信仰之坚。正是背后沉潜的负重举意，使作品具备了文学意义之外的一种硬度和厚度。至此，一个相对清明的观点已经浮现出来：负重的举意，是考量文学的肌腱所在。回族作家是否背负精神重担，是否怀有文化复兴的自省意识，是否有批判的胆识与气力，直接决定作品的内在向度，决定着它与民众心灵之间契合的精密程度。

《回族人家》不是一部歌功颂德、趋优避劣的小说。它不为任何一个人物戴高帽，而是努力挖掘人物性格的多元矛盾，用批判的眼光拷问民族性。姑且不谈负指向鲜明的族内败类米绍隶、米佩京、麻石林、麻小槐和恶棍庞鸿飞、兰海心，就说这个四代回回家族中的寻常人物，也都各有各的缺陷所在。老祖哈惠兰的自私与偏袒，在一定程度上带有旧社会的封建陈腐味道和小农意识的缩影；二弟米绍珩的延宕与懦弱，显示出知识分子典型的先天不足；佩南对老伯米绍隶的奉承与追捧，以及对亲兄长佩东的下意识的坑害，流露出市井游民的痞气与流气，也有道德的脆弱性和不稳定性；佩雯的放荡与信仰异化，则是西方纵欲文化的腐蚀结果；即便是读者公认的大好人、主人公米绍元，作者在塑造其博爱、公义、温厚形象的同时，依然没有吝惜对其固执、急躁性格的描写；即便是人见人爱的小学开，也展现出青少年在多元文化语境下所受的冲击和儿童天然的易变性格……

颇有意味的现象是，回族读者在面对这本书的众多骨刺时表现出了出乎意料的宽容和拥护。这是值得研究的一个接受心理学问题。任何一个民族都有难以割除的旧弊，历史上的回族并不缺乏自我批判的传统，而现实社会部分受众表现出来的对批评与议论的排拒心态，大抵源于对误解的恐惧和警惕。批判性的反思是文化自觉的先行者，回回民族需要的是建立在公正、冷静、客观前提下的有理有节的批判。只有这样的批判，才不会引发公愤，才能得民心意，动民魂魄，励民自修。也只有这样批判，才是作者大爱的真正外化和举意的深刻外延。在此意义上说，元康烈性而冷静的批判尝试不但是成功的，而且是极具推普意义的，这是小说最为显著的开拓性成绩。

当下长篇小说创作，往往盲目追求历史骨架的建构，崇尚史诗品格，似乎唯此才成其厚重，成其宏大，成其有力。纯粹地着眼于寻常百姓人家，写日常琐事、市井众生，倒成了一个更具挑战意义的难题，难就难在如何在平凡之中挖掘人性的不平凡之处。《回族人家》是一部旗帜鲜明的"为人民"的作品，作者的民间身份，使他的创作逾越了诸多政治意义的、名利意义的、流通意义的樊篱，一切以生活为本源，从民生出发，坚守淳朴而悲悯的民间立场，笔下每一个人物都鲜活逼真，如临身前。作者不怕写小事，沉稳地甚至略带絮烦地描述繁琐的生活断面，奇异地将回族人家那么多的细碎日子贯通其中，并不刻意制造戏剧冲突，一切情节发展都顺乎情理，流畅自然。在小说的五分之一处，第一个集体亮相的大事件——给老人做周年，才井然出场，此前对每个人物都在用平行蒙太奇的手法进行片段化的预热，不焦不躁，火候恰到好处。尽管中间部分显得沉闷和拖沓，但收尾处，拆迁前房产分配的家庭会议、哈惠兰老人的归真以及众乡老护寺等几个场面描写，都很见功力。尤其应该称道的是作者驾驭人物语言的功夫，以丁宝香、冯书芬等几位妇女和米绍隶、佩京等反面人物最为见长，同时擅长集体场面和冲突场面的语言调度，方寸不乱而神采俱现。

　　一直以来，乡土文学几乎成为回族文学的代名词，都市回族作家不会写回族，乡村背景的作家一写回族，便是羊圈泥墙，实际上对回族文化形象的构建未必是好事。全国九百万回族人，城镇人口占据三分之一，城市生活亦是回族生活的重要机体，无疑，以京城胡同拆迁为主线的《回族人家》，为回族文学题材的都市化、现代化延展，树立了一个范本。作者笔下的一个家族，实际上已经囊括了城市回族群落的生态现状，传统而持久的信仰操守者有之，迷惘大半生而暮年回归者有之，甘于堕落、不惜触碰道德底线者有之，信仰意识淡漠而游离于母体之外者有之，热情、正直、博学的现代知识青年有之，众生百态尽在其中，一切人物与情节发展都紧扣信仰主线，因而活而不乱。

　　小说的结尾,不仅是对一个回族人家命运沉浮的收束,更是对整个都市回族的情感寄寓。通过米绍玶的精神复苏,米绍元担任寺管会主任后社会角色的转变,兰海心等罪犯的相继落网,以及米绍隶、米佩南的悔恨泪水,作者实际上是在更多层面上赋予都市回族一个文化自新的期待。在传统社区变迁的时代浪潮中,每个人都有自己的蜕变与成长,以米绍元的朝觐登机为落笔点,更是意味深长。朝觐是一次全新的灵魂洗礼,待老人归来,旧胡同也将迎来全面的革新与洗礼,城市如此,人如此,民族又何尝不是如此?

　　作者在后记中写道:"原料,绝对地好,百分之百的好料。没做好,缘于'做'者的手潮。"这当然是自谦的话了。如若更多地从文学审美角度考量,小说的不足亦是明显的。叙述语言上,概括性的交代过多,细腻入味的描述较少。人物设置有些多而散,个别人物性格区分度还不够明显。固然,技巧的娴熟是读者应有的期待,但当一部对读者产生思想震动和情感波动的作品已经出现之后,仍然抱守着纯文学的条条框框对其百般苛求,实在是不尽人情的。我与元康先生有过一面之缘,深知其为成此书耗尽心力,作为一位年逾花甲的民间写作者,他已凭借负重的举意,为回族文学的振起做到了自己的极致。

2009 年 1 月 31 日

《穆斯林的葬礼》阅读札记

"月"与"玉"的交织

《穆斯林的葬礼》洋洋五十万言,跨越六十年时光,讲述三代人的命运沉浮。如若不是在叙事结构上讲求章法,很难想象如此惊人的体量如何得以顺利铺开。小说最成功的一点艺术探索,就在于以"月"和"玉"两条线索对复杂的故事情节进行了切分。为了更好地分析全书的叙述技巧,这里先打破双线叙事,依照时间轴线的顺序发展,将全部故事情节重述如下:

民国初年,回民琢玉高手梁亦清在北京经营着一家叫奇珍斋的玉器店。膝下两女:璧儿和玉儿。一天,一位朝觐路上的老者土罗耶定巴巴来访,由于其所带来的孤儿不慎碰坏了郑和宝船的玉器,梁亦清索性收其为徒,取名韩子奇。正当师徒联袂打造宝船之时,不料梁亦清劳累过度,玉毁人亡。蒲绶昌趁火打劫;韩子奇卧薪尝胆,忍辱三年于蒲门偷艺,后与璧儿完婚,十年间重振奇珍斋。韩喜得贵子,取名天星;百天时收留身世凄惨的海嫂(即姑妈)。举办"览玉盛会",蒲惨败;奇珍斋前程似锦。日寇入侵,局势动荡,韩子奇不顾妻子璧儿劝阻,携玉辗转英国；玉儿随往，就读于牛津大学；亨特一家接待。北平这边，韩太太冤枉了老侯，伙计齐退，奇珍斋毁于一旦。韩子奇在英国与玉儿相爱，并生下女儿新月。战乱平息后归国，韩太太逼走妹妹玉儿，在韩子奇哀求下，留下新月。新月学习出色，尤擅英语，考入北大。韩太太干涉天星婚事，操纵其与新月好友陈淑彦成亲。由于韩子奇的意外摔伤，新月受惊，心脏病发作，被迫休学。她的老师楚雁潮连日探望关照，师生恋爱，但由于隔着教门，被韩太太强行拆散。韩太太的冷酷让新月起疑，追问姑妈自己的生母是谁，不料姑妈心绞痛猝死。得知自己身世后的新月病情恶化，在抑郁中故去。韩子奇病倒。老侯儿女复仇，玉被抄，家被占，韩子奇辞世。十年后，"玉儿"梁冰玉回国看女儿新月，然而事过境迁，想见的和不想见的都已不在人世……

可想而知，这样厚重绵密的故事倘若按时间顺序来写，让读者顺着单一的思路读完全书，是何其困难。作者巧妙地选取"月"与"玉"的双线叙事手法："月"，以女儿新月为核心，讲述她长大以后的故事；"玉"，则以父亲韩子奇为核心，讲述他前半生的坎坷经历。这一部分似分量更重一些，梁亦清为玉而死，韩子奇因玉而被收留，因玉与蒲绶昌结怨、与亨利结缘，中年乔迁"博雅"宅，被迫寄居英国，直至老年的不慎摔伤和身故，统统围绕一个"玉"字。"月"与"玉"两条线索双管齐下，交错并行，有效地实现了新旧社会的交替、今昔往事的对比。

每个章节的标题也取得颇有几分考究：《月梦》《玉魔》《月冷》《玉殇》……《月情》《玉劫》《月恋》……仅有二字，却浓缩着全章主旨。如第二章《月冷》，写韩子奇夫妇为新月的报考事宜而争，表现了韩太太对女儿前程的冷漠；第三章《玉殇》，写梁亦清全力造船，眼看竣工，船却被折断，一个"殇"字，正是"没有到成年就死去"之意；又如第八章《月晦》，讲的都是倒霉事：《哈姆雷特》演出泡汤、韩子奇摔伤、新月病倒。

作为一部大长篇，《葬礼》除"月""玉"两条"明线"之外，还有几条"暗线"。例如：一枚翠如意，韩子奇最早送给玉儿，玉儿后来转赠天星，而天星又作为生日礼物送给了新月，几个人的微妙感情就这样被联络在一起；新月对妈妈的印象自始至终围绕一张母女照进行对比，于是照片成了线索；姑妈的心总是牵挂着生死未卜的丈夫和儿子，对亲人的思念串联了姑妈的情感世界；在讲到新月和楚雁潮的交往时，则抛出多条线索：《哈姆雷特》的演出、巴西木的成长、《故事新编》的翻译和一首《梁祝》，贯穿了二人的相识、相知、相恋，直至相别。

悬念与神奇色彩

霍达在"后记"中说："我在落笔之前设想过各种技巧，写起来却又都忘了。"这或许是作者的谦辞。文学创作绝不可能信手拈来，随心所欲，高境界的创造是每个作家都会认真探索的美学问题。新奇的结构形式之外，悬念与神奇色彩的设置也是《葬礼》一书的引人之处。

在"月"与"玉"的此起彼伏之间，霍达也在章节结尾设置了迭起不断的悬念。譬如序曲《月梦》最后一句："大门里贮藏着她所知道的和不知道的一切……"读者便要发问：敲门的老妪是谁？回来干吗？四合院究竟发生了怎样的变故？《玉魔》中，土罗耶定巴巴的来历是什么？他能走到麦加克尔白吗？易卜拉欣打碎玉后怎么办呢？又如《月冷》中写道："韩子奇的脸色变了，他没想到妻子会朝他这么进攻，触及了心中的另一个敏感区，那是他的隐私，他的秘密……"《月清》中末句说："韩太太却在心里谋划着另一件大事，这件事，现在还只有她一个人知道……"又如《月晦》结尾，新月突然病倒；《月恋》中姑妈的猝死与新月的追问有关……

比较精彩的还可举出《玉王》中"海嫂抢婴"这一段：

> 那妇人本来要走，听了这话，却一愣："啊，一百天？满
> 一百天了？"一阵婴儿的哭声隐隐从里院传来，那妇人突然发
> 疯似的朝里面跑去，嘴里叫着："我的孩子！我的孩子……"

串串疑团的铺设都是行云流水般自然地贯穿于字里行间，并无矫揉造作之感，正是这股奇特的力量逼着读者迫不及待读下去。此外，作品的叙述魅力也离不开神奇色彩的渲染：无论云游四方、徒步朝圣的土罗耶定巴巴，还是梁亦清口中玉器业的祖师爷丘处机，还有那个小说开端就悬疑连连，总是在深夜喊着"我可扔了！我可扔了！"的"玉魔"老人，都有几分神秘况味。

听到"玉魔"老人叫声的不仅是霸占了博雅宅的侦缉队长，还有后来的宅主韩子奇。当他来到院子，比叫声更为惊奇的是一副天象：

> 一颗流星划破天井，光灿灿落入院中，明晃晃地在砖地上
> 滚动，犹如用月光宝石琢成的一颗明珠。韩子奇见玉则迷，伸
> 手就要去捧，那明珠却突然不见了，好似钻入了地下，而刚才
> 滚动之处，砖墁甬路却完好无损！

这一奇观伴随着儿子天星的降世，带有几分与生俱来的宿命感。至今老人的那句"我可扔了！"意欲何为，或许有赶跑坏警察之意，或许有迎接博雅宅新主人之意，是怨艾抑或释怀，留予读者回味。

人性的光辉

一部有魅力的文学作品一定会有闪耀着灵魂光辉的人物。在《葬礼》中的许多人物身上，都能感受到这种光辉的存在，即使它们也伴随着人性的缺陷。

梁亦清是老辈回民手艺人的代表，人如其名，清苦一生。当年梁亦清答应造船，并收到蒲绥昌送来的底玉和图稿后，竟对着那画和玉整整端详了三天。这时韩子奇有些耐不住性子了，催师傅赶紧动手，不料梁如是说：

> 我不能蒙别人，也不能蒙自个儿。要是光做这条船，不难。你瞅，这块玉是个偏长条儿，随形琢出来，就是一条宝船。可是那样就瞅不出是在海里还是江里了。蒲老板让咱们照着图做，得显出宝船在大洋大海里航行的气势、威风，不然还像什么郑和下西洋！何况这船上的桅杆呀，绳子呀，帆呀，旗呀，也不能都让它们在天上悬着，没个倚托，就是都做了出来，人家拿走，也容易摔碎……

如若按照蒲绥昌那类奸商的想法：订钱已经到手，付货的价钱也早谈妥，就算对付对付，钱也能如数拿到，何必如此劳神费力？但老辈手艺人的职业道德容不得半点敷衍。这是中华民族精神传统的闪光。父亲的操守也影响着女儿，年轻的璧儿身上也有着类似的家风：

> 随着年龄的增长，她和父亲、师兄说话不像从前那样随便了，只是自觉地在肩上为他们承担起了更多的责任。饭要让他

们吃得及时、可口；四季衣服，缝补浆洗，不用妈吩咐，就抢
在前头了。妈老了，又常闹病，愿真主祥助她长寿，璧儿一切
都替她做了……

毕生如此精心照料家业、甘为家庭妇女的韩太太梁君璧，虽棒打
鸳鸯，尖酸刻薄，不那么讨人喜欢，但其对人对事的责任感却是与生俱
来。与之相仿，姑妈也是操劳了一辈子，一心想把主人侍奉周到，把孩
子们伺候好，而如此忠诚的一颗心，只是为了回报当年的收留之恩。在
她们身上，是中国妇女社会地位与道德传承的写照。

楚雁潮的人格塑造近乎完美。他继承了严教授的遗志，苦心钻研翻
译，当全校师生都去礼堂看电影时，他没去，而是独自走在通向备斋的
路，赶紧回家翻译。他的善良与体贴也是"雷锋式"的时代缩影：在播
放电影《马门教授》期间，他看到女生宿舍的灯还亮着，料想学生们一
定在刻苦备考，便打算上去辅导，他觉得必须要让学生成材，不然会对
不起家长们；而对于韩新月，就更加关怀备至：新月休学之后，他每个
星期都要走远路去看她，鼓励她安心休养，重返燕园。他感到肩上仿佛
有卸不去的责任，"这责任，是自己的生命、自己的心灵赋予他的，是
一种越来越清晰的某种神奇的启示所赋予他的"。

韩新月遇到的贵人还有她的主治医师卢大夫。她所肩负的责任不光
是运用医疗技术为患者治病，还有带给新月心理上的抚慰。卢大夫经常
在医院的林荫小径上陪新月散心。当新月为自己因住院无法演出《哈姆
雷特》而叹惋时，卢大夫便结合亲身经历，和新月探讨"莪菲莉娅"这
个人物形象，启示新月不要羡慕那种虽有诗意却满是病态的美，要追
求生机美、活力美；在新月得知自己将要休学时，卢大夫又以慈母般
的口吻开导她：凡事都得想开些，好身体是学业的保障，尽最大努力安

抚一颗脆弱的心灵；在迫不得已要告诉新月真实病情时，卢大夫也把语言调制得火候适中："孩子，你不是对我说你过去常有关节疼的毛病吗？这是一种风湿症，并不可怕。可是，它却给你的心脏带来了一些麻烦……"既把问题说明白了，又不至于使患者恐慌。这位老医师的责任意识已超越了职业道德层面，更像是一位母亲对待女儿的本能之爱。

小说在人物塑造上如此突出地强化了"责任"意识，我想也并非随意之笔。须知，韩子奇和韩新月两代人的爱恨情仇，都与一桩根本性的事件有关：这就是韩子奇在英国与梁冰玉生下了新月，背叛了梁君璧，而她们却是一对姐妹，这违背了教义与伦理。尽管小说并没有对此进行明确的表态，甚至也为韩子奇的异国婚外恋写足了可以宽谅的理由，但毕竟对于国内的韩太太而言，韩子奇的行为可说是严重的"不负责"，这导致了韩太太后半生的情感失衡，也牵连了新月的悲剧命运。因而，小说对诸多人物"负责"精神的着意描画，便有了些许比照的况味。

这里，我也想对"新月"这个名字做一点解读。有人认为，取"新月"为名，就预示她活得不长久。对此我有不同看法：新月在形象上虽是缺损的，但在天文学中，它是月相周期的初始，随后才有娥眉月，上、下弦月和满月，因此"新月"应象征着蓬勃的希望，并无消极色彩，用于女主人公悲剧命运的衬托，也应为反衬，而非正衬，此其一。其二，"新月"有相思意，韩子奇和梁冰玉生新月时寄居在遥远的英国，月亮寄寓着思乡之情。其三，新月出生当晚是新月当空，而她去世、发送那天，也有新月孤独悬于天际，有"天人合一"的象征感。最后，新月也是回族人钟爱的意象，穆斯林国家及聚落地区的建筑与人文领域都喜爱用月牙儿做标志；开斋节前夜，穆民也总以是否看到新月而判定节日如期庆祝还是向后推延，故而新月的名字确实寓意着一个民族的成长与归宿：生死总是无常的，希望与绝望总是并存的。

小说尾声末句写道：

> 天上，新月朦胧；地上，琴声缥缈；天地之间，久久地回
> 荡着这琴声，如清泉淙淙，如絮语呢喃，如春蚕吐丝，如孤雁
> 盘旋……

这里的寓意在于：天上的新月朦胧，人间的新月故去，唯剩下楚雁潮像孤雁一样盘旋在天际。这固然是令读者弹泪的凄婉之状，但小说亦非一悲到底，如果回到开篇《月梦》章中去看，晚年梁冰玉回到故居，"看到那棵古老的槐树了，历尽劫磨，阅尽沧桑，它还活着，老干龙钟，枝叶葱茏"，这老树可解读为梁冰玉的写照，也可解读一个家族乃至一个民族的写照。

人物命运的类同

《葬礼》中出现了几组相似的情节，彰显着人物命运和性格的类同化倾向。

与玉器结缘的梁亦清、韩子奇，与英语结缘的严教授、楚雁潮——这是新旧两个时代中两对相似的师徒。他们的关系都非比寻常，胜似亲密无间的父子。韩子奇是个无父无母的"耶梯目"，自从进梁家那天起，就把奇珍斋当成自个儿的家，把梁亦清当成他的亲爹；梁亦清膝下无子，眼瞅手艺要失传，正巧真主赐给他一个机灵的徒弟，自然要倾心栽培，甚至待他的好超过了两个亲生女儿。再看看严、楚这一组：楚雁潮自幼没见过父亲的面，北大五年读书、一年见习，直至任教，一直在严教授手下，可以说在老师的身上得到了缺失的父爱；严教授最得意的门

生便是楚雁潮，对他教得那么细，管得那么严，爱得那么深，他对学生的一生所起的作用，实在比父母还重要。

两位师傅都是各自行当里一等一的高手。如琢玉高手梁亦清："瓶炉杯盏、花鸟虫鱼、刀马人物、亭台楼阁、舟车山水，无一不精。寻常一块璞料，他能一眼看穿藏于其中的玉质优劣；剖开之后，因材施料，随形而琢，每每化腐朽为神奇"；严教授呢，则是"20年代毕业于牛津大学……口笔语都是第一流的"。两位徒弟也极有灵性，懂得帮老师分忧解难：韩子奇不到三年就掌握了琢玉手艺的全部精髓，在师傅着力打造宝船的三年里，奇珍斋大小生意都由他张罗；而身为严教授的助教，楚雁潮对其一整套的教学体系驾轻就熟，授课基本由他独立进行，只须定期向老师做些汇报即可。

两位恩师的结局都具有"出师未捷身先死"的悲剧特征。梁亦清毕生精华都倾注在一艘宝船上，结果三年心血付诸东流，玉毁人亡，倾家荡产；严教授最大的心愿则是在译著上有所建树，却由于几十年的教学而耽搁，好容易晚年得些余暇，却年迈多病，视力衰退，连写字都困难，痛苦而终。虽然师傅没能了却心愿，但未竟的事业都由徒弟萧规曹随、出色完成了：韩子奇历经一年，便仿照原样造出"宝船二号"，且工艺之精湛绝不逊于先师；楚雁潮则牢记恩师遗志，一心扑在翻译事业上，终将《故事新编》英文译版搞定。这两对相似的师徒，一对在旧社会，一对在新中国，彼此映照，仿若轮回。

还有，相似的复仇。当年梁亦清无常后，蒲绶昌的无耻打劫注定了梁蒲两家的仇怨，而后来韩子奇的偷艺和通过振兴奇珍斋排挤汇远斋，以及"览玉盛会"上大败蒲绶昌，应该算作对蒲的报复了。与其相似的是，韩太太在韩子奇辗转英国之时，冤枉了忠心耿耿的老侯，导致其死去。二十年后，老侯的子女没有忘记这笔血债，趁"文革"风波将韩子奇打成"资本家"，抄走其玉，分占其居。两次复仇，都是上辈人的冤仇，下辈人做的了结。

相似的求学经历。小说中共有三人毕业于英国牛津大学：奥立佛、梁冰玉和严教授；而梁冰玉和新月这对无缘的母女又都曾在北大求学，只不过梁冰玉那会儿，叫作燕大。更巧的是，两人都中途辍学了，只是原因有所差异：母亲是由于局势动乱和情感问题，女儿则是身体不饶人。

相似的生日会。新月的十七岁和十八岁生日是有些相仿的：餐桌上的食品都是姑妈精心制作的打卤面，而且哥哥天星两次都送了礼物：一次是四张崭新的五元钞票，另一次是翠如意。

相似的死因。新月之死是由于患有二尖瓣狭窄和闭锁不全，而姑妈则死于急性心肌梗塞，再回想当年梁亦清的死，恐怕也是劳神过度、心力衰竭所致。

相似的爱情。韩子奇与玉儿、楚雁潮与新月这两对属于一类：虽有情却难成眷属；而韩子奇与璧儿、天星与淑彦这两对又属于一类：虽成眷属却未必有情……关于楚雁潮与新月的爱情经历还很像梁祝，而最后楚跳下坟茔为新月"试坑"的情节更是与梁山伯的"投坟"颇有些类似。

由表及里的民族性

霍达在"后记"中说："我无意在作品中渲染民族色彩，只因故事发生在特定的民族中，就必然带有自己的民族色彩。"《葬礼》不仅从宏观角度介绍了伊斯兰教传入中国的史实，交代了回族的起源，回顾了中国回族漫长而艰辛的足迹，特别是北京地区的地域历史（如牛街清真寺、东来顺饭庄的渊源）；同时，也揭示了回族人在华夏文化与伊斯兰文化的撞击和融合中形成独特心理结构，以及在政治、宗教氛围中对人生的困惑和追求，还用不少笔墨描绘了一幅幅新奇清丽的"民族风情图"。

在民族性的表达中，小说首先着力于回族人物的语言、外貌等表层特征。比如对"知恩""无常""耶梯目"等经堂语汇的运用，就颇有特色。土罗耶定巴巴初到梁家时有这样一番描写：

> 那老者朝他微微躬身，右手抚胸，道了一声："按赛俩目而来坤！"梁亦清一惊，慌忙答礼，也是右手抚胸，微微躬身："吾而来坤闷赛俩目！"

这是回族人见面的问候语，意为"真主赐予你安宁"，表示具有共同的血统和信仰。这是全世界穆斯林的共同语言，无论走到天涯海角，人们都能凭借这熟悉的声音找到共鸣。

肖像描写则更易凸显民族特点，如土罗耶定巴巴"高大魁伟，面如古铜，广额高鼻，一双深陷的眼睛炯炯有神"；少年韩子奇"鼻直口方，宽宽的额头，两道乌黑的眉毛，眉心微微发蹙，像是时时在琢磨什么，眉毛下面，眼窝微陷，嵌着一对清亮聪慧的眼睛"；少年璧儿"洁白的肌肤，衬着一双乌黑晶莹、闪着幽蓝的光辉的眼睛，两弯月牙儿似的眉毛；满头黑发光滑柔软，在颈后梳成一条大辫子，一直垂过了腰"，以及白氏、天星、新月、淑彦等，大凡回族人物莫不带有突厥血统的特征。

回族家庭的日常生活习俗也惯见于笔端。比如为天星取回族经名"赞穆赞穆"，韩太太、姑妈把斋、做礼拜、大小净等教门功课，海嫂独特的乞讨方式，韩家宴请宾客后用碱水煮筷子等。特别是两次婚礼、两次葬礼的描写，是本书的重头戏。韩子奇和璧儿的"婚礼"相当寒酸，甚至连要"乜帖"的都不如；三十多年后，天星与淑彦的婚礼则隆重热闹，形成强烈比照。葬礼呢，先是杨亦清，后是新月，办得都很庄重，体现了"速葬、土葬、薄葬"的教义。作品不惜笔墨详细介绍了葬礼规程，渲染了悲剧色彩，也紧扣了书名。

上述描写对于非回族读者而言，固然是新奇的。正如冰心在"序"中所说："看了《葬礼》这本书，就如同走进一个完全新奇的世界。书里的每一个细节，我都很陌生。"但我认为，对回族读者而言，更为触动心灵的并不止于语言、外貌、习俗等表层描写，而是更为深层的独特心理素质。比如出于同胞感情，韩家收留海嫂；发送亡人时，只要是回族都有义务参加；新月在北大独自进食的孤独感等，对回族心灵世界的挖掘更深了一层。总体上，小说在"由表及里"的民族性表达中，还是显得"表"有余而"里"不足。

开阔的知识性

能否融入丰富的知识，令读者视野开阔是考验长篇小说内涵的重要标准。设若小说的故事性很强，文采也好，却毫无知识含量，就像一具没有心智的空壳。零散的情节好比一块块血肉，必须靠历史这副骨架支撑起来，《葬礼》就是以中国近现代史贯穿始末的，人物命运的沉浮也正与历史紧紧相扣。

鸦片战争敲开了中国的门户，从此大批外商涌入，无形中推动了北京玉器业的发展（因为玉器业相当一部分大买主是老外），也才有了故事中的梁亦清、韩子奇，有了奇珍斋、汇远斋的兴隆。日寇侵华注定了海嫂一家的悲惨境遇，韩子奇和玉儿的出国也是由战乱所迫；到了英国，又因为德国法西斯的轰炸，亨特之子奥立佛才不幸丧命。与此同时的国内，兵荒马乱，民不聊生，谁还会有闲心购玉呢？这也导致了奇珍斋的惨淡式微。后来韩子奇被划为资本家，遭到抄家则是"文革"的时代影响所致。

对古今人物的博识，也是小说知识性的一面。土罗耶定的祖上是著名的筛海·革哇默定，作者便用一页的笔墨写了他的传略；梁亦清所造宝船的主题是"郑和下西洋"，作者便将郑和的事迹娓娓道来；还有玉器大师陆子冈、"五四"学生领袖马骏、东来顺店主等历史人物，皆有所描述。

《葬礼》中也蕴藏着丰富的文学知识。《故事新编》《哈姆雷特》《简·爱》《祝福》《巴黎圣母院》《红与黑》，以及拜伦的几首诗作，理解了这些中外名著，才能更透彻地理解本书。

当然也少不了有关玉器的知识。在描写梁亦清造宝船时，就大量介绍了琢玉的方法、工序；而在"览玉盛会"中，又提到许多玉器界行话、术语，对陈列的名玉也有在行的描述：

> 琢玉能手充分利用了"幸福之石"缠丝玛瑙红白相间、丝丝缕缕的色彩，分色巧用：纯白处，雕成佛手，真如一只玉佛之手；退晕处，琢为桃子，好似用画笔层层渲染，到桃尖一点鲜红；斑驳处，制成石榴，果皮裂开，颗颗籽实像一把红宝石！

如果不是通晓玉器的行家里手，查阅过大量资料，拜访过许多玉器师傅，焉能捧出如此鲜活灵动的文字？

2001 年 11 月完稿

2019 年 4 月略改

留下敬重，永不惜别

——也由鲁迅与张承志谈起

当国人把"鲁迅到底要不要淡出语文教材"当作一个命题竞相热议之时，悲痛的征兆其实已经显现出来：我们已经遭逢到了空前丑怪和卑狭的文化冷遇。人们常骄傲地标榜，这是一个前所未有的"大时代"，可是当今天的我们饱怀上世纪80年代般的理想主义激情打开天窗，看到的却是一个泡沫化、资本化的社会，一个价值观颠倒沉沦的社会，一个心灵沉疴肆意泛起的社会。隐远地记得，在鲁迅心中有一个"大时代"的概念，那就是面临生死抉择的时代。其实，今天的中国民众和文化阶级同样面临着生与死的临危考验，只不过，这种生死的关联属性与生命无关，而与灵魂有关。我们明明面对着民族灵魂的存亡叩问，却宁愿以大量虚幻的繁华面具遮蔽骨髓深处的痛感，甚至不愿作出有骨有节的抉择。唯能不合群地叹惋，容忍不了鲁迅的时代，只能算是一个小时代罢了。

对于一个锻塑灵魂的巨匠而语，生于时境的膜闭之中大抵乃是最为遗憾悲凉的遭遇。他所能做的，或许只有用一篇篇激动而略显偏执的文字，或一声声啼血的呐喊，将正义的自己与这时代的罪恶与污浊隔绝开来。若干年后，当清洁的血统重新输送给这个古老国度的后裔，他们会对我们今天的时代，以及我们所做的一切廉价的甚至负价值的思考与行径，抛出一声轻蔑的喟叹。谁能预感到这种迟早会降临的道德审判，谁才会明晰自己的立场，在有限的时间和空间里庄严发声。遗憾的是，极为罕见的具有这种预知力与敬畏精神的发言者，偏偏易处于被主流话语权的操控家漠对和排挤的窘境。七十年以前，他们之中的代表显然是鲁迅；七十年之后，唯一的代表，却只剩下了孤寂无援的张承志。

旷新年曾撰文将鲁迅与张承志作比，称他们是"20世纪两位交相辉映的文学大师和真的勇士"。这种比对颇有意味。当代中国作家中，无论思想学识、道德责任、天资才华，还是对大义之美的信仰的坚毅度以及忧患意识的深沉度，除张承志外，确实很难找出又一位可与鲁迅相论。毛泽东曾评价说："鲁迅没有一丝一毫的媚骨"，这是一句很真、很重的话，放在谁身上都是承担不起的：这就是鲁迅的独有价值所在。同样诱发我联想的是，张承志颇有深意、当然也略显情绪化地在新版《鞍与笔的影子》一书的作者简介里，以一句"读者作证：在我至今出版的六十余册书籍中，并无附庸体制的文字"束尾，正像是在新的纪元对先师做出的一种知义感的回应。试问在当下嘤嘤嗡嗡的文学现场，有哪个作家敢这样为自己作结？定然是不会有的。鲁迅与张承志，就是如此同一地、本能地具有一种强悍的免疫力、清晰的警惕力，知道自己和周围的人痛在哪儿，病在哪儿。他们在用默契的灵魂同彼此对诉，向历史言说。

这样讲，并不是在有意理想化地赋予张承志以荣誉，举高他的位置，相反，我更觉得如此的对照，对张承志其实有失公允。因为，鲁迅属于一个真正的大时代，他但凡发声，会有无数的知义者应声奔赴；而这一点重要的背景，恰恰是张承志天然的缺失，也注定了他永恒的苦痛与落寞。他也在呐喊着，可他有限的听众只是一群小时代里蝇营狗苟的犬儒众生，他们在观念上、在意识上、在价值上，始终处于一种没有免疫力的、眼花缭乱的状态，他们没有反思的勇气，甚至，没有基本的理解的教养。这一切决定了张承志的意义，只能在这个时代的污浊潮水退却以后，在国族品格迎来新一轮的脱胎换骨之后，在民众普遍地获取了可贵的痛感和廉耻心之后，得以显露。从这个意义来说，张承志的悲哀或许比鲁迅更加深刻和痛切。

时下，当鲁迅的作品被乌合之众以晦涩、过时、偏激等更多理由低估和质诘的时候，当几代中国人的精神导师的故居在北京现代性拓拔中面临倾覆的时候，当尚有良知和智慧的文化志士愤然而起为鲁迅说话的时候，我们应该意识到，先生之后（这是张承志对鲁迅的称呼），还有这样一位气质相仿、血性犹存、脉搏依旧鼓荡的文化斗士，于乱象中清醒地观察，于嘈杂中孤寂地呐喊。他是先生衣钵的接替者，是最后的理想主义者，是文化语境下的中国青年优秀的导师。我们与其疲惫地辗转奔走于鲁迅的不公际遇，莫如寻找和树立这个国度继任的文化偶像。让他独有的美感，独有的批判力，独有的宗教感、历史感、尊严感以及无比珍贵的中国古代"士"的精神，去引领更多的中国青年，走出冰冻与愚氓的小时代，告慰鲁迅的遗梦。

需要重申的是，张承志当然无法与鲁迅对等，但他却是由于文化开裂导致的国人目标感集体模糊时期，接替或者说共同完成对中国青年灵魂拯救大任的最好人选。我无从祈望越变越薄的语文教科书的编辑家们，有足够的胆魄和眼光选编张承志的小说和散文，但我期待那些怀念鲁迅、尊重正义，并有着担当精神的中国青年，去寻找《北方的河》《敬重与惜别》《清洁的精神》《最净的水》来读——语文教科书可以无知下去，但我们对两位先生的敬重却可以永驻。

2009 年 9 月 4 日

律己的时代，他者的尊严

——读张承志散文集《敬重与惜别》

对于读者来说，《敬重与惜别》的出世，首先化验了一个意料之内的事实：我们的战士张承志没有老，他依旧迅跑在"以笔为旗"的道路上，从容地激烈着，宽容地决绝着，醇厚地美着。花甲之年对于一个作家，当然可以很合理地成为妥协，至少是缓步的理由，然而张承志分明用一介知识分子经久不衰的良知和脊梁，创造了一个思想加速度的奇迹。表面看，这本书只是他在自己的散文集目录后按序添加的一笔，可就是这一笔，世界听到了中国作家对他者尊严遒劲而嘹亮的长喊。张承志，只喜欢以一个后方隐士的形态，全美着一线战士的举意。

《敬重与惜别》是一本写日本的书，却绝不仅仅在写日本。从三笠公园到长崎的战史反思，到"武士道"与"士道"的精神对决，到"亚细亚主义"的深度诠注，到红叶束尾的情感惜别……孤寂冷峻的体验里，凝结着对天下大势的估计，沉淀着对公义、平等与国民精神的求解。最为令人震动的是，张承志在痛苦的比照和自省中，把自己逼向了一个矛盾的深处：他清醒地提出在这样一个"律己的时代"，中国尤应破除崇洋媚外的痼疾，清算盘踞体内的"大中华主义"情绪，在崛起中警惕对弱小民族的歧视，重新唤起一种可贵的"他者的尊严"。近百年来的中国知识分子中，只有鲁迅有过这样充满道义感的疾呼，可是今天的我们正在丧失这样一种忍痛接受批评的度量，只想听赞美、顺耳的声音。一部《2012》中的几个镜头，几句吹捧，就换来了国人廉价的喝彩和喜色，愈演愈烈的自我膨胀心态已经把中华民族的自省传统逼向了危机。偏偏这一年活跃在文化界的讽刺事件是，在一浪高过一浪的曲解和仇视中，鲁迅竟然真的淡出了语文教科书。观望者永远只配观望，只有不安分的战士张承志，敬重地护好先生的衣钵，在疼痛中亮剑出鞘，独自承领着民族大义的拷问与重塑。一个朗然大度的民族，一定是在批评和多种参照下强健起来的。我们需要这样的朗然与大度，需要第二个张承志。

令人欣慰的是，《敬重与惜别》横空出世后，没有像以往的散文集那样仅仅供张承志的理想主义追随者去小范围追踪，强悍的思想辐射力穿透了小众的局蹐，激活了更多有识之士的痛感。回族知识分子发起了关于本书的集中讨论，注意到了张承志"大穆斯林"语境下信仰精神的高贵外延，即"跳出民族主义的陷阱，以代治者的身份来认真参悟真主之道"[1]，抵达和平的终点。有汉族知识分子认为该书在一定意义上已经超越本尼迪克特的《菊与刀》，一向关注张承志的旷新年则破解了该书的重要社会意义，认为其"以文字洞穿了时代的幽暗"，"与异端的权利、弱者的知识以及反抗的正义联系在一起"[2]。较为意外的是，一向以消费主义、娱乐功能至上的新浪网，将如此一本严肃冷峻的书置放在中国好书榜第二位，李敬泽对此评价道："一百年来，中与日冤缠孽结，但中国人严肃而深入地探讨这一关系的书，据我所知，竟仅此一部。"[3]

---

① 赛炳文：《终点的和平——"真主之道"的又一次言说》，《关注》2009年第1期。
② 旷新年：《以卵击墙》，《读书》2009年第11期。
③ 李敬泽：《新浪中国好书榜（半年榜）文学书榜单评语》，新浪网2009年7月19日。

我的预感是,《敬重与惜别》将成为张承志"后心灵史时代"最重要的一部代表作。作家自己也曾说:"《心灵史》之后,它最有力。"一个理由是,无论是早期《清洁的精神》《以笔为旗》对现实语境下灵魂、血性、气质的拷问和疾呼,还是近年来《谁是胜者》《鲜花的废墟》《聋子的耳朵》对传统和异己文明的寻索与抚慰,张承志在散文时代的思想表述似乎还缺乏一根贯连的绳索,缺乏一次集结式的爆发,而《敬重与惜别》尽管将视角安放在中日文化的基座上,却在纵向上凝聚着作者以往全部思想的精髓部分,对于"他者的尊严"这样一个长期涉猎的命题,也终于有了"集大成式"的酣畅透视。作品缜密的思维线条,扎实的学理功底,厚重的悲悯感,端庄的战斗性,使张承志的思想家气质得到空前的丰满。他隐忍了一种情感的喷泻,咀嚼着人类文明的苦核,飞越了思想的巅峰。

另一个理由是,评论界向以"三块大陆上的歌者"来评介张承志,人人皆知草原、新疆和回民的黄土高原,是他安身立命的精神陆地。事实上,在《鲜花的废墟》之后,这样的评价惯性已经显得滞后和局限,张承志早已不再满足本土的补给滋养,他要说出更有力的话,思考更有价值的命题,就必须获得更多的文明参照系,就必须站在普世价值观的立场上,为世界(而不仅仅是中国,更不仅仅是中国回族)的"人民"立言。由此,我们在近年接连发表的文章中看到了行者张承志在西班牙、拉美、日本等地迫切而深沉的行旅。事实上,这种国际化的表达已经喻示张承志登陆了崭新的文明诺曼底,如若说《鲜花的废墟》使西班牙成为他的第四块大陆,那么以《敬重与惜别》为标志,日本则当之无愧地成为张承志精神崛起的第五块大陆。不成熟的预言是,随着作家对拉美、伊朗、巴勒斯坦文明的持续关注,这些地域也终将以更加完善的思想样态呈现在张承志的著作中,成为他无穷无尽、无限可能的追索彼岸。

必须得到扩充的评判是，这本书，不仅因为它入木三分的内里，更因为作家在书外的生活现场所维护的高度一致的立场及由此衍生的声音和行为，而获得了读者深刻持久的敬重。书中说一套、书外做一套的作家太多了，口口声声标榜着正义与尊严，可是在正义与尊严要求他们发声时却守口如瓶、明哲保身的发言家太多了，然而张承志在做的事，是在"加沙事件"这一自二战以来人类历史上最令人发指的、最残酷的种族屠杀面前，果断地放弃了保守多年的拒绝媒体的习惯，及时发声。文学圈的人都知道，古怪孤僻的张承志从没有兴趣参加文学的聚会，但在去年12月份一次阿凡提系列作品研讨会上，他罕见地低调出席，却义正词严地表达了对民间正义的诉求和对霸道强权的对立："可能不久就会有新的阿凡提故事编出来，这个故事就是讽刺和嘲笑以色列的军事屠杀的，它的声音可能比我们使用的苍白悲愤的文学语言更有力度。我们没有枪，但我们可以表达对包括维吾尔族在内的中西亚各民族无比辉煌的文明的一种支持。"发言时，笔者恰在现场，张承志对阿凡提这样一个轻松幽默的文学形象的另类诠释，令会场骤然降温，然而随即却是经久不息的掌声。大家知道，只有张承志说出了其实沉潜在许多人心中，却迟迟未能表达出来、更未能转化为行动的"他者的尊严"；也只有他，用白磷弹灼烧般的痛苦和悲悯，照亮了文学的尊严。

另一个现象是，《敬重与惜别》面世后，连序文都从来没请别人作过（《心灵史》马烈孙序除外）的张承志，破天荒地接受了搜狐网新书发布会的专访。遗憾的是，媒体对这次重要的专访进行了无知且无耻的曲解，它们普遍抓取的新闻点竟出奇地雷同为："我不打算再写小说了。"这是张承志对一位读者关于"是否还会写长篇"的回答，从不读书的记者们认为这是一计猛料，遂争相报道。事实上，稍微熟悉张承志创作的读者都知道，张承志继《心灵史》之后宣布放弃小说、专攻散文已经多年。"在这个公然追逐虚伪、两眼不辨黑白、沉溺于低级趣味的、被猴子指挥的世界里"[①]，作家的内心堆积了越来越多的真实，他只能写散文，而没有心情（而不是没有能力）再去虚构故事。同样弃别小说多年的先锋派小说家马原在这一年发表了颇为类似的感思："研究越深入，离小说就遥远。"[②]这难道仅仅是一种默契的巧合吗？"惜别"的背后，是否隐喻着更深层次的"敬重"？散文之于小说，哪一个更适合安放思想的真实，哪一个更有力量？这当然同样是本书带给读者的一种思考，但作为又一次身临现场的笔者来看，专访中被遮蔽的最核心的环节，仍然是张承志再三强调的"他者的尊严"命题，仅仅将本书视作探讨中日两国的文化差异和历史恩怨，显然是低估了本书的思想高度和社会属性。

可以强烈感受到，在"他者的尊严"面前，一切种族、民族、国别和信仰，都无法阻遏张承志的思考与抒情。于是我们看到，当委内瑞拉与玻利维亚两国总统宣布与以色列断交这样一个不会引起茶杯前的政客过多关注的国际新闻发生后，张承志在一篇散文中亢奋地写道："这个讯息，这声巨雷，突兀而且坚决，一下就把人的良知推到前线，使得人类的思想和能力、知识和常识、良心与正义，都突然地恢复了原貌。""伟大的印第安人！他们不是穆斯林，但唯有他们，最勇敢地救援了巴勒斯坦。"[③]这样的语句，让人们没有丝毫理由去质疑作家无上诚挚的义愤与激赏，没有丝毫理由再以"狭隘民族主义""宗教狂热分子"的帽子去伤害如此诚恳的灵魂；又或许，正是怀着一种对他者权利的维

---

① 张承志：《白磷火》，《关注》2009 年第 1 期。
② 舒晋瑜：《马原：研究越深入，离小说家就越远》，《中华读书报》2010 年 8 月 8 日。
③ 张承志：《白磷火》，《关注》2009 年第 1 期。

系和敬重，面对法国谷歌对中国作家极为傲慢的侵权行径，张承志愤然骂道："该打它一棒子！"从文本到生活，就是这样一个曾经让人们感到敏感自尊得有些过头的张承志，已经怒不可遏地将剑锋更多地指向了无视他者（尤其是弱者）尊严的一切脸孔与论调。他找到了一种比人性、人本更加高贵而博大的人类立场。正是这种立场，成就了《敬重与惜别》，成就了今天在坡路上越跑越快的新颖的张承志，也成就了一个民族自净的及时的角度，以及抵抗强权、平衡体制的更多可能。

2009 年 12 月 3 日

一根傲骨，一身血气

——评王树理中篇小说《第二百零七根骨头》

　　王树理是那种笔腕舒展、开合有力的作家。他的小说，既能潜入灵魂的隐秘处，精雕细琢，缜密开掘，譬如短篇小说《陶醉》《石榴》《长长的桑干河》等，又能转身迎接大题材、大气象的如虹气势，沉稳铺排，处变不惊，酿蓄史诗之美，譬如长篇小说《黄河咒》。就我对他的阅读体验，更易动人的往往是后者，即那些精神骨骼更为健硕、更为宏大的作品。这类作品内在的气质流向，与他歌哭声息的泰山之脚、黄河之滨有一种亲密的连带感，亦与他骨血中沉潜始终的回族血性一脉相承。通常的经验是，当作品怀抱的气质与作家乃至其受洗的地域气质真正打通之时，文本所呈现的思想与情感张力，才会触动心魄，过目不忘。从这个意义上说，中篇小说《第二百零七根骨头》堪称是王树理小说中的得意、得力、得法之作。

一个鲜活的灵魂

　　我是在 2003 年的《回族文学》初读到《第二百零七根骨头》的，印象极深刻。时隔六年，在对王树理小说乃至整个回族文学领域进行更加深入的锥探与考量过后，这篇历史小说从形式到内涵所蕴藏的丰富价值，更加辽阔而清晰地影印出来。将此作定义为王树理小说的代表作之一，显然是恰当和重要的；即便是置放在新时期以来回族文学创作的大纬度之中，此作亦是独具开掘意义，值得深入研读的。

自古回回多俊杰，而书写此类题材的佳作却凤毛麟角，我以为多半缘由并不是作家写不好，而是不敢写。回族人物属实不好写，一方面，他们的情感世界与人生际遇受到历史的、地域的、文化的、民族的、宗教的多重元素的发酵作用，呈现出纠结复合的形态，不宜透彻而明朗地加以展现；另一方面，也由于回族人物的历史事迹多被单线传播，易被简单地英雄化、粗糙化。因而，作家若想成功处理回族人物，必须要做的两件事就是：找准人物品格与民族品格的最佳契合点，尽可能地以一带面，写出人物所彰显的回回民族之魂——这就对作家的清洁品性和信仰教养作出了苛求，否则，回回民族的精神气度是无法在他笔下生动复活的；再有，就是作家需要对历史痕迹进行打磨与删选，去概念化、资料化、皮肉化，重塑真实可感的人性之美——这样的要求，则直接与作家的天赋和笔力有关。

因为上述两种理由（或者说优势），王树理笔下的铁铉，无意获得了令人振奋的成功。作家在这位明朝回族名将的众多事迹中，巧妙地聚焦于一根与常人有异的"骨头"，言之于身，实则达之于心，将人物一切的理想与忠贞、气节与风采，在这根骨头之上紧紧蔓连在一起，使铁将军的回回风骨和盘托出，尽美无遗。同时，也正是因为这根骨头，铁铉的一切历史行为和灵魂走向有了别致而可靠的源头，更具引人入胜的传奇色彩和振聋发聩之力，丰润了人性的饱满度。应当说，这"第二百零七根骨头"，不仅是铁铉这个人物个体的"魂"，而且是回回民族这个精神群体的"魂"，更是这篇历史小说最为感人和有力的表达之"魂"。

在作品的开篇部分，一个鲜活的灵魂，就是在一段奇崛精湛的描述中，以其独特得令人惊讶和心悸的性格形象进入历史情境的：

> 一位比普通人多长了一根骨头的回回人，被篡夺了侄子的皇权即将登基做皇帝的明成祖朱棣给下油锅炸了……谁知，这铁铉虽被割裂得体无完肤，仍然倔强得出奇，临下油锅之前，不仅"至死骂不绝口"，而且在油锅里被炸酥的骨头也不肯朝着朱棣。

寥寥数笔，高度凝练且富有刺激性的语言，已然将铁铉的朗朗风骨和悲剧命运展露毕现。从中大可体知，作家对这位回族先辈的爱是酽烈而悲悯的。他不仅在写这个人，也在写自己对这个人和这段历史的沉思与悲怀。历史小说的精妙之处，并不在于情节还原或虚构得何其细腻丰韵，而在于作家对历史事件与人物的别致感悟、解读与再现。显然，一部中篇小说，不可能尽述历史烽烟的苍茫感慨，也不可能把人物所有的情绪氛围、心理状态囊括其中，但小说家往往有自己的感情基调、心理色彩和情绪倾向，当这种基调、色彩与倾向传真在了人物身上，那个人就已经开始在替作家立言和抒泄了。铁铉替王树理所要宣传，或者说宣泄的，正是在当今浮躁时世之下渐已失落而又无限贵重的品质，即：一种威武不屈、视死如归的浩然正气，一种心忧苍生、兼济天下的巍峨大爱，一种临危持节、坚贞不渝的清洁傲骨。作家没有一句空洞的说教与唱颂，而是潜身于情境细节之中去寻找人物的伟岸与高贵。

人本维度："智"与"勇"

"靖难之役"是小说重要的历史背景与叙事推动力，铁铉的大智大勇就一直贯穿其间。作家把人性、气节、命运同皇室内部争权夺利的纷争放在表现的焦点上，在战事发展的纵向链条中，截取了展现铁将军才智敏捷、骁勇善战的多个代表性断面，让争战的复杂背景成为人格的舞台和人心的炼狱。譬如，燕军公开反叛一开始，他就——

> 率众进入抗敌战备状态，不是在校场组织将士操练，就是与军师策划御敌之策，察看地形，构筑工事，把个攻防体系部署得严严密密，真个铜墙铁壁一般……组织回民丁壮五百多人，编成一支护城敢死队，严阵以待，随时准备抗击燕王叛军……

这是在写铁铉运筹帷幄、胸怀韬略的将才风范。后来，燕军未能攻破泉城，反而被铁铉"所出奇谋屡屡套住"，则进一步将其聪敏才智做以铺叙：

> 这铁铉原是回回人的后裔，少年练习武功时，就曾熟读兵法，并从先人那里学得了使用神机铳、佛郎机的手段，又有济南城里那些熟悉此类战法的老回回鼎力相助，与燕军交战中常常出其不意地使敌人遭受重创……

作家的巧智就在于，不仅通过战略战术的描述与解读，活现了一个人的"小智"，同时也挖掘了他所代表的一个民族的群策的"大智"，如此，文气便开朗大气许多。

再如，铁铉为阻止朱棣大军开炮，在城墙上悬挂出一块太祖高皇帝的神灵木牌；将燕军的劝降书撕得粉碎掷于城下，亲书《讨逆贼檄》以飞镞射入燕王大营；招募水性好的兵勇趁夜色潜入水中，将燕军所筑堤坝撬塌，淹得燕军鬼哭狼嚎，叫苦不迭……诸多充满戏剧性的情节设置，如同强劲有力的肌腱，组阁成一个有血有肉、有勇有谋、可听可感的大将军形象，使人崇佩之情油然而生，更为后来主人公悲剧命运的降临，做了充沛的情感铺垫——任何怀有良知和怜悯精神的读者，都无法接受如此一个可爱、神勇、智慧、坚贞的硬汉，最后遭遇被烹的残忍刑罚，哀叹震惊之余，作品的艺术魅力也随之浮涌而出。

心理维度：双重文化背景

如若说，对铁铉指点江山、纵横决荡的将军气概进行复原与塑造，是相对容易、相对表层的一道工序，那么，王树理对人物更加深刻的理解、更加高明的艺术表达，则体现于对铁铉内在品质及其精神源流的溯寻。作品正叙部分一开始，就将少年铁铉安设在一个充满信仰特质的情境之中，通过清真寺里念邦克的穆萨阿訇的视角，让礼拜中的小铁铉以"站则顶天立地、鞠躬平背负天、跪坐岿然如山、叩头如根生于土"的英姿高调登场，并使老阿訇不由赞叹道："真是棵好苗子！"事实上，这种赞叹，正是作家对于回族传统文化滋养之下的忠贞、爱国、尚勇精神的钦佩与神往，也是铁铉日后成就一番将才的教化之启蒙。

最能体现铁铉信仰教养的情节，莫过于题写寺匾一事。这一段描写之传神、内涵之精粹，堪称全篇的点睛之笔——

先生蘸饱了毛笔后，长长运一口气，用足全身气力，在那
白生生的六尺宣纸上，横书一个大大的"一"字。这一字横看
竖看都是一根骨头，就像回回的"回"字中的任何一笔，里里
外外，方方正正，不斜不歪，它代表着回回人的骨气……

这样的描写和诠释，叫人觉得亲切和欢喜。作家能够由一个毛笔
字，联想出一根骨，继而根据字的形神样态牵连出整个回回民族的气
节，出其不意而又顺理成章，毫无做作的痕迹，应当说是殊为难得的。
这种设计有效展现了人物丰厚的精神背景，强化了作品的内蕴与深度。

尤其值得礼敬的是，作者虽然以饱满醇厚的民族热情，浓墨重彩
地赋予主人公以回回民族优良传统的经脉，但决不狭隘地将这位英雄人
物完全塑封在本民族的障蔽之中。在作者看来，铁铉既是回回民族的优
秀儿子，更是中华民族的优秀儿子，他不仅深受回族思想的教养，同时
自幼蒙受儒学，年少时便能用孔子的"忠君"思想和伊斯兰教"人德
五道"中的"诚信"来诠释"君君臣臣父父子子"的思想内涵，是典型
的在双重文明滋养下成长起来的"经汉两通、儒伊合璧的硕儒"。他认
为"能得皇上眷顾，做得朝廷命官，实乃真主保佑，慈悯有加"，他举
意"要像前朝的回族将领一样，按照《古兰经》规定的人德五典和孔夫
子的君臣之礼，傲骨丹心，忠贞不贰，以报王恩"。

当一个"中华的铁铉"被塑立起来以后，作品的主旨开掘才游刃有
余，文化容量才充沛，思想通孔才不狭小。这是作家在大文化观统摄之
下一种襟怀的延展、精神的跳脱，无疑也为回族作家对回族人物形象的
塑造及其民族性的理解，开凿了一条相对宽阔、高位的通道。

社会维度：人民性

对于一位誓死殉国的爱国将领，作家没有过多从国家意志上对其做出评价，而是将他置放在最广阔的人民心灵深处，接受来自底层民众的礼赞与纪念。英雄永远是属于人民的。当铁将军"磔其体而烹之"的噩耗传来，济南城内"悲哭之声震天动地"，回汉人家都以各自的方式举行祭奠，"整个城池的悼念活动持续了月余"。人民的至爱与叛军的至恨，构成鲜明的情感反差，美丑自现，善恶自明。作家在尾声部分用富有浪漫主义色彩的笔触为英雄作结：

> 铁铉遇害了，他的那根刀剔油炸也不肯低头的骨头，化作了一座山脉，横亘在泰山脚下。有人说，那是泰山的余脉，是独尊的五岳镶嵌在黄河岸边的一双眼睛。古城济南因了这根骨头的故事，在历代抗击风险的风风雨雨中，成为以忠诚为灵魂的天然屏障；古城的人们因了这根骨头的故事，增添了若干以秉操持节为荣的自豪感。

在作家看来，滚滚黄河东逝水，浪花淘尽英雄，是非成败转头空，唯有历史的尊敬与民众的记忆，是英雄无上光荣的桂冠，亘久蓬勃的生命脉动。

叙述视角的自然转接

小说在叙事中设置了三重视角：采用最多的是历史的视角，客观钩沉，娓娓讲述，支撑起主人公主要的生命历程；另两种视角则相对隐性，往往于不经意间穿插祖露，一种是他者的观察视角，即历代后人对铁铉的评价和记写；另一种则是作者自我的视角，如同说书艺人一般，在华彩的故事讲述后，往往加入几句自己的评价，融主观情思于客观叙事之间，从而使人物复活在本者、他者、作者的三重视域中，更加地本真和多维。比如，引子部分有这样一段自陈：

> 每至大明湖公园的铁公祠，友人看罢祠堂里的简介，免不了要问一些先生生平之类的问题……以我等有些文化水儿的人，尚只能一知半解地作些说明，考之广大民众，真正知道铁公祠来历的人也就更加凤毛麟角。何不依据史实，将其作为一篇故事敷衍出来……

这是在交代写作这篇小说的缘起。又如：

> 去年春上，我的一位朋友从西安游历归来，说起在化觉巷清真寺参观"一真亭"时的情景，问我这"一真"二字的含义，我与他讲了这段历史后，他才恍然大悟地说，想不到此二字竟有这么大的来历，在叛军大军压境的情况下，能够以此表达自己的志向既维护了自己的信仰，表达了自己表里一致的人品，又体现了为国尽忠的博大胸怀和骨气，真有志之士也……

这是对一副题字发表的感怀，有提拔主旨之妙。再如，关于"铁板差一线，走却高飞燕"的故事，作家这样评点道：

> 看来，这位姓洪的先生，对于燕王的狡诈与残忍也是极其

愤慨，以至于发出"独恨大镬油沸溅，不减一点糜烂燕子面"的感慨。退一步想，当初那落下的铁板若将朱棣砸成肉饼，历史将会是如何一番模样呢？

个性化的假设与反思，从侧面肯定了铁铉的谋略与历史价值。再如：

> 想那做官为宦之人，都有一点像铁公对朝廷社稷那样的忠诚，有一点为百姓着想的责任心，少一些竞奢斗靡，花天酒地，也算是对得起衣食父母，对得起自己的良心。

这两句，则是力透纸背、借古讽今、极具社会意义和现实意义的旗帜之笔。至全篇结尾处，一句"铁铉被残害六百年以后，写小说的人写了这一段故事，也算是对铁公的一个纪念"，则用深沉质朴的笔调表达了后辈对英雄的缅怀，节制而有力。如此可见，作者视角"导读式"的介入，非但没有影响叙事的连贯性，反而增添了可读性，使题旨得以丰满。

《第二百零七根骨头》的语言富于沧桑感，格调整洁庄严，皆是明显的优长。若谈不足，大概就是小说对历史的全景展示过于周全，宏观有余，而代表性的细节还有待强化，若此，人物也将进一步生活化、人性化。

一根傲骨，一身血气，支撑起铁铉的传奇人生，也支撑起王树理的生命书写。我希望，这种刚烈之美、正直之美、坚贞之美能够始终如一地贯穿在王树理的小说创作中，形成他作为一个山东回族作家独特的创作风格，甚至成为回族文学、中国文学的主要美学流派。这不是一种轻巧的、讨巧的流派，却是负重的流派，寂静的流派，是关乎灵魂本质的流派。它应该如同饮虎池边的虎气一样，更多地渗入当代文学的肌肤，潜进作家的血液。终有那么一天，铁铉们的迂腐与牺牲，以及为铁铉们虔诚执笔的作家们的贵重，将会引得世人默想。

2009 年 6 月 9 日

双向互动：藏汉文明的差异与调和

——评何晓长篇小说《佛心》

在跨文化表述时代，当代文学的面颜无法抗拒少数民族文化的润养，这其中以藏文化的色系尤为浓重。现在我们见到的，大概有三类人在写藏地：一是以阿来、次仁罗布、万玛才旦、梅卓等为代表的藏族作家，他们渴望通过对藏族文化基因自觉的、深度的开掘，让更多人读懂藏族人的眼神；二是以马丽华、范稳、杨志军等为代表的汉族作家，基于一种文化外部的视角，他们可能比藏族作家更清楚藏文化内陆的哪些部分，最易获得外部的认同与感知，《藏地密码》《水乳大地》《藏獒》等一批长篇小说在文坛掀起一股强劲的"藏风"，对长期被遮蔽的文明认同的获释，起到良好的增益作用。但少数民族文化是一座深不可测的魅力之谷，对其质感的捕捉与再塑，必须从本质上调整视角和立场。纯粹的外部眼光固然可以迅速截取民族文化中有意思、有市场的那一部分，却暗含着浅层文化符号的猎奇嫌疑，极可能不是文化内核中最有力量的那一部分。在这个意义上，既有清醒的局外视点，同时兼具少数族群内部心理素质和信仰传统优势的其他少数民族作家对藏族题材的"入"与"出"，显得尤为珍贵。四川籍回族女作家何晓（赵晓霜）新近创作的长篇小说《佛心》（新世界出版社），就很有代表性。

这是一部文化传奇小说，以一块格桑花形状的玉佩为线索，讲述了几代人同在六世活佛仓央嘉措情诗的吸引下，走近西藏，走近心灵的圣域，由此摊铺开繁复的历史皱褶，将不同民族、不同代际的人们之间的情爱与仇恨、宽恕与责怨、皈依与背叛、求生与向死，巧妙勾描串联，组阁成一座充满层次感、段落感、雕塑感、厚重而鲜活的历史城堡。小说在看似轻松好读的叙述中，一直在努力触及一个负重的命题：文明的冲突与融合。这是一个不算新颖的命题，但何晓为我们提供了一个富有个性化的介入角度，融入了作家特有的地域体验和生命关怀，使得这种讨论弥散出鲜润的气息。

小说重点写了两个汉族女子：李瑶姬和李明珠。她们是生活在不同时代背景下的两代人，但共质的特点是或自觉或非觉地接受了藏文化的濯洗。这其中，她们共同热爱的仓央嘉措情诗是灵魂的媒介，寓指着一种对于非物权化的精神意志的抵达。在解释文明的冲突与融合时，作家主要借助的阵地就是理想与现实的矛盾交叠：汉族学生李瑶姬远嫁西藏，变成了格桑梅朵，现实带给她的是文化隔膜下的深度孤寂。如刚进藏地时，"捏着鼻子学吃酥油茶"，"仰着脖子学吃糌粑"，"没有人能听懂她说的话，而她也听不懂别人的话"。后来，为了阻止土司丈夫种植大烟，她又失去了昂贵的自由，失去了文化表达的权利，被关在潮湿的地牢里过着暗无天日的生活，以致悲哀地死去；另一方面，她对活佛的向往与追寻，又始终焕发着巨大的理想力量：

> 她敲着碗碟给自己伴奏，唱仓央嘉措的情歌；她在阳光里站到官寨的碉楼上打望远方，期待着那梦中的红色藏袍能够像云一样从高天飞来；她在月光里把自己浸泡到月亮措里，让全身上下的每一寸肌肤都和格桑花亲密地相拥……

丰满的人像表情之下，掩映着一种理想主义的美丽、深情与自尊。小说很见功力的思考在于，李瑶姬一生处于一种冲突的悲剧中，但是本性上其实是接受了一种文明的调和。换句话说，对于这个女人，现实是冲突的，但理想却是融合的。比如有这样一个细节，写她在临死前取下脖子上的半朵水色格桑花，戴在孩子身上，这正是在说她希望使自己倾尽生命追寻到的一种文明融合后的精神理想，可以永远延续下去。

现代生活中的新一代汉族女孩李明珠，没有经历这样多的沉重与波折，但她与李瑶姬有着文化长旅上的高度相似性。正如藏族男孩意西尼玛所说："我毫无缘由地从明珠身上感受到嬷拉（指李瑶姬，作者注）的气息，好像她是嬷拉的转世一样。"明珠与意西尼玛的爱情马拉松，会让读者觉得冗长和延宕，迟迟没有结果，但我想这处繁笔正是作家的用意所在，实际上李明珠对意西尼玛的感情接受过程，正象征着汉文化对藏文化的认同和吸纳：这当然需要一个漫长的过程。小说在这个问题上，很灵巧地预制了一个丰满的空间坐标，使人物从容地游弋其中，经受情感的沉浮与思想境界的攀越。

首先就是姑娘的故乡，那个以阆中为原型的四川古城。在小说中，这里是汉族传统文化的保真地和集散地，浓缩着古老的诗意气质，却也不乏陈腐与封闭的病态隐患，暴露出对异己文化不够宽容的警惕感。譬如，迥异的饮食、交际、审美习惯的碰撞，对自然和动物（尤其是狗）的态度比对等，都传达出藏汉文化存在的差异，以及由此产生的文明隔阂的忧虑。何晓是阆中土生土长的作家，在以往的小说中大量触及古城地域背景，她对这块土地的文化嗅觉是灵敏而值得信任的，表达是沉稳纯熟的。另一个空间坐标点，是泸定桥，这里是中国历史上有名的藏汉交界处。小说在这里开始尝试化解古城的文明冲突，进入到文化过渡带；再一个重要的坐标点，就是西藏的理塘，明珠和旅行的伙伴们分开，独立留守在这里，迎来了一次质的蜕化。理塘被誉为"世界第一高城"，也是当年仓央嘉措想借仙鹤的翅膀飞来的地方，它象征着强势的藏文化的精神高地。明珠在这里找到了她的"仓央嘉措"，走进了"那个答案"，实际上是找到了一种生命的姿态，一种爱的姿态，一种文明的认同感。与李瑶姬以死作结不同，明珠在完成了文化的跨越后，与意西尼玛终成眷属，两瓣格桑花玉佩寓言化地合二为一。由此，可以看出作家尽管对于文明冲突心怀隐忧，但对于文明融合的前景，始终是充满自信的。融合并不是同化，而是一种多元共生的状态，差异性将得到基本的保藏，不同文明将在自尊与他尊的原则面前，在双向（而绝不仅仅是单向）的进入中，获得自然生动的和解。这或许是《佛心》这部小说贡献出来的最重要的思想成果，也是一个少数民族作家，对民族融合问题的深度求解与清醒言说。

小说的一些次要人物，尽管各有各的故事线，但都可理解为上述主题不同分支、不同程度下的某种暗合。扎西巴杂，当年土司的侍从，是保守文化的代表，他对历史记忆的痴情，对现代传播媒介的警惕，对汉化教育的忧患，体现了文明终端的坚守姿态。意西尼玛，从中学时就离开藏区到汉地上学，受到较多的汉文化熏染，但他身上有很强的寻根意识，在追求明珠的过程中，也贯穿着对藏族母体文化的回归。同时，他与老一代藏人扎西巴杂的对谈和碰撞中，也隐喻着现代性对民族文化心理和思维方式的潜在改造。央金拉姆是一个让人觉得无辜和疼惜的女孩，她对意西尼玛的爱慕是失效的，不妨可理解为作者对表象化的文明内部认同的一种反思。卓玛姑娘是一个商人，很会做生意，但她的精神追求最为深刻，体悟到"灵魂已经轮回了，可肉身还没有"这样巨大的茫然感。她一直强调需要一个"与众不同"的人，"我越需要他，他身上的人间烟火味道就越重；他身上的烟火味道越重，离我就越近；但他离我越近，就越不是我所需要的"。为此，她陷入自己营造的"巴比伦塔"里了。这种永恒的不可调和性，使小说多了几分厚度，它促使对生命缺少观察与认知的人们，进入反思，譬如意西尼玛，就有意识地进行了一种自省般的比照："在她的深海面前，我发现自己不过是正从高高筑起的堤坝里倾泻而出的人造瀑布。"

此外，英国人鲍勃，见证、求真、延续历史的古城老翁，"走四方摄友网"的驴友们，穿起藏袍的小护士等，他们以清澈无私的爱的形象，传播着像阳光一样的藏汉文化——与历史书写部分调子极灰的汉人为藏地带去毒品的描写"大烟的叶子就像刀一样，在他们的脖子上晃"相比，当下民族文化的生存方式，已不再是强行地进入与瓦解，已不再具有暴戾的伤害性，而是一种真诚的和解，甚至是彼此的保护，这种大气的文化观"让人们在温暖自己的同时，也温暖着更多的人"。

丰腴的人物群塑，杂生的故事线条，只因为一个关键词"仓央嘉措"而变得清晰起来。显然，对其情诗内蕴的探讨，也不应忽略。"情歌的感染力，就像风一样，能把种子撒到任何适合花开的土地上"，"活佛的歌也是在宣讲佛理，或许还有更深的意义，就看你怎么去想"，这些句子似乎为我们的解读提示了一种思路：女子们挚爱的情诗，并不只是"为爱而生"的情感本身，更有着一种对自由、纯洁、高贵的彼岸境界的神往，充满着清冽深沉的宗教意味。事实上，就是在这些诗里，暗藏着作家一直没有点破的"佛心"，即信仰修养的内核。这个问题并不是任何一个人、任何一部作品可以回答的，它是一种主观的体验，人人都可以结合自己的生命轨迹，提供一种解答的角度。譬如弘一法师对此的解答，就是"慈悲"。那么，何晓，作为一个回族出身的女作家，她对于藏文化的信仰精神有着怎样的观察和提炼？我将其总结为两个字：

静默。就是这两个字，构成了精神世界与物质利诱对峙平衡的可能。

小说开端部分，李瑶姬一出场，就营造了这样一种情绪：她明知道江水是流动的，但她相信江水是静止的，"因为她看到了、感觉到了远远的静止"。李明珠、意西尼玛等人对藏文化渐进的追随与热爱，也是源于静默的力量对人心的刺激和感召，譬如在惠远寺，他们从藏民和喇嘛的表情中读出了一种"全世界最深沉的静默"，甚至，意西尼玛"今生唯一想通过画笔达到的目的，就是让更多的人能用心感受到这种静默"。这里作者还特意留出意味深长的一笔，把这种静默类比为"回教徒冥想着沙漠时的静默"。很明显，作者在解读藏文明的时候，本能地渗透出回族母体文化的感知习惯，也显示出作者阐释不同民族文化、宗教文明的探索精神。藏文化博大精深，她的答案一定不是确定和唯一的，甚至可能是漂移的，但我们应该承认，这一定是一个必要的角度，这个角度就是我在本文开端所谈到的：既区别于藏族作家内部的文化自觉，又不是汉族作家非信仰化的纯粹外部视角——全新的他者民族的第三视角，使何晓在解释信仰命题时，多开了一扇窗，也多了几分冷静与从容。

这让我联想到，少数民族作家写本民族生活有优势，写其他少数民族的生活，也有一种区别于汉族作家的优势，甚至与该民族本身相比，也未必浅薄。最典型的例子，就是张承志的《黑骏马》。就草原文学对蒙古民族气质的把握来说，这无疑是一部难见对手的作品。我曾听玛拉沁夫先生如此感叹道："我写了一辈子草原，没有写过张承志。"我们在意的并不是哪个作家写得更好，而应该意识到，他者民族对本土民族的书写，其实有巨大的潜力和成熟的可能。这让我们必须承认，多建设一个文化的参照系，对于思想的定位和文学的表达，不仅重要，而且必要。由此评论界也应该建立共识，少数民族作家书写其他少数民族题材，应该受到更充分的关注和评价。

小说在文学手法上也有一些值得评说的亮点，最显著的就是叙事方式。故事的展开有一个隐藏的第三人称的讲述者，但最有秘史气质、引人入胜的故事，往往是由当事人以第一人称讲述出来。不同视角在交替轮换，不同的历史路径分别洞开，不同的表述习惯交融共辉：意西尼玛的沉稳客观，扎西巴杂的苍凉凝重，明珠的感性细腻，卓玛的诗意忧伤，充满了波折，充满了颠覆，充满了未可知的命运和个人的经验与超验。这种类似说唱艺人的表达方式，很容易让人联想起《格萨尔王传》，书面史与口述史的配合，使藏族民间文学与现代小说技法得到有益的嫁接。仓央嘉措情诗在每一章开端出现，也借鉴了藏族长篇小说的表达传统，会让藏族读者感到亲切。情节的打散化处理，形成一个个快切的蒙太奇小单元，减轻了阅读负担，读来轻快流畅，时刻充满新鲜感和探秘欲。作为一部以爱情为主线条的市场化运作的小说，作品没有丝毫外露的情爱描写，把爱情写得很内敛，很端庄。这些都值得称赞。

《佛心》是何晓第一部长篇小说，显示出不俗的实力，我想这与她此前写了大量出色的小小说有关，悬念设计、人物造型都是难得的好手。但这部小说也有一些仓促之笔。比如，在理顺错综复杂的人物关系时，小说似乎还稍欠章法，阅读时偶感吃力，个别地方仍有刻意圆说的痕迹。往往，当谜底被揭开，人物关系清晰之后，前面的细节却容易被遗忘，造成理解上的断裂感。情节安排上，游历藏区这一部分，显得有些拖沓，民俗描写也不够深入。人物口述中，意西尼玛的个别感受过于细腻，如"他的腿太长了，坐在那里的确很委屈"，"我看不惯他的胡子……越想越觉得不伦不类，想着想着，笑出了声"等，有女性心理的痕迹，与藏族汉子的形象不大协调。再一点，就是可以感到作家对宗教文明的解读还缺乏深度探究的勇气，圣约翰大教堂、清真寺、布达拉宫等宗教元素的出现，多停留在文化的表层，未能潜入灵魂的深处进行开掘，未免有些遗憾。

　　"不要打扰所有的生灵，让一切自然地生长"，这是小说在尾声部分的一句话。对自然、文明、生命的敬畏感，对静穆境界的深沉吟唤，让人"仿佛沐浴着月亮措透明的阳光，看到了月亮措透明的湖水"。心境的提拔，理想的幸福感，包括信仰的力量，往往只在于静默中的一种主观体验。正如意西尼玛所说："心里有了，眼里有了，他就成了你的一部分——我期待每一个好姑娘都能找到她们今生的仓央嘉措。"

2009 年 12 月 28 日

守护住这涓细的一眼泉源

——读李进祥的小说

李进祥的离去使回族文坛失去了一位主将，然而这种折臂之痛远不拘囿于一族一地。对新世纪以来的中国文坛而言，李进祥的小说无疑是位居主流行列的，他分明是不容忽视的珍贵存在。之所以这样说，是因为在理解世界的视角愈发趋同的症候普遍笼罩在中国作家群体时，李进祥对少数族裔生存境况的持续关切，以及他所不遗余力表达的"生生不息"的生命意识、以"换水"为核心意象的清洁精神，增补了主流文化中稀缺的养分。遗憾的是，这种文化多元意义下独特的价值追求，尚未得到主流文坛的充分认知。

精神土壤的阔大与多维，使偏安西北一隅的李进祥眼中的世界，有着远远超越了本土意义的时空感。以短篇《四个穆萨》为例，同叫穆萨的四个人在世界各地历经着迥别的生活，有的在生命线上接受灵魂的拷问，有的在辛苦恣睢地奔波，还有一个安坐于桌前，而李进祥在这些不同空间的人物身上找到了精神的同一性，发出了"他们都是我"这样如闪电照彻夜空般的哲学慨叹，这种带有人类视野的思考恰是中国作家所不惯见的素质。愈是写多、写熟了的人愈会明白，好作品最难处并不在手法，而是世界观趋同僵化后思维路径的"逾矩"之难。更久的时间可以回答,《四个穆萨》与中国文学最高奖的擦肩而过,到底是作品的遗憾还是奖项的遗憾。倘使有一天,世界意外地发现了这篇遗珠之作,或许会感喟一个中国作家曾发出过如此倜傥不群的声音。

对回族文学而言,李进祥的意义更为值得铭记。一言蔽之,在今天,如果有谁对李进祥的作品不够熟悉,则一定不可能对回族文学全局作出精确的研判;甚至也可以说,对一个回族文学的读者而言,李进祥的小说不仅是必修课,也是最好的启蒙课。王彬彬师等学者曾对"可持续写作"问题有所论说,如果放在回族写作者群体来看,这就不是一个小问题,而是一个大问题。就新世纪文学观之,能够长期地、不间断地保持强健的创作态势,写出有影响的作品后,仍能以不降低质量的新作不断支撑和证明自己的作家身份——看似是身为作家的常态,但受才情、心志、写作环境、身体条件等因素所限,实际上真正达到了"可持续写作"标准的回族作家,严苛说来仅三五可数。李进祥属于那种最努力的写作者,不事声张,暗暗发力,诸体裁、题材、写法均有涉猎,特别是创作后期呈现革新求变的锐意姿态,每岁总能贡献不俗新作。他确实是回族之中能够纵贯新世纪二十年时间线最富于参与感的一位小说家,而比之上世纪八九十年代的文学环境,这二十年对作家的造就优势式微,但李进祥与石舒清、马金莲等几位回族小说家构成的"共同体"所达到的总体高度,较之前辈无疑有着相当卓著的开拓之功。这就是为什么我们会对李进祥的溘逝特别地感到痛惜,出一位这么结实的作家太难了,而他正逢创作黄金期,仍有太多佳构蓄势待发。不算悲观的估计是,失去李进祥的时代,很可能将是回族小说创作步向元气大伤、势孤力薄的低谷期。

新世纪以来,石舒清、李进祥、马金莲这三位小说家几乎代表着回族文学的最强阵容,这是业内的共识。中短篇是他们共有的优长,相较于另外两位，李进祥在长篇小说领域有着更为执著的探索。他在新世纪之初即出版长篇《孤独成双》，没有走"先短后长"的路子，这种出场姿态并不多见。能把短篇写得很好的人，未必写着写着就能写好长篇；而最初写出了好长篇的人，似也更难驾驭对技巧要求实则更高的短篇。李进祥的可贵在于，二者在其创作实践中皆能处理得比较自如。重读《孤独成双》，我惊讶于李进祥在创作肇始之际即本能携带着的一股猛劲儿，那种对民族文化的根性认知，那种英雄迟暮的苍凉心境，那种颇具历史感的悲剧意识，像凸出泥土的盘根一样，随时在叙述中"顶"出来。尽管在手法上还留存几分青涩的划痕，但我仍然觉得这是李进祥最有力量的一部作品，也标注着李进祥会是一个有力量的作家。即便后来他写了很多女人，很多柔软的故事，但骨子里焦渴、撕扯、莽撞而有节制的力量感始终或明或暗地存在着。《孤独成双》可能装着李进祥整个文学生涯中最沉重的一个抱负，可惜作品问世之际的李进祥还未获声名，这在很大程度上影响了作品的传播与影响。而今当我们纵向地往回翻寻一个作家的历史实绩时，着实应当从回族题材长篇小说的整体生态上对《孤独成双》进行公允的重估。

　　创作后期的李进祥在长篇上的发力是显明的，可能是一种来由已久的情结，也可能是创作道路的突围策略，抑或伴有每个作家都会有的瓶颈之惑。不论基于怎样的心态，接踵见世的《拯救者》和《亚尔玛尼》两部长篇足以见证作家潜在的能量。这就要再谈到回族文学的整体景状了，新世纪以前，应当说回族的长篇小说是有着突出优势的，张承志、霍达、马步斗、马明康、查舜等都有名世之作；新世纪之后，回族的长篇小说虽屡有新作，但品质上乘者并不易得。我的感觉是，李进祥作为中青年一代的回族作家，他在长篇上所下的苦力带有一种时代赋予的使命感，似乎在以一人之力为一个民族"挺"起了一个过重的担子。他的文学始于长篇，而止于长篇。读绝唱之作《亚尔玛尼》时，感到他已为此消耗了内力，但仍有更大的抱负在隐隐萌动。或许唯有他有这个能力，在这个时代为回族写出一部真正意义上更有分量的长篇来？比如，他曾有过那么丰厚的外出跑羊绒、发菜生意的经历，有扎实的乡下教书体验，是多好的长篇富矿。这么讲，实在还是遗憾居多的，我真正倾心的长篇是马知遥《亚瑟爷和他的家族》那类具有广阔社会现实和历史纵深感，甚至带有史诗味道的大部头，回族缺这样的大作品。李进祥走后，下一个会是谁来完成这负重的接力呢？

在我看来，李进祥在本质上是一个极具天赋的短篇小说家，他写得最好的还是短篇。如果要在他的创作生涯中找出一座分水岭的话，我想应该就是 2009 年小说集《换水》的出版。集子中的作品基本可以代表他早期的取向，即书写以宁南山区回民生活现场为中心的世相众生，内敛的精神操守、敏感的道德自觉、节制的行为纪律，是他对民族人物的总体把握。继此之后的十年，李进祥拉大了视野的开阔度，大胆涉足多元化探索，从"都市聊斋"到"乡村志异"，从城乡矛盾到网络前沿，至于民族题材也更向内核区域挺进。这些作品主要收在《换骨》《生生不息》两部新近出版的小说集中。作为世纪初即在跟踪阅读他的一个读者，我对李进祥早期的作品更为看重，诸如《女人的河》《口弦子奶奶》《屠户》《换水》《害口》《捋脸》等篇目，于我简直可说是痴迷不已，甚至不消重读，那丝丝缕缕的迷人气息依然浓酽。

关于这些小说的特点，已有论者从底层叙事、清洁精神、女性形象等角度予以读解，而我更想强调的一点，是李进祥的"清水河人物"系列对回族题材小说创作的范式意义。我们谈论宁夏几位小说家时往往把他们并置在一个群落，却常常忽略他们之间的差异性，其实李进祥的小说与石舒清、马金莲很不一样，是另一种味道的回族文学。这是一种怎样的味道呢？难以约略作结。大体上，李进祥的小说倚重故事性、节奏感，带着一股"抓人"的劲头，那有嚼头、有力道、重含蓄的语言氤氲在叙述始末，形成一个极有吸附力的磁场。在技术上他是超越了前辈作家的，在他之前，大概没人能把回族题材的小说写得这样新锐好读。他的小说也带有某种"示范"效能，很容易引领受众，宁夏一批作者的小说多少带有他的烙印。只不过李进祥的小说看似好学，实则难学。读西北地区一些回族小说，普遍地感到气息陈滞，但李进祥的小说在风貌上极具先锋感，这一点就不易学到。

不过，会不会存在一种可能：当小说写得太"像"小说了，反而很难写成大境界的作品。李进祥的小说普遍成色好，值得推荐给读者阅藏的佳作亦颇多，只是似乎缺那么一部特别具有"大师"气象，足以立得住、叫得响的垂世经典。容我例举的话，或许《拶脸》和《四个穆萨》更接近这样的境界？似也留有余地。当然，这对任何作家来说都是一种苛求了，我只是觉得，李进祥这样的作家是应当归于这样一个层次的。

之所以说李进祥对回族文学的贡献是卓著的，还在于他长于表现民族的精神本质，而不拘泥于外形。自《孤独成双》之始，李进祥已明白无误地宣告，他是一个有着浓厚民族感情和宗教情怀的人。具化在作品中，这种情感有时"明扬"，更多则为"暗美"。有些故事原本与回族关联不大，但一抹隐微气息的翕动，会使你感知，这其实是一个回族的故事，而故事里的回族内核是深刻的。这一现代理念对回族题材而言是无比宝贵的经验。例如《亚尔玛尼》，看似与民族无干，但个别笔触会写到此村是"信神"的，彼村是"信鬼"的，这很可能是解码整部作品的一把密钥。至少，这是一个有神性意识的回族人眼中的世界，这样的世界与生俱来地带有民族性况味。

相较转载、获奖的名篇，有一个叫作《带着男人去北京》的短篇不大惹人注意。一间窄碍的卧铺车厢，六个没有名字的旅客，六张漫漶不清的脸孔：男人、女人；男的、女的；男孩、女孩。"用包给自己开道，用自己给男人开道"的女人，带男人去北京看病，一路悉心照顾，可男人基于病患和自尊，执意逃避，甚至准备伺机轻生。女人用不动声色的举止投足，用人格深层蓄积的坚韧，担起了早已超越了本分的滞重使命，以柔软度化着坚硬，复活了男人治病求生的意志，同时也以忠贞的力量带给另外两组男女人物以感召，濯洗灵魂的浊流。作品也没有名表回族，但盒饭的细节使有心的读者明晓了女人的精神来路。然后我们发现，潜游在生活底层的、困顿的、凌弱的，甚至是苦难的民众，他们常常被忽视的精神世界，一旦经由作家的良知表述出来，是何等摇撼人心。基于此，我觉得《带着男人去北京》不仅可被列入李进祥后期最优秀的短篇，也有资格成为近年回族小说的经典。

李进祥的作品对宗教生活描写不多，仅有的几例却笔力沉实。如《生生不息》，讲家族的生命力，带有回族哲学中浓重的生死关怀。《黄鼠》写一位阿訇在灾年为濒临绝境的人们宰鼠救命，对道德的叩问延展了灵魂里最丰富的侧面。作家最难面对的就是自我的审视，特别是对回族作家而言，对母族生活的描述如何超越善与恶、美与丑、新与旧的矛盾，告别一味的美化与袒护，用最广大的心，写出那些更深的疑问，和人类精神中更高远的母题对话，恐怕是艰难竭蹶的考题。还有一篇《宰牛》，指涉"错位"引发的信仰游离，对西部回族乡村社区中个别存在的拜金、官本主义思想有所批评，十年前我曾言其可能是李进祥最要害的作品，标志着作家全新的精神阐释域境由此开启。如今看来也是，或许没有如此一番"轻轻地触碰"，就不会有后来《四个穆萨》那般河出伏流的气势。一个作家最重要的精神矿泉是可以滋育和延展他的创作长河的，在风浪中守护住这涓细的一眼泉源吧——它终将生生不息。

2019 年 7 月 16 日

李进祥长篇小说《亚尔玛尼》责编手记

不知道李进祥构思这部长篇有多久了。记得 2012 年，他来北京领"骏马奖"的那个秋天的傍晚，我们曾在宾馆有过一次长谈。那时宁南山区的生态移民已搞了几年，有了很好的成效，我就在暗忖，这么大的事情，生活在那里的作家不会没有触动。实际上，确实也有一些作家动了笔的；但李进祥没有动，谈起这一类话来也总是深思熟虑，没有把握便不想轻易表达的样子。

去年 2 月初，在银川再次见到李进祥，得知这部长篇已快写好了。他仍没有多谈什么，只说是几乎用了写短篇的气力在处理每一个章节。言辞间，还是难掩他对这部新作的倚重——还有，骨子里的几分得意。

应该没有哪个作家对自己最新的长篇不看重的吧，但直到拿到《亚尔玛尼》的样稿，一轮轮地编下来、校下来，我终于显明地感到了作家心里那种沉得很深很深的负重，也更加理解了李进祥的欲说还休。

这是一部乡村挽歌式的作品。

如果熟悉李进祥前些年的中短篇，或许会留意到一篇叫《梨花醉》的小说。村子已搬空了，只有一个李根老汉偏执狂一般地留了下来，谁劝也不走。李进祥的小说写"出走"的多，写如此固执的"留守"，这篇算是一例。如果说,《梨花醉》中的乡愁已经开始发酵了的话,那么在《亚尔玛尼》中,可以感到乡愁较之作者先前所有写作都愈加冲动的漫溢之势,几乎可说是汪洋恣肆了。

主人公六指的养父去世,养母改嫁,他就跑到城里,打拼了几十年,但总感觉不踏实,只身回到村里,寻找自己的心灵根基。可村里人已经全部搬迁走了,他一个人从废弃的房子里找到些生活用品,还有粮食和蔬菜种子,开荒种地。在千方百计求生的同时,他常常点亮那些残败老屋里的油灯,照亮一户户人家,也由此开启了对脐带之地的重新发现与探秘。空村并没有真的空,邻村的牧羊人,回村上坟的、送葬的、挖宝的、考古的,还有儿子、司机……形色人等接踵而至。终于,他无法继续留守下去,只好再次逃离。然而,正是临行前那照亮每一间房屋的灯火,变成一场大火,吞没了村庄最后的幻想。

与李根老汉的纯粹固守不同,六指身上携带着从"出走者"到"归还者",到"固守者",再到"出走者"等多重身份。他经历了更为开阔的命运遭际,吃透了城市与乡村的世态炎凉,故而以他的视角打量下的亚尔玛尼村,沾染了精神域界更多的丰富性。

荒芜之下,隐痛触手可及。

那不是谁一瞬间的感时而伤,而是源于作家自童年时代涵养起来的对土地、自然和宇宙万物的敬畏意识。无疑,只有理解了李进祥的精神来路,才能理解《亚尔玛尼》中如此极致、略显不够贴切的孤独。

宛如异域的一个空村,宛如童话中的一个人,一只半野的狗,一片草木的消长,一群飞鸟的翻飞。甚至小说的结尾告诉我们,这竟然都是六指的一个梦。究竟是一场火灾是这个梦呢,还是全部的叙述都是一个梦?都有可能。小说的处理就是这样,沾染着一点"百年孤独"般的如梦似幻。

但一切又何尝不是如此逼真！人心悲欣交集，村子由兴而衰，也可能浴火重生。邻村没有搬迁，正在进行新农村建设，那里可能有更美好的生活。这就是处在急遽变革中的农耕文明最真实的现状：繁荣与凋敝同在，破败与新生并存。

有的作家可能对新近出现的生活更为敏锐，他可以把朋友圈、抖音、美团外卖写得一波三折、风生水起；有的作家则不然，他可能对新的物事稍显迟钝，相反总是沉迷于旧日光阴，总是对正在发生的"消失"黯然神伤、夜不能寐。

李进祥无疑应当属于后者吧。

有时我也在想，如果我们的作家都在一切朝"前"看，没有人在意我们在奔跑的路上弄丢了什么，对那些失而不得的东西不再怀有留恋与同情，那么，文学的脸孔是否也太过冷硬？

又或许，文学经久不衰的秘密之一，就在于对"消失"无法阻遏的痴迷。

2019 年 1 月 25 日

"极简主义"：对《清水里的刀子》
电影改编策略的读解

2018 年 4 月上旬，根据石舒清小说《清水里的刀子》改编的同名电影登陆院线后，对原作的重读成为许多观众的标配之选。已被改编为电影的鲁迅文学奖作品并不很多，不外东西的《没有语言的生活》、毕飞宇的《哺乳期的女人》、葛水平的《喊山》等几部而已，故《清水里的刀子》甫一公映，不仅获得电影界的注目，也同时吸引着文学界的打量。常识认为，小说改编为电影须有一定可行性，情节清简、主打心理的一类，就不很适合；然而《清水里的刀子》恰恰属于这样一篇典型：六千四百余字的短制之内，心理描写即占了八成。连石舒清也坦陈："仅凭原作是很难成为一部电影的。"这就使该片的改编策略成为一个颇具难度的美学谜题。经与小说原作细致比对，会发现本片风格明显倾向于极简语汇外表下深层意涵的呈示。对此样本加以读解，不仅可为小说的影像转化贡献一例经验，也有助于中国电影美学风格的多元拓进和国际交互。

当"极简主义"与中国电影相遇

短篇小说改编为电影的条件虽不如中长篇那样充沛，但成功案例也并不寡见，例如史蒂芬·金的《丽泰海华丝与萧山克监狱的救赎》之于《肖申克的救赎》、张爱玲的《色·戒》之于《色戒》、叶弥的《天鹅绒》之于《太阳照常升起》等。纵观之，这些改编后的电影较之原文本均有较大扩张，或主旨延展，或情节增容，有的甚至只是借取原作的意象片段，所讲述的已是另外一个故事。基本上通行的方略是：总要由简单变得复杂，否则难以完成转换。《清水里的刀子》之所以值得引发一些审美上的特别关切，就在于它的改编，偏偏走了一条罕见的反向路径：由复杂变得简单。由简入繁易，由繁入简难。如此不大合乎惯例的改编策略无疑有些惊悚的味道。在 2017 年北京国际电影节上，当导演王学博被访谈者问及"心理活动很难被视觉化，你怎么处理从文字到影像的这种转换，使得它更具电影感"时，王学博回答："任何形式的转化，都是找那一根'神经'，它不能是内容的转化。"关于这根"神经"，他进而阐述："我能提炼出来的第一个东西是'极简主义'，所以我的影像，或整体风格也有意地偏向'极简'。"①

并非导演的主观阐述一定有资格作为电影研究的证据，但作为一种相对新锐果敢的尝试，导演潜意识中如此明晰的艺术观点却不宜忽略。我所要追问并解决的是，被抛出的"极简主义"概念是否在《清水里的刀子》的改编实践中确实得以自洽，以"极简主义"为该片美学风格命名是否存在合法性？

下述讨论中，所谓"极简主义"至少面临两种边缘化处境：一是，就电影领域而言，"极简主义"的实践应用及理论爬梳尚远不充分。已见研究中，以"极简主义"作为绘画、设计、建筑等视觉艺术的原理支持最为多见，甚至对电影海报的研究多于电影研究。这固然合理，因为

---

① 王学博、叶航、周天一：《生与死，简与繁——访〈清水里的刀子〉导演王学博》，《北京电影学院学报》2017 年第 3 期。

"极简主义"真正形成艺术思潮，正是肇端于 20 世纪五六十年代美国新派绘画。此后的 80 年代，"极简主义"被用来概括以雷蒙德·卡佛等为代表的短篇小说家的叙述风格。其主张一方面受绘画影响，"尽量使用最简单的写作素材，同时又承继海明威的'冰山理论'，试图通过这些素材传达最丰富的生活体验"[①]。尴尬的是，当"极简主义"置放于电影维度中时，却很难做出学理上的所谓套路或语法的严格确认。有电影著述对"极简主义"（minimalism）词条的解释是："朴素而节制的拍片风格，电影元素被减至最低的程度"[②]；也有论者将此风格总结为："用尽量少的艺术素材、尽量简要的艺术语言，达到最大化的艺术效果。"[③]显然这些粗放的概括尚不足以匹配于"极简主义"在持续变化中的跨领域、多面貌实践。二是，对"极简主义"风格的探讨主要散见于一些国外导演，显著者如迈克尔·哈内克、罗贝尔·布列松，亦会涉及卡尔·德莱叶、小津安二郎、阿基·考里斯马基、洪尚秀等。已有评介中有些是恰切的，有些则显得不够恰切，然而中国电影却一直是个被忽略的存在，似乎这一概念只与世界电影有关，将其中国化以后便显得夹生了。从创作实绩来看，应该承认，中国导演对"极简主义"风格的追求不十分自觉，特征显明的作品尚且乏见，但这不应忽略个案的存活。在此语境下考察《清水里的刀子》的美学趣味，或可列为中国"极简主义"影片新近发生的一个代表性案例。

---

① 唐伟胜、李君：《"极简主义"的叙述困境及其解决：〈洗澡〉与〈一件好事儿〉比较》，《当代外国文学》2010 年第 1 期。

② 〔美〕路易斯·贾内梯（Louis Giannetti）：《认识电影》，北京联合出版公司 2016 年版，第 546 页。

③ 谢周浦：《论当代极简主义电影生存态势——以迈克尔·哈内克作品为例》，重庆大学 2014 年硕士学位论文，第 34 页。

把心理感知与思考交与观众

改编前后的文本互照是解析本片"极简主义"取向的必要进路。在叙事走向上,影片保留了原作的基本内核:回族老人马子善的老伴过世,为四十祀日搭救亡人,儿子耶尔古拜建议宰掉家中那头无法耕地的老牛。家境艰难的老人只好默默应允,开始了与老牛的临终相伴。临近祀日时,马子善为之磨刀,却意外发现老牛拒绝吃饮。他想起老人们的传说:牛是大牲,若举意端正,"这头牛在献出自己的生命之前,会在饮它的清水里看到与自己有关的那把刀子,自此就不吃不喝了","为的是让自己有一个清洁的内里,然后清清洁洁地归去"。四十祀日当天,老人不忍看到爱牛被宰,出门而去。

可见,故事的核心质素都已被提纯出来,要害环节几乎无一遗漏。但影片与原作在整体风格上的断裂感依然存在,究其因由,我以为人物情感表达的节制化处置是改编的首要特征。读者悉知,原作的叙事动力并不在于情节的戏剧性跌转,而主要是以马子善老人贯通始末的心理描摹为驱动的。小说开场后的第一叙事单元,是马子善在坟院送别老伴后的漫长思索,这里,石舒清不惜用极致的笔墨纵容了一个孤独老者丰赡隐微的心灵轨迹:从"似乎听到一个苍老而又稳妥的声音附在自己的耳畔"轻轻诉说,想到坟院才是他的家,继而想到自己"就在死人和活人都增多的过程里一天天一天天活到了七十多岁,衰老成了如今这副样子";又由"院门外的浮土上印着很多的脚印",感到"终有一天人们要把自己留在这里"的无力;随后复用整整一大段,相继思考了孤单的福分、老伴出嫁时的情景、与儿孙的距离感,最后落在情感最重处:"连自己什么时候死都不知道"这一"异常的伤感与恐惧"的终极问询上。

以上心理描写共计五个自然段,占全部篇幅的四分之一强。影片改编时对上述乃至此后几乎所有心理描写，都作了毫不留情的删节。其实，这些心理场域的波澜也可以借由适当的视听要素加以转换，比如老伴生前与老人的对话（事实上剧本最初即有此类段落）、闪回人物的青年时代。这些常态化的处理策略未必就是"俗谛之桎梏"，但导演基于极简精神的苛求，使一切情感的表露都变得不动声色，静若止水。于是，我们只看到老人在坟院中静默跪坐的身影，夜半听着钟表滴答声的发呆面颜，手掌油灯走进牛棚后的久坐背影……那略显迟滞的举止、极少变异的表情、几被删光的对话，像是粗冷的线条在对着静物重重勾勒、缓缓着色，使人物愈发接近一种浓稠的油画感。

无疑这是一部"闷片"。对于很多观者而言，接受《清水里的刀子》如此沉闷的大段静止和留白，是颇具困难的。即便在有些业内人士看来，这样极端的尝试也是冒险的。已有报道中，导演谢飞关于"过度地弱化的单薄情节，非职业演员们被导演得如此无趣、呆板"的批评，与贝拉·塔尔、苏莱曼·西塞等国际电影节评审对马子善扮演者的盛赞，就构成了两极分化的接受体验。在欧洲观众对文艺片的评判标尺中，是否引发观众的深度思考是关键一环，他们最不喜欢的就是片子把话说得过满，使观众丧失了介入的契机。这是中外观众在接受习惯上的明显差异。《清水里的刀子》在美学取向上的"极简主义"，尽管很难在国产片中找到相似的对应，却与布列松等欧洲导演有些许神韵上的通感："当情节与表演被布列松——否定，他的作品便纯净得只剩下了电影"，"他追求一种形式上的客观与单纯，从而开放作品自身的意象空间，让观众自主参与对作品的建构"①。

经过极简处理后的《清水里的刀子》就为观众预留出极宽阔的心

---

① 金晓非：《电影课——中外经典电影欣赏十二讲》，河北大学出版社 2012 年版，第 274 页。

理互动空间。譬如，马子善去求村长批一块坟地后，紧跟的镜头是老人如雕塑般面对苍凉群山的侧影，可以感受到他在小说中的独白："草率地一死，让人埋到一个窄狭处，可就坏了"，也可理解为他为自己设想着归真前"洗得干干净净的"，"跟一些有必要告别的人告别，然后自己步入坟院里来"等一些场景。又如，老人几次跪坐在老伴坟前，有一场的后景中是牛在走动，便可想象老人此刻或许正在心里与老伴对诉：这头牛马上就要宰了；而在牛棚中与牛对视的静场中，也似有一个声音在说："竟是这样一个高贵的生命"，或者也可以是，"如果谁用鞭子打他相同的数量以示惩罚，他一定会很乐意很感激的"。大量预设的感受与思考其实早已被精心嵌进类似的"潜文本"中，长镜头的静态留白只是让奔跑在路上的观众从被动的牵引中解脱出来，慢下来、站下来，主动地去感受人物，并经由感受获得创造性的思考，最好能够替代人物去传情达意。只有在观众由纯粹的"他者"转变为"在场者"的主观介入之后，才会融聚来自不同场域的经验而发酵出多元丰富、远不止于创作初衷的那些猜度和遐想，由此，更为旷久而深挚的审美快感才会成为可能。

极度节制的情感

同样基于情感节制表达之需要，原作中关于人物哭的描写出现多处，而在电影改编中全部滤去，不着一笔。如：马子善刚送走老伴时，描写为"鼻腔陡然一酸"，电影中则略去特写，只表现了细雨中老人模糊的远影，由跪坐到站起，迎向镜头走近，出画，此时景深变化，雨水由虚变实，显得更迅疾了一些。这里，实则是以雨水的隐喻替代了表情的直白；又如，发现牛不吃不喝后，对老人的描写是"喉头处像硬硬地鲠了一个什么硬物，他觉得自己的泪水带着一股温热迅疾地流下来了"；当他上了高房子，坐在炕边上后，则"两手蒙住脸"，"说不清自己为什么竟有那么多的泪"，"终于呜呜咽咽地哭出来了，心像一个大海那样激情难抑"……一系列描写使马子善的感动心境达到高潮，也是作品容易获得共鸣之处，但在电影中这一段落被处理为老人只是叹了一口气，而后"两手蒙住脸"，未见呜咽，直到儿子进得门来，始终不发一声。

牛被发现不吃不喝后两天，对马子善的描写中也有"感恩地点着自己的头，泪水在他的脸上流着"之笔，磨刀时则有"看见自己的眼里有亮亮的东西掉下来，溅到青青的磨石上和耀眼的刀刃上"之描写，而在电影改编中，这些外露的表情符号同样被剔除殆尽，如磨刀一场，甚至连老人的身影和面部都没有展现，只是以特写表现一双粗手在用力磨刀，配以强刺激性的霍霍之声。可以感知老人此刻的内心状态是希望把刀磨得越锋利越好，以减轻牲口的痛苦，而小说中的泪水则以画面中汤瓶之水浇在磨石上的细节来加以隐喻。紧随其后的一场戏是，妇女们正在准备宴席，先切洋芋，刀工飞快，菜刀碰撞在案板上发出重重的敲击声；接着切冬瓜，当菜刀与体积更大、如一只胳膊般粗壮的冬瓜相遇后，所发出的声音也变得更具切肤般的质感，同期混有锅中的煎炸声。这一切都被门口偷偷伫立的马子善察觉，他或许在想：切菜尚且如此，若是宰牛又将何等煎熬。影片不留痕迹地展示生活的细部，不明确地交代情感指征，却以细节做出了种种暗示。

据访谈得知，其实，扮演马子善的农民演员在真实生活中也是老伴刚过世，起初听导演讲剧情时，直接就哭了。然而如此有情感共鸣的演员并没有在影片中展示哭泣。再如收拾遗物那场戏，出演儿媳的演员在拍摄前两天母亲刚去世，拍戏时她一直在哭，导演没有阻止她，但最后选择的是几乎看不出在流泪的镜头。[①]这些都说明，导演拒绝一切煽情的定力是坚决的。他只是将男主角唯一的情感释放留在了最后一刻：宰牛前夜，马子善点燃了油灯，低声诵经，昏暗摇曳的火光映衬出老人眼中的斑斑亮迹，那是噙在眼中悬而未落的泪水，比之让老人大哭一场的煽情式处理，这样一个深如井水的灵魂显得更为内敛和强悍。

小说中的耶尔古拜也曾多次哭泣。在叙事第二单元即第六自然段之始，耶尔古拜回到家中，便"拿着他母亲的照片抽抽噎噎地哭着"，见父亲回来了，"就眼泪巴嚓地过来问他"；刷牛一段中，则写"他突然想对着这牛，泪雨婆娑地喊一声娘，这愿望竟是那样强烈，使他几乎不能抑制"。影片中，类似情感夸张的表露同样尽皆删去，不但如此，连儿子的戏份也删减了许多。小说视角虽以老人为主，但也掺入了儿子的视角；影片则保持了视角的连贯性，从始至终皆以马子善的视角带着走。中国电影的表达习惯是以情节生长推动叙事，逻辑线如何运动就如何组织情节，极少出现以人物视角为逻辑依据的案例。本片中，为了突出马子善视角的绝对主体，便有意弱化了儿子及其他人物的表现，比如小说中写耶尔古拜刷牛，就有诸多独具生活气息的细节："用一把大刷子蘸了清水洗着牛身"，"把洗衣粉洒在牛身上"，"把它的尾巴搭在自己的肩上"，"把女儿缺了齿的梳子拿来，将牛尾浸湿"，"站在远处欣赏它"等，如作影像展示都将增加生动的美感，但影片还是只表现了儿子给牛梳脸、擦身的单调举止和冷峻表情，充盈着生活与生俱来的粗粝感和棱角感。关于磨刀一场略去儿子的处理，亦是基于类似伦理：从保护情感张力的角度出发，任何来自旁人的干预都可能破坏老人心旌摇撼的意境。

---

① 王学博、叶航、周天一：《生与死，简与繁——访〈清水里的刀子〉导演王学博》，《北京电影学院学报》2017 年第 3 期。

日常生活的增容与极简之间的调适

既然原作删节如此决然，那么又是如何发展为九十余分钟的长片？增设的情节都有哪些，又是如何体现了所谓的"极简主义"？看来，这是至此必须解决的难点了。

我以为，《清水里的刀子》与其他短篇小说改编最大的一点不同在于，绝大多数作品都是将原有的简单情节复杂化，节外生枝，组织更为丰富的人物关系和情节生长点，增加戏剧性的跌宕有致，而《清水里的刀子》扩充部分难觅类似倾向。导演王学博自言："小说的戏剧点在于牛突然开始不吃不喝，从这个点来发展长片张力会更强。但我最开始看这个小说就没有把落点放在这里，我更关心整个四十天都发生了什么，所以我需要找到这四十天里与人和牛生活相关的内容。"①为了构筑一个更为真实可感的社群生态圈，影片增设了儿媳、邻居、王老汉、村长、孩子们等角色，看似人物增多了，但人物关系并没有因此显得枝蔓凌乱。诸如马子善还钱、王老汉借米、王妻生产、全家抢接雨水等增设的段落，几乎都不具备对故事情节的推动意图，它们更多展现的只是社会生活的一个组成部分。看似做了加法，实则仍是减法，减去戏剧性、故事性，留下日常的本真，留下浓郁而质朴的"生活滋味和烟水气"（石舒清语），于平静无声处、波澜不惊中展现生活的阔达与静美；而美本身，也成为了叙事。我认为，这是《清水里的刀子》耐住叙事学伦理的审问，坚定于"极简主义"追求的一个重要面向。

对西海固地区回族仪礼和农村放牧生活的密切呈现，也使该片极具影像民族志特征。如同中国小说极少出现艾特玛托夫式的对自然的极

---

① 王学博、叶航、周天一：《生与死，简与繁——访〈清水里的刀子〉导演王学博》，《北京电影学院学报》2017 年第 3 期。

致刻画和抒情，电影也是如此，消费生活的冲决、节奏的逼仄、人伦关系的暗涡潜伏、叙事抱负的膨胀，都使得我们的电影步履匆匆，很难停下来呼吸一口新鲜空气，望一望天空的模样、群山的色彩。但以蒙古族、藏族等为代表的少数民族电影的崛起，使渐趋罕见的集体仪式得以存续，人与自然的情感得以修复，人类与生俱来的古老精神密码得以激活。《清水里的刀子》作为少数民族题材中较少出现的回族叙事，将观众带向苦甲天下的宁夏南部山区，通过具有宗教礼仪色彩的诸多情境（而非普通意义上的情节）和广袤自然的本真裸呈，将哲理探讨深入到了地理维度下的人心秘境，使人类社会那些亘古不变的根性意义得以复兴。

从影片开端一系列葬礼规程（请阿訇、点香、祈祷、净身、送葬、填土），到礼拜、沐浴、取经名等西部回族社会习以为常的礼俗，众多仪式融合为西海固人文镜像不可遮蔽的一部分。这些并没有叙事能动性的碎片，非但不能组阁为情节的有力生长点，反而对叙事具有稀释作用，使结构显得更为零散、随意。而这种田园放牧式的风格，恰恰是该片苦心寻找的气质所在：看似简易的闲笔，却意境深微。不连贯的叙述，表面细节突出，大量的叙述省略，也正是"极简主义"的主张。

最典型的段落就是马子善的三次沐浴。清洁是回族传统习惯中极为看重的一项，即便在十年九旱、极度缺水的西海固，人们宁可留用最干净的水源去净身。无论洗全身的大净，还是洗局部的小净，都兼有"洗心"意旨。原作中，马子善老人有过类似闪念，但未做直接描写，影片却不惜用两次大净、一次小净的篇幅，纪实化地呈现了清洁过程的逐个细部：第一次是大净，被安排在马子善替老伴还钱回家后，这次"洗心"偏重于洗清自己和亡人身上的过错；第二次是小净，被安排在新生婴儿取经名之后和牛不吃不喝之前，此时的清洗精神已由先前对亡人的偏重移向了对牛的关切，以小净作为一种情绪的舒缓和小结，预示一个新的叙事段落即将开启；第三次又是大净，被安排在马子善向阿訇求教老牛显迹一事之后，意指清洗灵魂的不安，或含有对牛的赞叹和愧疚，或含有自身对终极意义的惶惑。"极简主义"的要诀，体现在让受众看到极尽简约之能的已有描述，却能想到更多未曾描述到的意涵。这几处沐浴虽在叙事上全无推进，却在意境上达到"以少喻多"之效。

变异与颠覆

增删之余，影片与原作相较也有几处明显变异。

比如结尾部分，都讲到马子善为避开看到牛被宰杀的一幕而逃离家门，但落点不同。小说的描写是，日落时分，老人回家了——

> 他的脸总之是有些苍白，他先到牛棚里转了一圈，然后他像是下了一个决心，他走进门里去了，但是他很快站住了，他看见一个硕大的牛头在院子里放着，牛头正向着他，他不知道牛的后半个身子哪里去了。他觉得这牛是在一个难以言说的地方藏着，而只是将头探了出来，一脸的平静与宽容，眼睛像波澜不兴的湖水那样睁着，嘴唇若不是耷在地上，一定还要静静地反刍的。他有些惊愕，他从来没见过这么一张颜面如生的死者的脸。

这一寓言诗般的结尾尽管可称经典却并未被还原，影片采取的策略则是：老人出门后，在神话般的茫茫雪野和山下踽踽独行，直至走到坟院外围。这次他不再跪于坟前，而是站在坟院外远望，转身脚步坚定地走过坟院。随着镜头缓速摇移，老人下坡的身影渐渐被地平线吞没，满目只剩下被白雪覆盖的一片荒冢。当然，如果镜头不是戛然而止，老人也有可能继续走下去，到黄昏时分回到家中，仍然看到地上残留的那颗牛头。故而如此改编并算不上是本质的变化，只是所抓取的侧面有所不同罢了。"极简主义"叙述特征中包含着一条：随意而开放的结尾。影片正是有意避开了对牛死去的写实临摹，而以更加发散的姿态，引入对生死命题的绵绵思索之中。

本片在极简风格的塑造下最为凸显的一个美学主张，是强调观众看见的和没看见的，听见的和没听见的；看见的不一定听得见，听见的也不一定看得见。这是一个颇有难度的挑战。在小说描述中，"显然，这头不吃不喝的老牛是看到自己的那把刀子了，就在它面前的那盆清水里看见了"，但影片中却留有克制，始终没有出现清水里的刀子，看见与否，一切都成为了未知。这一改编是较大的一点异动。

影片也并非完全将克制一做到底。在老人出门后，镜头中安插了众人将牛牵出、锁好、合力将其扳倒，并由阿訇诵经、预备宰牛的画面。那把刀已经伸向了牛的脖子，尽管此后的画面被截断，但观众依然可以从惊恐的牛眼中感受到死亡的残酷，也可以感受到那把刀子的切肤之痛。这种痛感的刺激性，甚或已超过了小说中所描写的"颜面如生"。从影片的叙事要求来看，如果通篇都是一如既往的不动声色，未免过于温吞，缺乏力量感，这一处理使所有的沉默凝结为一束撼动人心的嘶吼，直面生死临界之门，获得强韧的艺术穿透力。导演在此没有将极简风格做到极致，也可以说，这一步不大协和的僭越算是做了一次妥协。

与结尾处理相比，我以为更大的变化在于格调和光影。原作中，死亡叙述始终贯穿在阳光的笼罩下，"清晨的阳光照亮了墙壁和牛的一部分，使牛身有着两样颜色"，"晨光给高高的树梢上淡淡地涂了一抹金色"，"这牛棚有着一些缝隙，一些金叶似的阳光从那些缝隙里照进来"，"像金子那样的阳光落在大大的桌面上，落在摊开的古老的经典上"，不同叙述单元中如是描写俯拾皆是，故而虽是一个关乎死亡的故事，读来却心生几分暖意。气候作为铺衬的背景对于阅读感受的影响，竟至于此。然而影片中的影调处理几乎是一次颠覆，不但未曾出现丝毫阳光，不曾有跳飞鸣叫的麻雀，反而增添了浓稠的雾气、频现的雨雪，整体色彩是安哲式的浸润在雾影重重中的忧郁蓝调，与人牛之将死这一贯穿始末的死亡命题紧密随行，丝毫没有做出情绪调节上的让步。

这种影调上的颠覆感成为影片与小说最大的分界线。可以感知，导演对死亡主题的感应色彩较之小说作者更为冷峻和严苛一些。阳光看似被剪掉了，然而那些说来就来的雨，说白就白的雪，仿佛正是生死的本真状态：召之即来挥之即去，谁也无法预料，更无力阻挡。我最欣赏的一个镜头是宰牛当日清晨，马子善从守了一夜的牛棚走出时，天地间骤然一派苍白，那下了一夜的大雪仿佛是主人一夜愁白了头。偌大的村庄，老人却无处可去，如孤魂野鬼一般游荡着，仿若是《都灵之马》中一家人无处可逃的再版。极简之风约束着影片不可能袒露更多，但如此浓重诗意一旦被敏感的经验撞到了、发现了，观者所获取的审美震撼无疑是相当深切的。正因如此，读懂《清水里的刀子》或许需要付出更多的诚恳与安静。

2018 年 4 月 18 日

真正的"和"是多元共生

——评黄旭东长篇小说《前程》

自新文化运动以来,乡土逐渐成为中国文学的主要疆域。中国作家对农民命运的关切程度,在世界上鲜有望其项背者。基本上,最好的中国作家,如鲁迅、沈从文、赵树理、萧红,如张承志、路遥、陈忠实、莫言、贾平凹、余华,写得最好的对象,都是农民。这个现象,使我对费孝通的那句"从基层上看去,中国社会是乡土性的"愈加信服。一个有乡土情怀的作家,他对于脚下的土地、笔下的农民,势必是饱怀着骨肉情怀和忧患意识的。

从长篇小说《前程》(河南文艺出版社)的阅读中,我感到作者黄旭东就是这样一位作家。我读到了他蓄沉在意识深处,一种深切的、深沉的甚至是深重的——对土地的礼敬。同时困扰我的是,已经有这么多的好作家都写了乡土,缔造了那么多经典性的乡土形象,对于那些还未活跃在文坛一线、未被读者广泛认识的作家,他们笔下的乡土世界将会寄存于何方,将会抵达何样的精神高度和社会深度;或者不讳地说,他们的写作将会表达出多大的书写价值?我想起评论家郎伟一本新书的名字:《写作是为时代作证》,似乎有了些启发:乡土文学的重要意义很大程度上未必在文学性,而在于社会性和人类性,它应该担当起一种记录的功能，写下时代变迁中土地的阵痛、人心的离合，写下农耕文明在城市化崛起的风潮面前，在工业文明和信息文明冲击面前的种种喜忧情状，写下中国农民最真实可信的精神图谱。从这个意义上说，乡土文学不是太多了，而是太少了——我的意思是，脱离了同质化、类型化的局限，找到当代性的陌生视角，具备一种扎实的记录感，深入地表、潜入农民心眼里的乡土文学，太少了。

《前程》正是找到了一个颇为别致的角度。小说描写的是中原地区一个叫作辛夷村的山村，农民们在新农村建设征程中的喜悦与悲伤、创造与守望、离散与凝聚。这个大的背景是惯常化的，但有意思的是，特写镜头下的农民形象却出身于多个民族，譬如汉族老支书老辛、县民宗局长第五福、回族新支书海成、蒙古族经济能人王照华、满族农民企业家哈满贵等。不同背景下的生存际遇、社会角色、民族习惯、道德伦理、思维方式，构成了中原大地上一幅色泽丰富、细节充沛、鲜活传神的山乡风俗画。我们知道，中原地区是汉文化的起兴和中兴之地，少数民族的文化形象是相对边缘的。广义的描述下，中原是少数民族的散居区，而小说中的辛夷村，却是这样一个散居区里的聚居区，而且还是多民族聚居区——不同于新疆、云贵、广西等多民族聚居区的是，中原地带的多民族景观，是建立在迁居与重组基础上的，并非像西部地区那样具有本土性和原生性，因而是罕见和陌生的，由此也就构成了一个极有看点的文化样本。这个题材虽有写头，难度也是显而易见的。黄旭东凭借多年的基层民族工作经验，凭借着对中原大地上各族人民的挚爱与认知，凭借着一种清醒中正的大文化观、多元文化观，准确地把好了这道脉，从从容容、稳稳当当地深入到这个弥散着辛夷花香的世界，使人感到丰厚和惊奇。应该肯定，在当代少数民族文学格局中，这部小说有着可贵的开拓意义；对于乡土文学来说，小说的记录视角也是独特和巧妙的。

在描画多民族生活时，小说的主线条是一个"和"字。但为了表现这个"和"，作家没有走唱赞歌的官路子，而是完全从人的生存状态，以及由此而来的心理状态出发，甚至直接从反向的冲突写起。他的表达意图在于，真正的"和"，不是自始至终的风平浪静，而应该是有多元文化的异彩纷呈，也有彼此的交融碰撞，并且不可避免地要在交融中出现分歧与摩擦，但一种建立在公义、和平、尊重意识上的社会主流价值观，应该具有足够的理解修养和处理能力，去及时消化这些不和谐的碎片，从而达到一种根性的、深远的、多元共生的"和"。在这一创作理念的牵引下，作家从容大胆地描写了许多民族生活中真实可触，稍显敏感，以至常人不会写、不愿写、不敢写的事体。比如，清真餐馆换老板、回民误食大肉水饺的"饺子事件"，回族女工被烫伤、董事长推卸责任激起民愤的"女工事件"，大泽乡的清真专柜不清真事件，回族罪犯被火化事件……这些是这个以回族为主体的乡土社区较为显性的民族纠纷，此外还涉及到了汉族、蒙古族、满族等其他民族在生活习惯、文化取向上的碰撞与调和。应当说，如此直表地触碰民族敏感问题，在文学作品中是极其罕见的。作家若没有深厚扎实的对民族问题的洞察力和把控力，是绝对不敢涉猎的。但我想说，黄旭东不仅写了，而且处理得很好。这里有两处经验值得总结：

一是平民视角。作品以写实主义的手法，本真描摹，贴近土地的气息、农民的胸脯、民族的情愫，写他们最真实的心，表达他们最朴素的意见，最活泼生动的存在状态。比如，有一个情节讲县委书记赫连云天开斋节来到辛夷村，大家请他讲话。作家这样写道：

　　赫连云天站起身，手往下一压，和蔼地说："我今天是来

贺节的。还有一点儿时间，和乡亲们拉拉家常，好吗？"说完，
他指着面前的油香和麻叶，问道："恁好看的东西，让吃吗？"

　　再也没有比这样一种平民话语，更能够把官员塑造得如此亲民了。
尤其是后半句，县委书记问能否吃油香，充满了对少数民族民众的尊重
与亲切。这个细节写得很出彩。

　　作家不光写好听的话，也去努力深入尖锐的命题。典型情节是，在
"女工事件"中，支书海成的父亲海英生帮伤者父亲出主意，说"政府
对少数民族的事儿很敏感，不行的话，咱们白帽子一戴，把县政府一
围，你看领导重视不重视，当官的管不管"；民宗局回族干部答明劝解
说："这样围着对咱们老表们影响不好，更不利于事情的解决。"海英生
又直截了当地说："我认为没啥不好！来县政府上访的人还少吗？一百
起有九十八起不是回民，你们为啥没感到不好？我们一来就认为形象不
好了，无非是你们一见戴礼拜帽的心慌就是了。"

　　读到这里，我不禁哑然失笑：写得太真实，太有生活了。我对民
族生活有体知，也有许多听闻，往往民族矛盾的发生就是这样单纯而无
奈，正像小说中所写，海英生这个正直老实的穆民"没有什么特殊的
个人目的，只是感到有一种为本民族争取既得利益的使命感"，只是想
"显示一下少数民族的力量，向当前普遍存在着严重劳资矛盾的剥削者
们宣战，让他们认识到弱势群体不是谁想欺负就欺负的"。这种心态不
是一个海英生所有，而是广泛存在于各民族群众之中，而朴素的民族感
情、文化边缘化的自卑与自尊、不够理智的应对矛盾的方式方法，往往
又成为矛盾进一步升级的干柴和火把，也往往造成民族内部没有必要的
消耗与伤害。作家对这个问题认识得很准，表达得也很准。他写了最真
实的情况，完完全全地坦荡表露，也就没有了被遮蔽的隐患，打消了猜

疑与顾虑。

二是中正立场。矛盾写得再多，人物是好是坏，是官是民，是公是私，都无妨，作家自己要有坐镇的底气，要有一根主心骨，雷打不动，这就是一种中正客观的立场，一种有威慑力、掷地有声的堂堂正气。之所以说它正，是因为它既没有为了宣扬主旋律，而刻意制造一种"体制话语"，站在政府角度去劝化民众，反而暗含着对民族部门不妥做法的批评；另一方面，小说也没有从狭隘的民族感情出发，纵容包庇民族心理中那些不够健康公正的元素——它只讲公理，用公理来平衡一切。有这个立场作为保证，作品就不会失重，就不会出政策问题。我很赞赏作家对民族工作的见解：他批评政府部门"为了暂时的平静，拿钱买稳定"的处理方式；也批评了一些同胞"一有事就想扩大影响，然后想让政府或对方多出几个钱了事"的小农意识，更清醒地判断到，"在当前市场经济形势下，由于利益关系的变化和调整，一些本来与民族问题不相干的事件很有可能牵扯到民族关系上来"。最终，作家的中正立场具化为一种理性态度，就是"要建立一种处理事件的应对机制，要有章可循才行"，"法律面前人人平等"。这种立场叫人觉得口信心服、喷发有力。它来源于纯粹的生活现场，提炼于大量的案例经验，有很强的社会意义和现实意义，甚至可成为民族工作者必读的活教材。

小说的"留守意识"在乡土写作中也是较为强烈和凸出的。所有人物，无论面对多么纷杂的诱惑，多么纠结的人际关系，多么艰难的阻隔，始终对脚下这块长满辛夷树的土地不离不弃。当下流行的乡土小说，普遍讨论的是"出离"，即着力展现城市化进程背景之下，伴随着农耕文明的解体，农民们精神之根愈显枯萎，纷纷逃离灵魂的故乡，又始终受其召引和牵绊。这类作品更愿意关注农民是怎样"走出去"的，事实上这种方向本身就喻示一种天然的广度，是很讨巧的。相比之下，黄旭东选择了一种决绝的、彻底的"留下来"。他似乎不想让任何一个人物出走，全都老老实实地扎根在这片土地里。小说中罕见的出过门的几个人里，海成和王照华是去省城谈项目，在都市生态的刺激下惹出了一连串怪诞的、讽刺性的笑话，暗含着对城市生活的隐忧与排斥；而女大学生林蓝和她的母亲，最终也都历尽了情感的考历和周折，回到了辛夷村。作家只想踏实地写好农民与大地、与精神原乡的关系，这种鲜明的留守姿态，表达了作家极为浓烈的对土地的依存感和敬畏感。这里实际上还隐含着更深一层的文化蕴蓄：土地所象征的正是一种古老的文化，汉族、回族、蒙古族、满族人物对各自民族文化的尊重与传承（如续写家谱的情节），实际上也是一种对精神家园的留恋。而土地上建桥、修路、通水、通电等新气象、新变化，寄寓着作家对文化自新的期待和畅想。海成与林蓝的结合，则指向不同文化彼此介入、合作共存的可能。因此，这种彻底的留守充满着对文化多样性的探讨，尽管表达得很坚决，却并不显得封闭和沉闷。

至于小说对大量民俗驾轻就熟、滴水不漏的描写，对人物语言地域特色的精彩把握，对社会现象、人际关系的细微勾描，都具有不可翻版性，是作家经验的独特创造。这里还需指出小说存在的几点缺憾。一是叙事缺乏高潮段落，尾声处的葬礼尽管有情绪的爬升，但从情节上看其实是一处滑落，不足以构成高潮，这就使小说读来稍显平淡。贯穿始末的新农村建设项目，由于前面对艰苦环境和农民对建设的渴求铺垫不足，使得后面一项项工程的竣工，少了一些欣喜。通不通水，修不修路，似乎都无所谓。像铁凝小说《秀色》，篇幅不长，但把缺水的艰难写到了极致，最后打井队终于打出了水来，读者的眼泪也下来了，这是小说家的功力所在。再有，人物造型上，个性都有了，但不够立体，原因就是正面刻画过多，人性的背面缺乏应有的开掘。另外，作为一部有中原文化韵味的长篇小说，若多一点历史关怀，从古老辽阔的中原文化历史深处，找寻与当代生活的结合点，可能会使小说更显厚重。

《前程》本质上是一部乡土小说，但很多笔墨写到了官场，或为作家面对文学商业化的一种妥协。令我大为意外的是，小说的结局部分，形形色色的大官小官都谋得了晋升之职，唯有一心为民的村支书海成，远离一切喧嚣诱惑，与他的妻儿恬淡自足地站在辛夷王树下。"他们知道，不管别人的归宿在哪里，他们的前程就在这片土地里"。土地里有民众的命运，有文明的瑰宝，更有乡土中国深沉而辽远的凝视。人的前程，正是一个国家、一个民族的前程。朴实大气的收束，显示了作家的中原襟怀、中华气派。

2010 年 1 月 1 日

乡土回族题材的同质与异构

——由敏奇才两篇小说《牛殇》《节日》谈起

　　关注敏奇才的创作已有十余个年头，但很显然，或许是基于作者自身的低调与优雅，而与此同时的文坛又逐年层递地弥散着一股争抢吵嚷的声息，穹顶之下，如敏奇才这般老实巴交的作家，就显得有些吃亏了。但我一直隐隐意识着敏奇才的重要。起先这是一种说不清楚的直觉，只因他这些年总在发作品，发的又几乎都是回族题材。这一点是谈及当下回族文学生态，特别是西部聚居区的小说创作，就不可避开敏奇才这个名字的因由。但敏奇才真是低调得使人着急和愤懑了：他已公开发表了那么多品相不差的小说和散文，在当地的文学圈里树立了很好的口碑，按说把作品出上几本子，哪怕先自费出上，当是极容易，也极合常理之事——偏偏他就是犟着，不愿意受这份委屈，好像他的作品跟他的人一样，有一种隐含着的贵重的尊严。文学的遇冷俨然与他无关，燥热也与他绝缘，他像一片黄土地里的树叶，就那么静静地伏在土地上，自己很消受地守着一份清凉和沉静。这真是使人感到几分心疼了。

　　直至约组"回族当代文学典藏丛书"时，我找到了敏奇才，希望他给稿子，才知他的那些好小说早已规规整整地排好，仿佛只在等待一个尊重的口唤。这是一本即将问世的小说集《墓畔的嘎拉鸡》，编选过程中，我得以比较密集地读了他的若干中短篇，由此一个新的念头也渐渐清晰和紧迫起来：我想，对于敏奇才，是应该有一种更为充分，也更为公正的认证的。就回族文学而论，西部乡土题材小说仍占据着主流席位，这其中最醒目的几位如众所知皆出自宁夏：石舒清、李进祥、马金莲、马悦……确实，在西部大地，小说写得最好的，都被宁夏占了去。与这片耀眼的星光相比，同为回族重镇的甘肃、青海、新疆就显得有些暗淡。然而一方地域，一个民族的文学，即便再怎么应声寥寥，也总要有它的领跑者。可能这一类人身处其中，未必意识到在场的意味，也未曾做过通盘的审观与考量，但他们在其所处光阴中所信仰和坚持的文学实践，无疑对其脚下的土地和身后站立的族群，是给予着养料，维护着几分底气的。我是想说，至少在今天，在甘肃不断茁长的回族作家队列中，敏奇才可称是正在活跃着的、回族题材小说创作的首席代表。

这里，我想截取他的两个短篇，对敏奇才的小说创作特质进行一次大致的素写，并借此触及一个更为宽阔，也更为负重的话题：乡土回族题材的"同质"与"异构"。对于当前的回族文学创作，我以为，这已是一个不得不谈的、十分要紧的话题。

第一篇案例叫作《牛殇》（又名《孕老三和他的牛》）。所写事体非常简单，讲一个回族老汉，第一次也是最后一次带着他的老牛进城，终将其送进屠宰场，以换钱去买小牛。对于小说创作已较成熟的敏奇才来说，选取这样一则题材来表述，我是有些吃惊的。因为这生活对西北回族乡民来说太过熟稔，而它置放在文学语境中就变得极为艰巨。或者说，当作者决意写这个故事之前，他就已经决然地规避了一切讨巧的可能：戏剧性、离奇、陌生化、多变……离开了这些要素的支持，小说固然仍可存在，但它真的只剩一条逼仄的小径，这就是：以心理的微妙嬗变，来丰满人物的色泽，维持叙事的走向。于是，在极其狭窄的一个规定情境中，一个辽阔的心灵世界悄悄地开启了它的企图：孕老三洗净老牛，牵绳进城，首先想到的第一个麻烦竟是，牛"进了城还撒不撒尿"的问题。在后文的交代中，初遇城市的牛在密集的人群中，还是无所顾忌地"倾泻如注地尿了一泡尿"，"尿迹似铺展的皮绳当街亮晶晶地横亘在人们的脚边，有人掩了鼻捂了嘴匆匆走过"，这使得孕老三感到了一种"羞耻"，甚至准备对牛的"不道德行为"吼几声，可他没有这样做，原因是怕给牛"增加无形的忧愁和惊恐"。这不仅呈现了回民老汉惯有的对万物生灵的悲悯，也触及到了农耕文明在没有准备的情形下，突遇城市文明的一丝惶恐。

细致的感触继而如水墨般淡淡扩散：老汉感受到了在柏油马路上行走的不适，"始终感到脚底下有一种异样的光滑，觉得心里痒酥酥的，完全没有走在田野上的那种舒畅和柔软"；他还想到了牛如老父，"一言不语地思索着，走走停停，好像把一生的经历都要细细过滤一遍似的"，牛与人无论生活的重压如何，都是"从未呻吟过一声"，仿佛知道自己前定中的使命。这样的联想，使老汉更不忍心牵牛进城。在城市上空弥漫的烟雾和刺鼻的沥青气味中，老汉感到了一种"无奈的窒息"，而由此带来的心理投射，渐渐由一个农人的卑怯，演变为一丝"自豪"，甚至"自满"，人们纷纷避让，仿佛是人沾了牛的光。但这种阿Q式的自我取暖，很快又被即将到来的现实的生冷所切断，"一想到这对长角将要失去它应有的威风时，他的心里又多了一份悲凉"。继而，孕老三对牛的心疼，再次由一个细节得以强化，即老牛曾在家中闻过宰羊后的血迹而受惊，老汉觉得今天不能让它见血，理由仍是"不能让它在离开这个世界之前再有一丝一毫的惊恐和惧怕"。但屠宰场内的血腥味是无可阻遏的，因此孕老三"不敢朝牛的眼睛上看，仿佛老牛在瞬间变成了一具血淋淋的骨架"。故事的悲剧气息至此已变得浓酽。当牛被屠戮的命运终于无可挽留之时，作者留下了最后一个使人动容的细节：尽管买小牛时仍然需要，但尕老三果断地丢下了那截血淋淋的缰绳，似要挣脱和逃离这样的记忆。

如上解剖之后应能看出，敏奇才在这篇小说中所展现出来的艺术功力，主要就体现在心理刻画的千回百转与细腻入微。一个简单情境中的人物内在的丰富性，得到了一次可贵的拓进。这种对心灵场域的偏爱与擅长，与回族作家普遍不擅交际与高谈，但沉默之中唯重内心感受的气质有关，也与敏奇才小说之外同样精致扎实的散文训练有关。我总是隐约感到，当小说的虚构功能被弱化以后，从叙事层面来看，一篇小说的成败与否往往与作家的散文功底是密致相关的。

然而，对这篇小说优长之笔的发现与解释，并不能等同于对它的激赏。事实上，负责地说，我对《牛殇》一作的苛责是多于褒奖的。何故之有？乃是在回族文学及作家个人创作的纵横对比之下，题材或立意本身所存在的同质化征候。从回族小说的全局来看，西部乡土叙事几成大势，日常民俗与宗教生态，人与动物的密切关系，生命的终极关怀，成为西部聚居区的回族作家长于表现的几个面向。对于主流文学来说，写动物，写死亡，尚属少数民族的长项，也潜藏较大的接近灵魂深度的可能性；但即便是一个具备着无限深入可能的题目，它所能施展的路径却是有限的。具体言及"宰牛"这一题材，在我的阅读记忆里，单是回族作家近年所写的小说（尚不论散文），印象较深的便有石舒清的《清水里的刀子》、李进祥的《宰牛》、马金莲的《流年》、马悦的《花女儿》、马凤鸣的《被举意的牛》，若拓及其他动物（如羊、鸡等等），则更不胜枚举。是不是可以如是妄论：一位回族作家，如果不写一写牛，便不算写过本民族生活？这质疑或许是刻薄的，但它必须得到直面。因为比描写对象趋同更为可怕的问题是，对牛的感知角度、情感表达方式，对其牺牲意义的解释方式，连同着对生命观的发掘与阐发，这一切，几乎都是经验的复述与辗转。对于每一个作家而言，他可能并无法看到这种倾向所存在的局限性，他还很可能委屈，很可能不服，认为他有权描写最熟悉的生活，然而说得苛刻一点，当我们把视野上升到一个民族的整体文学景象来看，当一篇《清水里的刀子》已将牛的牺牲写到极致之后，在我看来，任何类似经验的重复，或者说低于这种思考水平和表述水平的表达，都是无效的，甚至是无意义的。回族是一个散居全国的民族，东与西，南与北，城与乡差异迥别，当乡土正在极难逆转地携裹着回族文学走向一个单调的视角之时，乡土语境框架内动物题材的扎堆，则进一步加剧了这一局限。一个优秀的回族作家，如他有志于为本民族写出一些好东西，担起一份职责，那么历史地，他就不能仅看脚下熟悉的土地，也应瞭望更宽广的天空，至少看一看同民族的写作者已经写过了什么，如确无超越或独创的可能，是否还有必要以熟悉为由，继续像陀螺一样在同质题材中陶醉地自转？

对于敏奇才这样一位在甘肃临潭的回族聚地——敏家嘴走出来的、对回族乡村聚居生态最为熟悉的作家，上述批评，诚然已太苛刻，但这一局限的反思与超越，恰恰可能成为一位回族作家创作生命中新的生长点。事实上，从我要谈及的另一篇小说《节日》看来，就恰恰证实了我的某种猜想：敏奇才好像早已感到了题材同质化的困惑，颇有些临危受命般地开始了暗暗的"突围"。《节日》的叙事背景对于回族而言仍然日常不过，讲的是开斋节前夜的故事，这又一次遭遇了创意的难点：除却封斋礼拜、望月、炸油香、走亲访友之外，这个夜晚还会有怎样的故事发生，还将有怎样的人物出现？敏奇才给出了一个漂亮的答案：他用两个叫苏苏和圆圆的孩子，把我们牵引到了一个充满童话趣味的域境之内。在这对姐弟俩的眼中，开斋节没有大人所想的那样神圣、复杂和隆重，回族儿童对节日的感知，与汉族儿童对过年的盼望是一致的，那就是关心着节日的礼物——父亲带回的一个神秘绿包，那里有他们期盼了一年的新衣裳，有他们在小朋友面前作为儿童的骄傲与尊严。顽皮的弟弟苏苏，经常与姐姐圆圆斗嘴，总是把刚洗的衣服滚脏，总是让家里家外不省心，可是他的一切却使人感到美好和善意。有意思的细节是，弟弟刚和姐姐在被窝里吵了嘴，听母亲一说，要让他到上房里跟父亲睡去，两个人就一下子没了声音，闭着眼假睡，母亲刚一走，他们就又"咯咯地笑着从被子里探出了头"。为了不重蹈去年开斋节前夜家里的羊走丢的覆辙，苏苏"爬起来蹑手蹑脚地下了地摸到圈门上听羊的喘息声"，"羊圈门的门缝里有一股扑鼻的羊臊味透出来激得苏苏打了个喷嚏，苏苏知道羊都还在睡着觉，心里就喜喜的"……

"节日是给孩子们过的"，写下这句简言的敏奇才其实是勇敢的。想想看，一个回族最为盛大的开斋节，叙事原则却从宏大走向了微小，从正面走向了侧面，从道德高台上的正襟危坐，走向了古灵精怪的斗嘴与嬉闹。当这些反差出现的时候，我们惊讶地发现，原来我们的开斋节并没有因此变得小气或有何不端庄，反而愈加真切地散发出了一种温暖的味道，这就是人的味道，是生活本身所能提供的质感所在。走进小说中那个令人回味的夜晚，我思忖着描写这一切的那个人，是会有着多深挚的善意，多纯净的内里，多诗意的气质，在他那面朝贫瘠生活却无可阻遏的达观里，在那精神丛林的丰饶与美丽里，站立着一个最具象的民族。在惯常节日民俗的"同质"元素之中，发现那些被遮蔽的、可能更为细碎和陌生的元素，进行富于私人化的、带有作家个体思考触角和情感烙印的创制，这或可理解为一种"异构"。《节日》带给乡土回族题材小说的可贵启示，大抵莫过于此。

和一切有信仰的文字一样，敏奇才的小说是美的，美在对生活的诚意存照，对灵魂中最美好的那一部分的挚情留恋，即使写的是碰撞与摩擦，也永远怀藏善意，从不绝望。我固然盼望敏奇才的小说，能从乡野一角，写到更大的天地里去，与更大的风浪争鸣，与今日农村日新月异的时代变革与阵痛贴合得更近，但无论变得开阔抑或强悍，唯愿他文字由表及里的这份洁净与善意，本色如初。

2015 年 4 月 18 日

梧桐树，女人河
——沙益薇女性散文阅读印象

　　寂寞的梧桐树，在叶子长出来以前已经把花开完了，这样一种物象营建夹杂着悲意的情绪，几次出现在沙益薇的散文作品中。它伴随着一系列女性形象的次第登场，构成了整组散文鲜明的人文特质，即对女性际遇的深沉悲悯与真切关怀，淡定的讲述中，流淌出一条波光粼粼的女人河。

　　沙益薇写女人写到了心里去：这是我在阅读她的散文后的直观印象。就我的审美体验，一个散文写作者，能够勇敢地抛弃欲望与知识对散文的侵蚀潮流，不去掉书袋装博学，不去无节制地寄情山水，发些无关痛痒的咏叹，而是朴质地、寂静地，不带任何功利色彩地把笔触集中对准生活的本源，尤其是对准作者身边有血有肉、形形色色的女性，深情地展现她们敏感、湿润的内心——先抛开创作层面不谈，我以为，这样的散文就是值得推荐的，这样的散文观走得很正，很清洁。作者但凡坚守于此，耐住一时的寂寞，是完全可以在女性散文写作中走得更深入、更动人，写出一些成绩来的。

　　谢有顺说，"散文的后面站着一个人"，这大概是说，散文不同于小说的虚构与诗歌的跳动，它更需要一种真实与沉稳的力量，从俗世中来，到灵魂中去。沙益薇的散文，就格外注重女性心灵深处的发现。这不仅是说她写到的人物，每一个都可听可感，极其坦诚地把心交付给读者，从表及里一一呈现；而且，作为一位女性写作者，她用女人的眼睛看女人的世界，也本能地多了几分柔情、怜爱、敏感与忧伤的体恤。在我看来，《看天的女人》是印象最深、最好的一篇。她写母亲，没有囿于惯常的公共抒情中，刻意地制造煽情，而是极朴实又极别致地写出了母亲每天凌晨看星星叫父亲起床的细节，诗意化的描述却沾满了土地的力量，读者的感动亦是由心生发，而非受到文字外部形态的雕琢和刺激，而被迫感知。再如，家中清贫得连闹钟都买不起，可这位母亲却把牛肉挂在屋檐下，有串门的亲戚来，就割一点给人家。正是这样点点滴滴的洞察与捕捉，使母亲的形象逐渐丰腴、立体了起来，她的爱不是对女儿的私爱，而是一种穿越身份符号的大爱。产生这种审美印象的原因，恰恰不是作者浓烈持续地抒怀，而是着力于真实细节的朴素刻画，心对心地言说，点对点的集合。散文《母爱的颜色》也有类似的优点，作者由一只酸涩的青苹果讲起，写到母亲褐色的牙印，很有力量。这样的路子显然是对的，值得想写出好散文的作者去广泛借鉴。

她写女儿，也是很真切的。一对天使的翅膀，盼了那么久，得到了，却把其中的一只分给了没有翅膀的女孩，两个小同伴手拉手，一起飞。这是一幅多美的画面！它潜藏着人类最古老的一种给予的美德，若说文学的解读中真有女性意识这一说，我们宁愿不去从抗争角度赋予其涵义，而是由宽容善美出发，去理解女性最本质的血性。我想，在《平安，赛里麦》《一个翅膀的天使》中对女儿的描写，以及在《忍耐》中出场的吃草莓的小女孩，或许是沙益薇更加擅长和喜爱的领域，写起来更加从容和温暖，因为那是她笔下千姿万态的女人河的源头，是一切爱的形式最初的胚芽。

至于更多的略带悲剧色彩的女性，诸如莲儿、雨帘，则更多的是一种灵魂深处的悲悯观照。女人如镜，对他人的牵挂与忧伤，其实也是作者对自己命运的反观。这可以从另外的篇什中得到印证，《忧伤的梧桐》也好，《寻人启事》也好，《旅行》也好，为数不多的男人形象的出现，使女人的自我解剖更加清晰和深入。一种追寻的迷惘，一种焦虑的深思，一种被爱照射的沸腾，相继喷薄而出，至此，沙益薇笔下的女人河，真正地宽阔、澎湃了起来。它不再只是一种小溪般的伤感，也不只是泉井般的拘谨，而是有了释放，在多纬的视野中全面打量女性的优越与局限，具备了一定的社会学意义。

所谓真水无香。沙益薇的散文，笔调清新、雅致，多天然，少雕琢，构思上融入小说的布局元素，又不露痕迹，兼有诗意氛围的营造，这使她的散文体积虽小，却内里丰富。尽管个别素材在选撷与处置上，还可以更精致、更别致，但瑕不掩瑜，只要根子没有扎错了土地，坚持以心写心这条最重要的脉路，作者是完全可以在散文创作上取得更大突破的。她还年轻，又是回族，且在民族宗教部门供职，倘能更加深入地体知母族文化，从中寻找辽阔的精神背景与人文视野，多将笔触深向母胎，她的文思就不会枯竭，她的女人河就会永远丰润。

回族题材应该是她的优势，现在还没有成为她的优势。相信沙益薇已经洞知到了这一点，正酿蓄着情感与思考的重量，等待在她的梧桐树上，开出一树的新花来。

2008 年 12 月 13 日

不染池中盛开的尊严

——读马金莲短篇小说《蝴蝶瓦片》

必须坦承对马金莲的偏爱。

关注她的小说，俨然有着几许收藏家搜罗古玩佚品的况味。不消说，能够在同一期刊物里接连读到两篇高质量的新作，那感受是丰润和慰安的。当然有关她和她的许多文字，早已连同着古老忧伤的西北风，吹进我们熟稔的视域，是应当修达得宠辱不惊了。但真挚的惊异必须得到重叠的表述：马金莲实在不得了，她硬是在那样一块干裂得致命的苦土深层，用坚硬饱食的灵魂，开出了漉湿欲滴的朵朵莲花。

一种叫人心疼的清澈气质，是我读过《蝴蝶瓦片》和《古尔巴尼》（均载《关注》2009 年第 1 期）后精炼出来的印象。它们保持了马金莲小说一贯的乡土叙事经验和苦难美学走向，并使我们越发坚信马金莲日渐独立的文学品格、丰沛如初的语言才华，以及对回族传统社区文化自新命题深切究索的巨大可能。

比较而言，《蝴蝶瓦片》所显影的骨骼与气象，可能更加令读者激动。它的卓特之处在于，以并不充沛的篇幅和并不繁复的事体，纷呈出惊人的情感重量、珍贵的思想家气质，甚至是史诗般的精神准备。我不能确定这是否是一次失真的抬举，但鲜烈的直觉判断告诉我，写作《蝴蝶瓦片》时的马金莲一定在有意将自己逼向一种极致的悲悯和忧患，并因此疼痛着、愁恐着，至少是伤戚难耐。她写得太细了，细得有些残忍，以至将一个村庄那么多朴陋而滞重的世相细节，全部灌注进一个六岁半女孩的眼睛。在孩童化的忠贞纪录中，每一起平凡的悲与欢，都聚结着西海固回民近乎全部的追索与困顿，隐忍与释放，躁动与沉静。

小刀这一形象，对于文本之内的女孩与文本之外的读者，无疑都最具控制力。在这样一篇叙事线条粗犷、意象色调浓郁的诗化小说中，小刀以其模棱奇异的造型、片段化的语言和行为表达，以及沉稳魔幻的悲剧命运，将作品直接引向一个空阔而幽深的精神瞳孔。从他的出场开始，作者便将他置放在一个貌似被动的狭小时空之内，甚至连孩子都浑然忘却他的存在。从寥寥几笔，但刺激性极强的外貌描写来看，"枯瘦细长鸡爪一样蜷曲的手""胡子上挂满了饭渣、洋芋干后遗留的泥糊，还有一只死苍蝇"等等，都在强烈地昭示这样一个信息：小刀是极端弱势的，他所背负的文化符号，也是极端弱势，甚至是非健康状态的。这样的用笔，使得人物后面的一系列命途之谜的揭示，充满了反射的张力。事实上，作者在没有明确表达对小刀的好感之时，已经在部分寓体上做出了铺垫。譬如，他家的流水洞口，实则隐喻着一种理解与认同的通道，它很狭窄，成年人根本无法通行，只有六岁女孩这样天性纯洁的对象，方能抵达小刀的灵魂左岸，而故事的后来，"刀子老汉回来就发现了痕迹，叫几个年轻人帮他搬了块大石头堵上了"，也就决不单单是一种情节走向的需要，而是表达了作者对于孤寂的灵魂背影难以被注目的悲戚与遗憾；再如，"随着他嘻嘻笑，那苍蝇就一抖一抖地飞。似乎尸体干透的它还在进行着飞翔的梦想"，同样为后文蝴蝶意象的出现，做了巧妙的预设，传达出一种残喘绝望的境遇之下仍然信守贞节理想的引航之声。可以肯定的是，小刀的病态只是一种形式的表象，而真正的象征意义在于人物对遥不可及的微茫希冀的信守。从始至终，他都在古怪地潜伏着，虔诚地守望着，达观地平衡着，归结起来，即是一派污浊之中的清澈，一种疲惫之下的坚持。故事的结局这样昭示，他等了八年的，并非女孩，而是一场美丽的雨，我想，不论读者将这次平静长久的期守，理解为人心的涤洗、允诺的实现、文明的更化，抑或信仰的清点，都是别具意味的。

解读当然可以进行得更细。小刀等待的雨，终归没能到来，他在遗憾中走向了生命的归真。然而作者以一种大悲悯的情怀，赋予了故事最为优雅和感人的遐想：小刀把美丽的梦做成了无数的鞋，无数的孩子穿上了它们，这似乎在提示我们，小刀的梦以一种死的形式，迎来了更多的新生，这正如作品所说，"一个人如果用他的心走路，多少路也走得过来的。比脚还走得远。"小刀就是用心走路的人，穿上童鞋的孩子们，也将用清澈的心去走路。这样的题旨，让人觉得喜悦和温暖，也让全文最为美丽、诗意和深刻的点睛之笔——蝴蝶瓦片的飞翔，进行得从容不迫。让我们对照如下的精致描写，再来回味作品的动人韵致："剧烈的阳光下，蝴蝶的神情显得疲惫，慵懒，好像它一直沉浸在一个悠长美丽的梦里，踟蹰留恋着，舍不得离开。它还在保持着飞翔的姿势。长时间保持一个姿势其实是很累的。刚才的碎裂声也没能惊醒它。"随后，小女孩"抡起胳膊"，将瓦片呼的一声扔了出去，蝴蝶飞了起来，她坚信"大旱的正午，找一片蝴蝶瓦片，扔进山下的尘埃里，就一定有一场大雨落下"，然后并不去追究，也不留恋，而是获得了如释重负的超脱。事实上，蝴蝶的最终振飞，正是借鉴了中国古代文学传统的"化蝶"意象，让小刀这样一个符号化的人，和这样一种典型心理的寄寓载体，完成了灵魂意义的永恒超度。

让我觉得作品中的奇绝之笔、亦是充满思辨力度的情节，大抵有三处。一是关于开篇老阿訇在众人的诧异中敲梆子和"老得快要生锈"的刀子老汉到处游走不厌其烦弄出响动的形象,与小刀形成了类比与反差,他们并不是绝然的对立关系,而是有所调和,彼此渗透,共同构筑了现代精神对"古老忧伤的西北风"及其象征之下的西海固传统文化生态的严峻透视。二是女人们走近了小刀的陋室,帮他剃掉了"乱麻一样的头发","换了干净的衣裳",还把整个屋子都清洁了一遍,人与物都干净了,小刀却死了,这不禁逼迫我们对于清洁概念的界定,做出新的反省。再有便是女孩最后偷取刀子老汉家的蝴蝶盖碗,并自称是她"苦苦寻找的东西",这又似乎牵扯到一种理想与道德的拷问,女孩只能以不健康的手段,完成清澈贞洁的终极价值的释放,个中深意何在,都留下了旷远虚茫的鸣响。

"没有人懂得庄稼的心事……我要弄清楚,庄稼是靠着什么往下活的。在这么旱的季节里,能憋着一口气不死,一定有一样我们没有发现的东西在支撑着它们。"我想,或许这种没有被普通人发觉和重视,却一直给予弱者以生命自信的东西,正是一种清澈的尊严。马金莲把这种尊严写进了小说,也写出了她自己身为一名回族作家的成色。毋庸置疑,在污浊与干燥成为群体化写作规范的时境之下,这种略显孤僻的尊严,应当成为我们对马金莲溺爱的基础,以及寄存于信仰文学基业所有期怀的源头。

2009 年 3 月 14 日

向光朝圣的通道

——《民族文学》"回族九〇后诗人微信专号"编前语

做编辑工作以来，一直在关注少数民族青年作家的创作。特别是他们的诗，充满激情与想象，是属于那种有才情的写作。有时候，邮箱里收到一位少数民族新作者的好稿子，恨不得一整天都开心满满。但我也在心里有一个隐隐的遗憾，就是一直没有发现来自回族的优秀新锐。作为一名回族的编辑，在编稿中虽然不存在偏向本民族的情况（相反可能对待本民族作者，遴选更加苛刻和严格），但不得不承认，我殷切地盼望着在单永珍、马占祥、泾河之后，回族的八〇后、九〇后诗人队伍也能迅速地成长起来，与蒙古族、藏族、彝族等诗歌实力雄厚的兄弟民族一起比比美，赛赛跑。可是等来等去，回族的八〇后诗歌几乎没有出现一抹值得一说的亮点。每想起这个现实，心里都有几分沮丧。

直到两年前的一天，一个叫刘阳鹤的大学生来到《民族文学》编辑部。一对重重的八字眉，一副黑框小眼镜，说话文绉绉，还有点小清新。他抖抖索索地递上了打印好的几组诗稿，想请我看一看。记得诗中写到一只鬼鬼祟祟的猫，那种氛围和格调与平常收到的诗作有所不同。我才意识到，哦，原来九〇后这一拨已经杀上来了，诗歌的版图和时代正在发生着微妙的嬗变。在这次结识之后，我开始主动找刘阳鹤的诗来读，发现他的风格变化很大，几周过去，可能就气象一新。我自己也是写作过来的，知道风格变化大，或是由于初写之故。但变化中的刘阳鹤气定神闲，信心满满，不多久就陆陆续续上了一些诗刊，还煞有介事地搞起了诗评。再一见面，满嘴的诗歌理论、外国经典，我已经听得有点云山雾罩。

但一个个好消息陆续传来。有一天他送给我一本《诗选刊》，那是一期九〇后专号，他说上面有他的诗，并且，还有三个作者，居然也是回族！

我心里暗暗一惊。怎么？不声不响的，又冒出来三个？要知道《诗选刊》的这期专号，与少数民族无关，是面向全体九〇后诗人的一个选本，回族占据四席，这似乎不是件容易的事。也是由此，我又知道了黑夜、海翔、洪天翔这几个名字。他们构成了我对回族九〇后诗歌一个最初的群体印象：新锐，大胆，有野心，不俗气，总体来说，挺醒目。

那是 2012 年，我就想给这几个年轻人写点什么，可是又觉得他们的作品还不够多，新潮有余，但内里还是缺少点什么；加上我自己也不是很懂诗，这事就放下了。

时光在前定的誓约中暗暗流转。有的年轻人凭着一股子激情写诗，写了一些就不写了，把诗甩了，奔入了恣睢奔波的生活的泥淖：这样的例子很多。但总能从刘阳鹤口中听到一个半个的新名字：他不但自己写诗，写诗评，还搞网刊，团结了不少新人。于是，马小贵、马骥文、林侧、老米、马苟、闪宇顺等这样一些名字，也都陆续进入我的视野。今天我已经不得不承认这样一个事实：九〇后的弟弟妹妹们已经"长大"了。他们将用他们热爱的诗，表达理想，承载举念，打开一个民族向光朝圣的通道。

本期专号，选了一些他们的诗作。这是一个民族最新鲜的果实，最青涩的乳汁。它们散发着一种天然的、本能的气质：更加接近灵魂的气息，更加容易联想起与世隔绝的信仰，更加负重和殷实。至于这样的气质是不是当下诗歌所需要的气质，我想，还是留给广大读者去感受和评断吧。

2014 年 6 月 19 日

图书在版编目（CIP）数据

地方性知识与边缘经验／石彦伟著. -- 北京：作家出版社，2019.8

（中国少数民族文学之星丛书·2019年卷）

ISBN 978-7-5212-0584-8

Ⅰ. ①地… Ⅱ. ①石… Ⅲ. ①回族－少数民族文学评论－中国－文集 Ⅳ. ①I207.913-53

中国版本图书馆CIP数据核字（2019）第104179号

地方性知识与边缘经验

作　　者：石彦伟

责任编辑：史佳丽　李亚梓

特约编辑：陈　涛　杨玉梅　郑　函

装帧设计：孙惟静

出版发行：作家出版社有限公司

社　　址：北京农展馆南里10号　　邮　　编：100125

电话传真：86-10-65067186（发行中心及邮购部）

　　　　　86-10-65004079（总编室）

E-mail:zuojia@zuojia.net.cn

http://www.zuojiachubanshe.com

印　　刷：北京玺诚印务有限公司

成品尺寸：152×230

字　　数：229千

印　　张：18.25

版　　次：2019年8月第1版

印　　次：2019年8月第1次印刷

ISBN 978-7-5212-0584-8

定　　价：38.00元